देवकी का बेटा

देवकी का बेटा

रांगेय राघव

ISBN : 9788170287162

संस्करण : 2014 © सुलोचना रांगेय राघव

DEVKI KA BETA (Novel) by Rangey Raghav

राजपाल एण्ड सन्ज़

1590, मदरसा रोड, कश्मीरी गेट-दिल्ली-110006
फोनः 011-23869812, 23865483, फैक्सः 011-23867791
e-mail : sales@rajpalpublishing.com
www.rajpalpublishing.com
www.facebook.com/rajpalandsons

गोधूली में लौटती हुई गायों के गले में लटकाई हुई घंटियाँ बजने लगीं। गोकुल के पक्के और कच्चे घरों पर अगरुधूम जलने लगा था और कहीं-कहीं से मंत्रोच्चारण की ध्वनि आ रही थी। ब्राह्मण संध्योपासना की क्रियाओं में लगे हुए थे। गोपों के घरों में गायों की सेवा और दुहने का काम हो रहा था। स्त्रियों के भारी चूड़े आपस में टकराकर शब्द कर उठते थे।

उस समय गले में बैजयंती माला डाले गायों के एक झुण्ड के पीछे कृष्ण और चित्रगंधा चले आ रहे थे। कृष्ण मदिर-मदिर बाँसुरी बजा रहा था। दूर कहीं बजते हुए घण्टों के स्वर पर उतरता हुआ अंधकार धीरे-धीरे पथ पर लोटने लगा था। कृष्ण के किशोर अंगों पर उभरी हुई सुंदर माँसपेशियाँ इस समय उसे अवाक् पौरुष की विनम्रता दे रही थीं। चित्रगंधा चुपचाप संग-संग चली आ रही थी।

द्वार पर पहुँचते ही माता मदिरा ने कहा, "पुत्र, तू कहाँ रहा! तुझे बलराम ढूँढ रहा था?"

भद्रवाहा पास ही खड़ी थी। उसने मुस्कराकर चित्रगंधा की ओर देखा और कहा, "और तू कहाँ थी?"

चित्रगंधा ने अनजाने ही उत्तर दिया, "मैं तो इसके साथ ही थी।" उसने कृष्ण की ओर इंगित किया।

भद्रवाहा की बात को मदिरा के मातृत्व की मर्यादा ने आगे बढ़ने से रोक दिया। उसने कहा, "चलो-चलो, हाथ-मुँह धो लो! तुम लोग दिन-भर गायों के पीछे! सहज नहीं है! थक नहीं जाते?"

उसने वाक्य एक भी पूरा नहीं किया।

"थकूँगा क्यों मातर!" कृष्ण ने कहा, "मुझे तो इससे बढ़कर कुछ भी नहीं लगता। यहाँ ग्राम में वह आनंद कहाँ जो वहाँ वन के सघन वृक्षों की सोती हुई छाया में है।"

मदिरा समझी-ना-समझी सी कनखियों से देख उठी। भद्रवाहा पूर्ण दृष्टि से

चित्रगंधा को घूर रही थी। कृष्ण कहता जा रहा था, "वहाँ भ्रमर गुंजारते हैं। कहीं कदंब फूलते हैं। कहीं वर्षा का प्रखर धारा से बहनेवाला जल लबालब भर गया है। आज तो मैं और ये चित्रगंधा बड़ी देर तक उस पानी में तैरते रहे।"

"सच, बड़ा आनंद आया!" चित्रगंधा ने कहा।

"तू चुप रह!" मदिरा ने कहा, "दिन-भर घूमती है, घर का कुछ काम भी करती है?"

चित्रगंधा का मुँह उतर गया।

भद्रवाहा ने पूछा, "तो तू दिन-भर तैरता रहा?"

उसकी प्रश्नों-भरी आँखों में और भी कुछ था। वह अपने अस्तित्व के होते हुए भी अस्पष्ट था। होंठों का एक कोना मुड़ गया था। वह हास्य का व्यंग्य रूप था जो स्नेह की तूलिका से मुड़कर रहस्यमय बन जाना चाहता था, ऐसा कि बिना बोले सब कहलवा ले।

"नहीं, मेरी बहरी भाभी!" कृष्ण ने कहा, "फिर हम दोनों ने जाकर कुञ्ज में विश्राम किया।"

मदिरा व्यस्तता दिखाकर भीतर चली गई। वह वसुदेव की पत्नी थी, अतः कहलाती माता थी। भद्रवाहा तो सुमुख गोप की स्त्री थी और उसका स्वभाव ही ठिठोली करने का था। माता के चले जाने पर भद्रवाहा ने चित्रगंधा को सुनाकर कहा, "देवर! एक दिन मुझे भी उस कुञ्ज में ले चलेगा?" फिर वह मुस्कराई। चित्रगंधा के गाल पर लाज की मार डोल उठी।

कृष्ण ने कहा, "क्यों भाभी! सुमुख भ्रातर कहाँ गए?"

"वे तो अब बूढ़े हुए," भद्रवाहा ने कहा, "एक दिन गोपियाँ उनके पीछे भी डोलती थीं। अब तेरा समय आया है। सारी गोपियाँ तुझे चाहती हैं। तुझे देखना चाहती हैं। फिर मुझमें ही क्या दोष है?"

कृष्ण ने कहा, "यही तो मैं भी डर रहा हूँ।"

"क्यों?" भद्रवाहा ने कहा।

चित्रगंधा ने देखा। कृष्ण कह उठा, "तुम्हीं तो कहती थीं कि भ्रातर सुमुख वृद्ध हो गए हैं। वे भी कभी अपना सम्मोहन डालते थे। तुम्हारा संग हुआ, वृद्ध हो गए। कहीं मैंने तुम्हारा संग कर लिया और मैं भी वृद्ध हो गया तो?"

चित्रगंधा ठठाकर हँसी। भद्रवाहा झेंपी। उसने चित्रगंधा का कान पकड़कर कहा, "ढीठ!"

चित्रगंधा ने कहा, "ले भाभी! तूने ही तो पहले छेड़ा था। अब क्यों नहीं बोलती?"

"तू चुप रह!" भद्रवाहा ने कहा, "कुछ जानती भी है?"

"क्या हुआ?" चित्रगंधा ने पूछा।

''घर-घर गोकुल में बात है।'' भद्रवाहा ने कहा, ''हरएक गोप चाहता है कि उसकी बेटी कृष्ण को ब्याही जाए।''

चित्रगंधा के मुख पर व्यथा झलकी। बोली नहीं। सोचने लगी। उसकी लंबी आँखों में मर्यादा झलकी। भद्रवाहा ने कहा, ''क्यों, पुरुषों का तो अधिकार है। चाहे जितनी स्त्रियाँ रखें। यहीं आर्य वसुदेव की तरह पत्नियाँ हैं। तेरा यह है न? आगे जाकर देखियो। कहीं इसको धनमाल मिल गया, बड़ा आदमी हो गया तो फिर न जाने क्या करेगा?''

''भाभी!'' चित्रगंधा ने कहा, ''तेरा सुमुख तो तुझे देखकर निहाल होता है। वह दूसरी क्यों नहीं करता?''

''कर ले तो कुछ दोष है?'' भद्रवाहा ने कहा।

कृष्ण गंभीर हो गया था। वह कुछ सोच रहा था। दीप जलने लगे थे। भद्रवाहा ने कहा, ''क्यों, क्या सोच रहा है?''

''कुछ नहीं।'' कृष्ण ने चौंककर कहा।

चित्रगंधा ने हाथ फैलाकर अजीब तरह से नीचे का होंठ निकाला और बोली, ''भाभी! अच्छा रहता है और फिर जाने क्या हो जाता है इसे। कुछ ऐसा डूब जाता है कि पता ही नहीं चलता। जाने क्या सोचा करता है।''

उसके स्वर में एक अनजान गौरव की भी भावना थी और एक अज्ञात का उलझता हुआ आतंक भी था।

भद्रवाहा ने कृष्ण की ओर देखा और कहा, ''बलराम भी बड़ा सोच वाला है, पर वह अपने मन में रखता है। मैं सब देखा करती हूँ। पर कृष्ण, तू बड़ा चंचल है। मैं तो यही अचरज करती हूँ कि तू कुछ सोच कैसे लेता है।

कृष्ण ने गहरे स्वर से कहा, ''भाभी! मुझे अलग-अलग होने की बात नहीं भाती। मैं तो सबको प्यार करता हूँ। ब्रज और गोकुल के कण-कण से मुझे प्यार है। मैं यहीं पला हूँ, यहीं बढ़ा हूँ। यही वह धूलि है जिसमें खेलकर मैं बड़ा हुआ हूँ। सारा गोकुल एक कुटुम्ब है। इसके वनों की छायाएँ मुझे विभोर कर देती हैं। जी चाहता है, सबको मन के भीतर आत्मसात् कर लूँ।

भद्रवाहा ने कृष्ण का माथा चूम लिया। कहा, ''वत्स! तेरा मन कितना सुंदर है। तू गीत बना लेता है या नहीं?''

''नहीं भाभी!'' कृष्ण ने कहा, ''बहुत-बहुत-सी घुमड़न मन में होती है, ऐसी ही जैसे आजकल सघन कानन पर नीली घटाएँ झूलती हैं और फिर श्वेत पंख वाले पक्षी उड़-उड़कर चमकती बिजलियों के नीचे फरफराने लगते हैं। मैं देखा करता हूँ कि धरा पर वीरवधूटियाँ अपने लाल-लाल तनों को लेकर धीरे-धीरे चलती हुई मेरे भीतर एक नयापन भर-भर देती हैं। मुझे लगता है कि यह सब एक सुंदर गीत है जिसकी कोमल स्वर-लहरी मेरे रोम-रोम में एक विभोर आनंद भरकर नाचने लगती है।''

चित्रगंधा ने टोका, ''भाभी! आज इसने जो वंशी बजाई तो हिरन पास आ गए। गायें द्रुम-छाया में निकट आ गईं। मैं तो बैठी-बैठी अपनी सुधि भूल गई। मैं जैसे इस संसार में नहीं रही। जब बाँसुरी बजना बंद हुआ तो मुझे लगा, जैसे सब सुपने टूट गए, ढह गए। और जब यह बजाता है तो अपने आपको खो देता है। इधर लहरी गूँजने लगीं, उधर रंगवेणी जैसे खिंची चली आई। संगीत की वह मोहक तान रोम-रोम को बींध गई। रंगवेणी को तो तब ज्ञान हुआ जब कृष्ण ने वंशीवादन बंद किया।''

भद्रवाहा सुनती रही। कहा, ''चिरंजीव हो वत्स! जैसे तूने बाँसुरी के रंध्रों में श्वास फूँककर जीवन की सृष्टि की है, वैसे ही तू जंबू द्वीप में भी जीवन भर सके, जहाँ आज अंधक कंस जैसे अत्याचारी और जरासंध जैसे निरंकुशों ने सबको आतंकित कर रखा है। तेरा सुमुख तो दिन-रात इन्हीं चिंताओं में लगा रहता है। तू वृष्णि है। हम गोप और वृष्णि एक ही हैं। पहले के भेद अब मिट गए हैं। अंधक गोपों को नीच समझते हैं। तू फिर वृष्णि और गोपों को कल्याण-मार्ग पर ला सके, यही मेरी कामना है।''

''भाभी!'' चित्रगंधा ने कहा, ''तूने इसे ही सब आशीर्वाद दे दिया, मुझे कुछ नहीं दिया!''

भाभी भद्रवाहा की ठिठोली लौट आई। उसने मुस्कराकर कहा, ''तू मुझसे क्यों माँगती है, बावली! तू तो इससे माँग।''

चित्रगंधा लजा गई। कृष्ण हँस दिया। भद्रवाहा ने कहा, ''अरे लो! मैं तो रुक ही गई। घर तमाम काम पड़ा है। मेरी सास गाएँ भूखी ही होंगी।

कृष्ण ने टोककर कहा, ''मैं भ्रातर सुमुख से कहूँगा कि तुमने उन्हें आज बैल कहा है।''

भद्रवाहा जाते-जाते कहती गई, ''कह दीजो। मैं डरती नहीं। पर याद रख! तू नाते में उनका भाई लगता है।''

कृष्ण अप्रतिभ हो गया। चित्रगंधा हँस पड़ी। बोली, ''मैं जाती हूँ।''
और वह मुस्कराकर चली गई।

माता यशोदा ने पुकारा, ''कृष्ण! अरे कृष्ण नहीं आया अभी तक।''

''मातर!'' कृष्ण ने भीतर जाकर माता के पाँव छुए। माँ ने कण्ठ से लगया। स्नेह से सिर सूँघा।

''कहाँ गया था रे! बड़ी देर में आया है तू।'' यशोदा ने कहा, ''मुझे तो डर लगने लगा था।''

''जिसका पिता पंद्रह ग्रामों का कर इकट्ठा करता हो, उस नंद गोप के पुत्र को कैसा डर मातर!'' कृष्ण ने कहा, ''फिर जिसके घर पर आर्य्य वृष्णि-श्रेष्ठ वसुदेव

की पत्नियाँ और पुत्र हों, उसे क्या भय?''

''पुत्र, यही तो भय की बात है।'' यशोदा ने कहा, ''तू नहीं समझता अभी। देवक और उग्रसेन भाई-भाई हैं। उग्रसेन का पुत्र बड़ा अत्याचारी है। जब से जरासंध मगधराज की अस्ति और प्राप्ति नामक कन्याओं ने उससे ब्याह किया है, कंस ने अंधकों को मिलाकर वृष्णियों को उखाड़ देने की चेष्टा की है। तू मेरा एक ही बेटा है।''

कृष्ण ने कहा, ''बलराम भी तो है।''

''है तो।'' यशोदा ने एक गहरी साँस खींचकर कहा, ''पुत्र! तू क्या नहीं जानता, यह जो बार-बार गोकुल में आते हैं, कभी असुर, कभी चर, ये लोग कौन हैं? वे संदेह करते हैं कि वसुदेव की संतान यहीं पल रही है। तभी ये आकर गुप्त हत्याएँ करने का यत्न करते हैं।

''मैं न जानूँगा मातर!'' कृष्ण ने कहा–''मैं तेरा पुत्र हूँ, नंद गोप का पुत्र हूँ। मैंने किसी को लौटकर जाने दिया? और किसी को उन लोगों की मृत्यु की कानों-कान खबर भी होने दी?''

यशोदा के मुख पर एक व्याकुलता झलक उठी। वह जैसे एक पूरा इतिहास था, जो वह कहते-कहते ही रुक गई थीं। कृष्ण उनके भाव को पढ़ नहीं सका।

यशोदा ने उसके सिर पर हाथ फेरकर कहा, ''वत्स! वन में अकेला नहीं रहा कर। बड़ा भयावना होता है।''

''मातर!'' कृष्ण ने कहा, ''वन तो मुझे बड़ा सुहावना लगता है।''

माता ने प्रसन्नता से सिर हिलाया। अब आतंक पर ममता ने अपनी छाया कर दी थी। अब फिर वही बात लौट आई। जो कृष्ण कहे सो सुंदर। वही बिलकुल ठीक। कृष्ण कहता गया। माता से हर एक बात कहना उसका स्वभाव है। माँ और पुत्र के बीच यह व्यवधान–कहनी-अनकहनी का भेद–तब प्रारंभ होता है जब पुत्र के जीवन में कोई नई स्त्री आती है। पिता से पुत्र बात नहीं कर पाता। माँ सुनती है, चाहे कितनी भी छोटी बात क्यों न हो, क्योंकि माँ तो जब पूरी बात सुन लेगी, तब ही उसे तृप्ति होगी। 'मैं वहाँ गया था' कहने से माँ नहीं समझेगी। उसको तो बताना पड़ेगा कि पहले पुत्र कहाँ था, फिर कहाँ गया, क्यों गया, वहाँ क्या हुआ। और बीती हुई कहानी में भी यदि पुत्र को कष्ट हुआ है, तो माँ को दुःख होगा। वह इतनी व्यापक समवेदना कहाँ से ले आती है! सबके लिए ना कर देती है, परन्तु अपनी संतान के लिए ना क्यों नहीं कर पाती?

''अच्छा!'' यशोदा ने कहा, ''थक गया है?''

''नहीं मातर! आज नहीं थका।''

''सो क्यों?''

''चित्रगंधा मेरे साथ थी।''

"तुझे आँख तो नहीं लग गई उसकी?" माँ ने कहा, "बड़ी चतुर है वह!"

"नहीं माँ, वह तो मुझसे छोटी है। उसमें इतनी बुद्धि कहाँ?"

"अरे, तू क्या जाने।" यशोदा ने कहा, "लड़का मूर्ख होता है, लड़की नहीं।" उन्होंने सिर हिलाया।

कृष्ण ने हँसकर कहा, "तू तो अंब! ऐसे ही कहा करती है।"

"मैं ठीक कहती हूँ।" यशोदा ने कहा, "तू अभी मूर्ख ही है वत्स! मानती हूँ, तू बड़ा कुशल है, पर यह सब तो तू नहीं जानता। पुरुष है न? वह क्या अपने-आप जानता है? सब उसे स्त्रियाँ ही सिखाती हैं।

माता मदिरा ने उधर निकलते हुए सुन लिया तो जाते-जाते कह गई, "क्यों अभी से उसे सब बता रही हो तुम? सब सीख जाएगा अपने-आप।"

माता यशोदा सकपका गईं। उन्होंने बात बदलने को तभी पुकारा, आर्ये रोचना!"

"आई!" रोचना का स्वर हास्य से भरा हुआ सुनाई दिया और वे आईं तो उनके मुख पर आनंद था। यशोदा ने देखा तो पूछा, "क्या हुआ? तुम हंस क्यों रही हो आर्ये?"

"हँसूंगी नहीं!" रोचना ने एक लड़की का हाथ पकड़ सामने करते हुए कहा, "देखो, इसे देखो ज़रा।"

देखा, सुभद्रा थी। सहमी हुई। आँखों में पानी डबडबाया हुआ। यशोदा ने कहा, "आ जा, दुहितर!"

सुभद्रा पास आ गई। यशोदा ने गोदी में बिठा ली। "क्या हुआ? अंब ने तुझे मारा है?" यशोदा ने रोचना की ओर देखकर पूछा।

"हाँ।" सुभद्रा ने सिर हिलाया। आँखों से मोती ढुलक पड़े। यशोदा ने पोंछे। फिर भी बालिका का फूले-फूले गालोंवाला रूंठा-रूंठा मुंह। यशोदा ने देखा तो प्यार से चूम लिया। रोचना ने कहा, "पूछो इससे। रोई क्यों है!"

"क्या बात हुई?" कृष्ण ने सुभद्रा से पूछा। बच्ची ने लजाकर यशोदा की गोदी में सिर छिपा लिया।

यशोदा ने रोचना को देखा। रोचना कहने लगी, "चोर के घर चोर ही तो रहेगा।"

रोचना की छोटी औरस पुत्री सुभद्रा ने सिर छिपा लिया। यशोदा मुस्कराई। रोचना कहती गई, कुशवाह समंत गोप के घर से बिटिया मक्खन चुरा लाई थी। मैंने अभी पीटा था, सो झूठ बोल-बोलकर रो-रोकर अपनी सचाई की दुहाई दे रही थी। बताओ! झूठ बोलना आता है इन बच्चों को? समझते हैं कि बड़े कुछ समझते नहीं। मुँह में मक्खन लगा है और कहती है कि मैंने कल से खाया ही नहीं।

सब खिलखिलाकर हँस पड़े। सुभद्रा ने एक बार चंचलता से कनखियों से देखा और फिर शर्माकर गोद में सिर छिपा लिया।

‘‘क्या हुआ तो?’’ यशोदा ने कहा, ‘‘ये बैठे तो हैं महाराज सामने।’’ उसने कृष्ण की ओर इशारा किया, ‘‘ये ही क्या किया करते थे पहले?’’

‘‘अरे ये!’’ भीतर से किसी वृद्धा ने कहा, ‘‘ये तो पूरा असुर था। इसे तो यशोदा पेड़ों से, ऊखल से बाँध देती थी।’’

सब फिर हँसे। कृष्ण लजा गया, सुभद्रा ने मुँह निकाल लिया। वह मुस्कराने लगी। वृद्धा ने कहा, ‘‘यमल और अर्जुन यक्ष वहाँ न होते तो यह रो-रोकर जाने क्या कर देता! उन्होंने बताया कि पेड़ों तक ऊखल खींचकर ले गया है और अटक गया है। बिचारे आए। नंद ने उन्हें कितनी भेंट दी! उद्धार हो गया उनका तो। यक्षराज ने उन्हें निर्वासित कर दिया था। कहते गए कि माई, हमारा तो कृष्ण ने उद्धार कर दिया!’’

वृद्धा कहती गई। अब उसकी कल्पना जगने लगी, वह कह रही थी, ‘‘सब ब्रह्मा का खेल है। और कुछ नहीं। इसके तो बचपन से काम ही अनोखे हैं। बताओ! पूतना स्तनों पर विष लगाकर आई थी इसे पिलाने। उल्टी फँस गई यहाँ आकर। मारी गई। कंस ने भेजा था। उसे डर था।’’

‘‘रहने दो, रहने दो।’’ यशोदा ने बीच में ही काटा। वृद्धा चुप हो गई। जैसे उसे याद आ गया।

‘‘जाने क्या-क्या कह जाती हो।’’ यशोदा ने कहा। वृद्धा मौन हो गई। यशोदा ने रोचना की ओर ऐसे देखा जैसे बुढ़िया सठिया गई है। रोचना के नेत्रों में रहस्य था। वह सब समझ गई थी। बात तोड़ दी गई थी, ताकि कृष्ण समझ नहीं पाए। उससे छिपाई गई थी। इतना कृष्ण ने भी आभास पा लिया। पर क्यों छिपाई गई थी, क्या थी, यह वह नहीं समझा। पर जब माँ ही रहस्य रखना चाहती है, तो फिर उपाय ही क्या रह सकता है!

रोचना ने सुभद्रा का हाथ पकड़कर कहा, ‘‘चल, रोटी खा ले।’’

सुभद्रा गोदी में से उतरकर संग चली गई। कृष्ण ने पूछा, ‘‘अंब! पितामही क्या कहती थीं!’’

वह वृद्धा को पितामही कहता था, इसलिए नहीं कि वह नंदगोप की माता थी, वरन् इसलिए कि सब उसे दादी मानते थे। यशोदा ने कहा, ‘‘कुछ नहीं।’’

केवल दो शब्द!

‘‘तो तुमने टोका क्यों?’’ कृष्ण ने पूछा।

‘‘टोका यों!’’ यशोदा ने बात बदलकर कहा, ‘‘कि बच्चों के सामने बड़ों को ऊधम नहीं करना चाहिए।’’

बात ठीक थी, फिर भी संदेह एक ऐसी वस्तु है जो भय उत्पन्न करती है। साँप चला जाए परन्तु फिर भी लगता है कि कहीं छिपा हुआ न हो। और कृष्ण को माता के नयनों में अभी तक कुछ गोपनीय-सा दिखाई दे रहा था। क्या यह उसका भ्रम था!

पितामही अब कुछ गा रही थी। धीरे-धीरे। वह इंद्र की ही स्तुति थी।

उस समय लोग वैदिक संस्कृत बोलते थे। परिष्कृत भाषा के रूप में ऋग्वेद था। अथर्ववेद तब बन रहा था। उसकी भाषा लोगों की अधिक समझ में आती थी। जनता में वैदिक संस्कृत का कोई अपभ्रंश रूप प्रचलित था, जो लौकिक संस्कृत का बहुत पुराना रूप था। इसके अतिरिक्त नाग, असुर, वानर आदि जातियों की भिन्न-भिन्न भाषाएँ थीं। गोपों के शिष्ट-मंडलों में वैदिक भाषा का ही प्रचार था, किन्तु स्त्रियाँ और सेवक लौकिक संस्कृत के प्राचीनतम रूप में बातें किया करते थे। पितामही कहानियाँ सुनाया करती थी। उसी ने बताया था कि पुराने समय में गोप जगह-जगह गाएँ चराते घूमते थे। कालांतर में किसी समय वे शूरसेन देश में बस गए। वहाँ तब यादवों का शासन था। उन्हीं यादवों में वृष्णिवंश से गोपों का संबंध हो गया था। यादवों में असुरों और नागों का रक्त भी मिला हुआ था। गोपों का समाज यादवों के समाज से कुछ भिन्न था। कृष्ण पितामही से स्नेह करता था। यशोदा ने पुत्र को सोचते देखकर कहा, ''वत्स!''

''क्या माँ!'' कृष्ण ने पूछा।

''तू क्या सोच रहा है?''

''कुछ नहीं अंब!''

तभी रोचना उधर आई। वह व्यस्त ही थी। उसने यशोदा से कहा, ''तुम बातें ही करती रहोगी या इस बेचारे को कुछ खाने को भी दोगी?''

यशोदा ने चौंककर कहा, ''अरे! इसने कुछ खाया नहीं। आर्ये! तुमने भी ध्यान नहीं दिया!''

''मैं ध्यान तो देती तब, जब तुम उसे छोड़तीं। अब वह बालक तो नहीं है, जो उसे गोद में लिए बैठी रहो।''

पितामही की हँसी सुनाई दी। कहा, ''अरी, कैसा भी हो! माँ के लिए तो बच्चा बच्चा ही है। मुझे ही देखो। पंद्रह ग्रामों का कर वसूलता है और कंस की सभा में जाता है, पर नंद गोप दिखाई नहीं देता, तो डर लगने लगता है। लेकिन फिर भी ममता की मर्यादा होनी चाहिए यशोदा! पुरुष स्त्री का पुत्र है, पर वह पुरुष भी है, और फिर आगे चलकर वह स्त्री का स्वामी है। यदि तू पुत्र को इस तरह बनाएगी तो कोई लड़की उसे नहीं चाहेगी।

कृष्ण ने कहा, ''तो क्या पितामही, पुरुष बर्बर ही होना चाहिए?''

''देखो!'' रोचना ने कहा, ''लड़का कैसी बात करता है?'' यशोदा को देखकर कहा, ''सब समझता है। इसको तुम बच्चा जानती हो!''

''ठीक कहती हो।'' यशोदा ने दीर्घ निःश्वास लेकर कहा, ''मेरी ही भूल थी। मैं भी सोच नहीं सकी कि यह भूखा ही है। और कुछ खाने को तो दो इसे।''

उन्होंने बात बदल दी। रोचना ने खाना ला दिया। एक थाली में मोटी रोटियाँ

थीं। गेहूँ और चने की। उनपर मक्खन चुपड़ा हुआ था। कुछ अच्छे आम थे। कहा, ''देख कृष्ण! यह रोटी खाकर देख। सिंध देश के व्यापारी से तेरे पिता ने गेहूं का बीज खरीदा था न? उसी को बनाया है। रोटी देख, कैसी है। चिकनाई पी जाता है यह गेहूं। और आज कालिय नाग के उपवन से लड़के यह आम चुरा लाए हैं।''

यशोदा ने कहा, ''अरे, यह क्या अनर्थ हुआ? नाग तो हमारे शत्रु हैं। उन्होंने अच्छा नहीं किया। इससे तो वैर बढ़ेगा।''

रोचना ने काटा, ''तो नागों से ही क्यों डरती हो? वे लड़ेंगे तो गोप भी कम नहीं हैं!''

''वे यहाँ हमसे पुराने निवासी हैं। उनके हाथ में यमुना का व्यापार है। कंस तक उससे नहीं अटका।''

''कंस नहीं अटका, क्योंकि वह अनार्यों का मित्र है। कालिय ने सर्वाधिकार कर रखा है। यमुना का वह भाग तो हमारे लिए वर्जित ही है। और कालिय-वंशी ये नाग भी तो यहाँ पहले नहीं रहते थे! उत्तर के गरुणों ने इन्हें मारकर भगाया था।''

''सो तो है।'' भीतर से पितामही ने कहा, ''किन्तु नागों के पास शक्ति है, धन है। वधू! उनसे न अटकना ही ठीक है। फिर तू क्या नहीं जानती कि हम संकट में हैं। तुम सबकी रक्षा करना नंदगोप पर न आश्रित है। और अंधक कंस अभी नंदगोप पर संदेह ही करता है।''

''अरे, तू खाता चल न!'' रोचना ने कहा, ''देखूँ तो भीतर क्या हो रहा है।'' और वह चली गई।

कृष्ण ने खाया नहीं।

''खाता क्यों नहीं?'' यशोदा ने पूछा।

''सोचता हूँ।''

''क्या भला?''

''हम गोप हैं न अंब?''

''हाँ!''

''तुम कहती हो, हम वृष्णियों के संबंधी हैं!''

''हाँ, क्यों?''

''आर्य्य वसुदेव की पत्नियाँ और संतान यहाँ क्यों रहते हैं? और वह भी छिपकर! क्यों मातर?''

यशोदा सहसा उत्तर न दे सकी। कहा, ''संबंधी हैं। रहते हैं। तू तो जानता ही है कि अंधक इस समय वृष्णियों के शत्रु हैं। खाता चल लेकिन।''

''खाता हूँ, माँ,'' कृष्ण ने कहा, ''और ये नाग भी हमारे शत्रु हैं?''

''जिसका स्वार्थ अटकता है वह तो शत्रु हो जाता है, पुत्र! अच्छा, जाने दे।

तूने यह नहीं बताया कि आज फिर क्या हुआ?"

"कुछ नहीं मातर," कृष्ण ने कहा, "फिर मैं और चित्रगंधा घर आ गए।"

"अच्छा रे!" यशोदा के स्वर में काम झलक आया। "तो तू अब अपनी माँ से भी छिपाने लगा है! जानती हूँ। अब तू बड़ा जो हो गया है! मैं तेरे मन को खूब जानती हूँ।"

"नही, माँ!" कृष्ण ने झेंपकर कहा, जैसे वह पकड़ा गया था।

"नहीं, माँ!" यशोदा ने उसकी नकल करते हुए मुस्कराकर सिर हिलाते हुए कहा, "अब तू क्यों कहेगा? पहले जब तू छोटा था तो एक-एक बात कहता था। तब तेरी बात सुनने वाला मेरे अतिरिक्त था ही कौन! कौन से कान पर मक्खी बैठी, गाय की पूँछ क्यों हिलती है—यह सब तुझे किसने बताया था? हाथ रखवा-रखवाकर मैंने ही तुझे पहचान कराई थी कि यह नाक है, यह मुँह है, यह पेट है, यह पाँव हैं। कहाँ तुझे पारिजात का गुच्छा मिला, कैसे तूने सौदामिनी के घर रोटी चुराकर खाई—सब बताता था पहले। मुझसे तो तू कुछ छिपा ही नहीं पाता था। पर अब मुझे ही बना रहा है!!"

"नहीं अंब! यह बात नहीं है।" कृष्ण ने कहा और मुँह हठात् बंद हो गया। मुख पर लज्जा छा गई। माँ को आभास हुआ। कहा, "हाँ-हाँ कह न!"

"यह बात यों है कि, अंब......वह....है न......वह......."

वह कह नहीं सका। माता के हृदय में नया भाव जागा। आज आनंद भी हुआ। दुःख भी। आनंद था पुत्र के व्यक्तित्व के विकास का। माँ प्रसन्न होती है कि पुत्र में यौवन आ रहा है। यौवन! उन्माद और शक्ति का कंपन!! प्रेम और आलिंगन का स्पंदन!! उद्दाम लालसा और विभोर मादकता का स्फुरण! प्रजनन और विकास का उत्कर्ष! एक नयीं स्त्री से मिलन, फिर संसार की परंपरा का निर्वाह। पिता से पुत्र, पुत्र से फिर पिता और ममता और स्नेह के द्वारा स्वर्ग तक का सुख। जाति की उन्नति, वंश की वृद्धि! परन्तु इसके साथ ही वेदना की एक छोटी-सी खटक। पुत्र अब पराई स्त्री के साथ स्नेह बाँट देगा। माता का सर्वाधिकार उस पर से छिन जाएगा।

तब तो इसकी भ्रातृजाया भद्रवाहा ने ठीक ही कहा था कि रंगवेणी और चित्रगंधा इसके पीछे लगी हैं। और फिर उन्हें इसका गर्व हुआ कि उनका पुत्र! और उसके पीछे सुंदरियाँ अपना हृदय न्यौछावर करती हैं। उन्होंने अंत में जैसे स्त्री को अपनी शक्ति से ही पराजित कर दिया था। परन्तु मन तभी आकुल हो उठा। वह तो उनका औरस पुत्र नहीं है! उन्होंने उस पालित पुत्र को ही संतान के अभाव में अपना मान लिया है। परन्तु वे उसे कभी भी ज्ञात नहीं होने देंगी कि वह उनका पुत्र नहीं है। उन्होंने अभी तक बलराम को भी मालूम नहीं होने दिया। इन दो पर ही तो नंद गोप का भी विशेष स्नेह है! यदि बलराम और कृष्ण को ज्ञात हो गया कि वे यशोदा के औरस पुत्र नहीं हैं तो! यदि वे जान गए कि उनका पिता नंदगोप नहीं है,

आर्यवृष्णि वसुदेव है तो? तो भी क्या उनमें यही स्नेह रहेगा? जो हो, वे इस सत्य को सदा ही छिपाती रहेंगी। वे पुत्र के लिए रंगवेणी और चित्रगंधा दोनों को ही ले आएँगी। और मन-ही-मन यशोदा ने सोचा, जैसे कान पर उंगलियाँ चटकाकर बलैयाँ लेती हों। उन्होंने पुकारा, ''रोहिणी!!''

रोहिणी ने उत्तर नहीं दिया। भीतर कोलाहल-सा हो रहा था। इस समय केशी से लेकर पुरुविश्रुत तक लगभग पचपन-छप्पन लड़के खाने को बैठे थे। वे सब वसुदेव की संतान थे। इस समय नंदगोप ही पितर था। वह कहीं गया था। वसुदेव की स्त्रियाँ जो वृष्णि और गोप दोनों वंशों की थीं, उनको भोजन परोसने में लगी हुई थीं।

कृष्ण ने कहा, ''मातर! सब भीतर खा रहे हैं। मैं ही यहाँ अकेला क्यों खा रहा हूँ?''

''मैं क्या करूँ?'' यशोदा ने कहा, ''तेरी माता रोचना ही तो दे गई है!''

''नहीं, मैं वहीं जाता हूँ। मैं भी सबके साथ ही खाऊँगा।'' और कृष्ण उठ खड़ा हुआ।

भीतर भोज पर सब डटे हुए थे। वे बराबर-बराबर बैठे थे। सामने थालियाँ बिछी थीं। कुछ सेविकाएँ कार्यरत थीं। उनमें शूद्राएँ भी थीं। कुछ दासियाँ भी काम कर रही थीं।

कृष्ण जाकर बलराम के पास बैठ गया और थाली सामने रख ली।

''असल गोप है,'' बलराम ने कहा, ''चलते-चलते भोजन करता है। तू कहाँ चला गया था।''

बलराम गोरा तरुण था। शुभ्र गौर। कृष्ण उसके सामने साँबला लगता था। बलराम का शरीर जैसे साँचे में ढला हुआ था। आँखें कानों से टकराती थीं, लंबी झुकी हुई नाक थी और गोरे गालों पर यौवन का ताप लालिमा बनकर ठहर गया था। फिर भी उसमें कृष्ण-जैसी, आँखों को पकड़ लेने वाली, बात न थी। कृष्ण साँवला तो था, मगर आकर्षक था।

''भ्रातर!'' कृष्ण ने कहा, ''मुझे देर हो गई।''

मंद ने मुस्कराकर कहा, ''देर होने की तो बात ही थी।''

उपस्थित तरुणों में कृष्ण आयु में सबसे छोटा था, परन्तु एक ही खिलाड़ी था, एक ही हँसाने वाला। उसकी आयु का छोटापन उसकी बुद्धि के बड़प्पन ने ढंक लिया था।

''तुम दिन में कहाँ थे?'' कृष्ण ने मंद की बात का उत्तर न देकर बलराम से पूछा।

''मैं मन्दाकिनी के साथ उधर घोष चला गया था।'' बलराम ने कहा।

''मुझसे बल्लरी पूछती थी।'' कृष्ण ने कहा, ''तुम न जाने कहाँ थे, मैं कैसे बताता!''

''आज असल में हमने आपानक रचा था।'' बलराम ने कहा। कृष्ण ने कहा, ''नेत्रों में लालिमा तो है।''

वह हँसा। मतलब था, मदिरा पी गई थी। बल ने कहा, ''बलराम से पूछो! अकेला तो मैं था।''

बलराम ने कहा, ''अपनी गाएँ तूने पहले क्यों खोईं? दिन-भर ढूँढ़ता रहा तो हम क्या करें?''

''ऐं-ऐं!'' माता देवरक्षिता ने डाँटा, ''बातें ही करते रहोगे या कुछ खाओगे भी? दिन-भर में बातें ही पूरी नहीं हो पातीं, जो खाना खाते समय भी मृदंग बजाया करते हो? इतने दाँत चलते हैं, मुझे तो डर होता है, कहीं जीभ न बीच में आ जाए।''

''बातें करते हैं कि काम करते हैं?'' मंद ने कहा, ''अंब! कोई तुम्हारी तरह दिन-भर विश्राम करते, तो बात थी। हम तो स्त्री होते तो अच्छा होता!''

''हिमालय चला जा पुत्र! कहते हैं, वहाँ स्त्री बन जाते हैं।''

यह एक प्रचलित किंवदंती थी। वह कहती गई, ''सुनते हैं वहाँ स्त्री-राज्य है। ढीठ! हम विश्राम करती हैं यहाँ? आनंद करती हैं नगर की अंधक कुलपतियों की स्त्रियाँ। आनंद करती हैं गणिकाएँ।....

''स्त्री होकर गृहस्वामिनी बनता तो बुद्धि ठीक हो जाती! हम क्या नहीं करतीं? पशुओं का सारा कठिन काम और कौन करता है? घर का सारा प्रबंध किसके हाथ में है? दोनों बेला ठीक समय पर भोजन मिल जाता है न?'' और बात बदलकर कहा, ''सहदेवा! आर्ये सहदेवा!'' सहदेवा लंबी स्त्री थी। खिंचे हुए बड़े-बड़े नेत्र थे। थी कुछ साँवली-सी। उसने अपने बालों का जूड़ा ऐसे झुकाकर बाँधा था कि दूर से देखकर उष्णीय-सा लगता था। उस पर मोतियों की माला थी। उसने आकर कहा, ''क्या हुआ भगिनी!''

''इनको दो न खीर!'' देवरक्षिता ने कहा।

''लाती हूँ।'' कहकर वह भीतर चली गई।

''पिता कहाँ हैं?'' कृष्ण ने पूछा। वह नंदगोप के बारे में पूछ रहा था।

देवरक्षिता ने कहा, ''मथुरा के ब्राह्मणों द्वारा एक यज्ञ का आयोजन हो रहा है।''

''मथुरा में?'' बलराम ने पूछा।

''नहीं नगर के बाहर! यहाँ से बहुत दूर नहीं है।''

''तो पिता वहीं गए हैं?'' कृष्ण ने पूछा।

''दूध पहुँचवाने गए हैं।'' देवरक्षिता ने कहा।

''अंधकों के पूजकों के लिए?'' बलराम ने व्यंग्य से कहा।

''वह तू नहीं समझेगा अभी।'' देवरक्षिता ने कहा, ''तू अभी नादान है। जानता है, नंदगोप पर इतने लोगों का उत्तरदायित्व है। वह दूसरों का पालन करता है। आर्य

वसुदेव का उद्धार करनेवाला है वह। उसको देखकर मर्यादा का अनुभव होता है।''
देवरक्षिता के स्वर में गद्गद भाव था, जैसे कृतज्ञता फूट आई हो। वह कहती गई,
''उसे ही नहीं, यशोदा को देखो। कितना विशाल हृदय है। एक दिन ऐसी बात नहीं
की जो किसी का हृदय दुखाया हो। फिर तू नादान है। आवेश में आकर चाहे जो
बकता है। तू क्यों समझेगा अभी! तेरा भी दोष नहीं। हम ही जानते हैं। किसी दिन
सब-कुछ जानेगा तो सिर नहीं उठेगा तेरा। इतना आभार है नंदगोप और यशोदा
का!''

सहदेवा लौट आई। खीर का पात्र साथ था। बाकी पात्र दासियों के हाथ में
थे। खीर परोसी जाने लगी। गर्म-गर्म भाप उड़ रही थी। गंध आ रही थी। चावल
फूल गए थे।

कृष्ण रस ले-लेकर नहीं खा रहा था। वह सोच रहा था, 'तो वह आखिर है
क्या जो इतना गुप्त है!'

''क्यों रे, धीरे-धीरे क्यों खाता है?'' देवरक्षिता ने पूछा, ''कैसी बनी है?''

''अच्छी है!'' कृष्ण ने कहा, ''पर नमक कुछ कम है।''

पाकशाला में अट्टहास गूँज उठा। देवरक्षिता ने सहदेवा की ओर मुस्कराकर
देखा और कहा, ''ढीठ!''

2

प्रासाद की दीर्घ छाया वृद्ध जयाश्व धीरे-धीरे आगे ही बढ़ता चला गया। इस समय
वह तरह-तरह की बातें सोच रहा था। पहले उसके विचारों की गति एक भीड़ के
समान थी, जिसमें समुद्र की तरंगों की भाँति विचार आपस में हिल-मिल जाते थे,
किन्तु फिर अब वे भागने लगे थे। उनकी गति में विक्षिप्त चपलता आ गई थी और
उसका सिर फटने लगा।

जयाश्व लंबा आदमी था। उसका काम था कंस के प्रासाद में घंटे बजानेवालों
का प्रबंध करना और उसकी देखरेख करनेवालों की जानकारी रखना। किन्तु यह
उसका बाह्य पक्ष था। वह वृष्णि था। और मन-ही-मन कुचक्र रचता था। कंस के
प्रासाद की भीतरी बातों की टोह लिया करता था।

वह कंस के पिता उग्रसेन के साथियों में से था। उग्रसेन के छोटे भाई देवक
से उसके अच्छे संबंध थे। देवक की पुत्री देवकी ही वसुदेव को ब्याही थी। वह सब
कितना अच्छा था। परन्तु कंस ने तोड़-ताड़कर सब कुछ छिन्न-भिन्न कर दिया था।

कंस! वह अंधक कुलांगार! जिसने अपने दुराचारी भाइयों के बल पर कितनी
शक्ति एकत्र कर ली है? वह जरासंध का जामाता बनने के बाद यादवगण को तोड़कर
एक और निरंकुश साम्राज्य बनाने की चेष्टा कर रहा है।

जयाश्व सिहर उठा। वह आर्य्य देवक के भवन के पास पहुँच गया।

''आर्य्य देवक हैं।'' उसने पूछा।

दण्डधर ने उसे ऊपर से नीचे तक रूखी दृष्टि से देखा और सिर हिलाया, मानो 'हैं' और फिर उसने एक प्रतिहारी को पुकारा, ''आनभिम्लाता!''

एक श्यामला स्त्री आई। उसके हाथों में एक बच्चा था। वह स्तन खोलकर उसे दूध पिला रही थी। आवाज सुनकर उसी अवस्था में आ गई और बोली, ''क्या है अनूदर!''

''आर्य्य आए हैं।'' उसने उसी तरह कहा।

''अरे, पितृव्य हैं, मूर्ख!'' आनभिम्लाता ने हँसकर प्रणाम करते हुए कहा, ''आइए आर्य्य! स्वागत है। अभी नया है, क्षमा करें!''

अनूदर ने याचना की दृष्टि से देखा।

जयाश्व ने पूछा, ''आर्य्य हैं?''

'' हैं देव!'' आनभिम्लाता ने उत्तर दिया।

''व्यस्त हैं?''

''नहीं आर्य्य! आज कुछ व्यापारी दिन में न्यंकु-शीश दे गए थे, उन्हीं मृगों के सिरों को देख रहे हैं।''

''अच्छा।'' जयाश्व हँसा। कहा, ''तो चलो!''

वह आगे-आगे चली। जयाश्व पीछे-पीछे चलने लगा। दोनों प्रकोष्ठ, एक लंबा अलिंद पार करके आनभिम्लाता ने कहा, ''वह देखिए! आर्य्य उधर गृहवापी के पास हैं।''

आनभिम्लाता चली गई। जयाश्व ने देखा। आर्य्य देवक के मुख पर चिंता थी। वे इस समय ऐणेय मृगों और कारण्डवों को देख रहे थे। वे उन्नत मस्तक के व्यक्ति थे। उनके कंधे चौड़े थे और कोई भी उन्हें देखकर कह सकता था कि वे कुलीन ही थे। उनके वस्त्र बहुमूल्य थे।

पास जाकर जयाश्व ने कहा, ''आर्य्य! प्रणाम करता हूँ।''

''कौन?'' देवक ने चौंककर कहा, ''आर्य्य जयाश्व!''

जयाश्व मुस्कराया।

देवक ने कहा, ''तुम तो आश्चर्य हो जयाश्व! बैठ जाओ। आसन ग्रहण करो।''

देवक के पास ही एक फलका पड़ी थी जिस पर जयाश्व बैठ गया। देवक अधीर हो रहे थे। बोले, ''यह क्या जयाश्व! इतने दिन से तुम कहाँ थे? मुझसे तुम कहते हो कि आर्य्य कुछ मत करो, समय आने की प्रतीक्षा करो। और तुम स्वयं भूलिंग पक्षी के समान दुस्साहसिक हो, जो मुँह से तो 'साहसं मा कुरु' कहा करता है, पर सिंह की डाढ़ों में लगा माँस निकालकर खा जाता है। बताओ, मैं ठीक नहीं कहता?''

जयाश्व फिर मुस्कराया। वह एक गंभीर उलझन की तरह था। उसके माथे पर पड़ी झुर्रियाँ अब काँपने लगी थीं और आर्य्य देवक को घूरने लगी थी। जयाश्व का वह अधकहा मौन आर्य्य देवक को आतुर करने लगा।

"तुम कुछ बोलते क्यों नहीं?" आर्य्य देवक ने पूछा।

"देव, मैं सोचता था कि यह संघर्ष मूलतः वृष्णि और अंधक का नहीं है। क्योंकि आप स्वयं अंधक हैं। वसुदेव वृष्णि हैं।"

"ठीक कहते हो जयाश्व! हम यादव हैं, मूलतः यादव हैं। हम आज तक निरंकुश सत्ता के नीचे नहीं रहे हैं, कंस जरासंध की नकल पर निरंकुश साम्राज्य बनना चाहता है। उसी ने वृष्णि और अंधक का संघर्ष पैदा किया है।"

"यह मैं नहीं मानता आर्य्य! शौरसेन देश में हमारा गण था, किन्तु वृष्णि और अंधकों में संघर्ष पुराना था, चाहे वह दबा हुआ रहा हो। कंस ने तो अपने स्वार्थ के लिए उसे उभाड़ दिया है और क्या? हम लोग भले ही पुरानी परंपरा में इस खाई को इस समय पाट दें किन्तु क्या भविष्य भी हमारा साथ देगा? मुझे तो नहीं लगता।"

"तो तुम क्या समझते हो?"

"मैं तो सोच नहीं पाता आर्य्य, कि इस जम्बूद्वीप में इस भरतखण्ड का क्या होगा? उत्तर कुरु में कोई किसी का राजा नहीं। स्वयं सिंधु और बाल्हीक तक में आयुधजीवी स्वतंत्र स्वेच्छाचारी कामचारी गण हैं। कुरु देश में शासन-व्यवस्था अधिक से अधिक निरंकुश होती जा रही है। मगध से कामरूप तक निरंकुश राज्य-सत्ताएँ हैं। फिर गंगा और विंध्य के बीच में कहीं नाग हैं, कहीं असुर हैं, कहीं वानर हैं। सब शक्ति बढ़ा रहे हैं। मुझे तो लगता है एक भयानक विस्फोट होकर रहेगा। कब होगा, यह तो नहीं कह सकता, पर भय अवश्य लगता है। सब ऐसा लगता है, जैसे किसी बहुत बड़ी आँधी के पहले ऊमस-सी छा रही हो। यह अलग-अलगाव, यह मनमुटाव, यह घुटन, सदा ही क्या बनी रहेगी? इसका टकराना आवश्यक है।"

आर्य्य देवक सोचते रहे। फिर कहा, "अगर शक्तियाँ आपस में टकरा गईं तो क्या होगा फिर? दक्षिणात्य में विदर्भ से भी नीचे व्यापार बढ़ गया है यादवों का जयाश्व! पूर्व में समुद्र पर धीरे-धीरे अधिकार बढ़ता जा रहा है। युद्ध अवश्यंभावी है, परन्तु उसका परिणाम क्या होगा?"

जयाश्व ने कहा, "आर्य्य! अब तो शूद्र अपने को समाज का अंग मानते हैं। परन्तु वे कुछ असंतुष्ट हैं और दासों के पीछे, भूमि के पीछे, सभी के पीछे, सारी शक्तियाँ उन्मत्त होती जाती हैं।"

"तो क्या यह प्राचीन असुर, राक्षस आदि ठीक हैं। देखो! शांतनु ने सत्यवती से विवाह करके निषाद-कन्या को आर्य्य-पट्ट पर बिठा ही दिया।"

"नहीं देव! इनकी निरंकुशता तो मिटेगी ही, परन्तु ब्राह्मणों और क्षत्रियों का भी अहंकार खंडित हो जाएगा!"

''बड़ा भयानक होगा वह समय।'' आर्य्य देवक ने सिर हिलाते हुए कहा, ''और कंस का उदय उस आनेवाले तूफान का एक प्रारम्भ है।''

''आप भयभीत हैं आर्य्य!'' जयाश्व ने फिर मुस्कराकर पूछा।

''मैं नहीं डरता जयाश्व! मैं आर्य्य आहुक का पुत्र, महाराज उग्रसेन का कनिष्ठ भ्राता और कंस का पितृव्य हूँ। एक दिन मैंने ही उसे धूलि में घुटनों के बल चलते हुए देखकर पाँवों पर चलना सिखाया था।''

जयाश्व ने उत्तरीय से मस्तक पोंछकर कहा, ''उत्तेजित होने की आवश्यकता नहीं है आर्य्य! समय आने दीजिए। कंस प्रबल है। अहेरी जब शल्लकी (सेही) को शस्यों (खेतों) में मारता है तो उसके काँटों का ध्यान रखकर उसे हाथों से नहीं पकड़ लेता, उसके लिए दण्ड (डंडे) का प्रयोग करता है। आप भी उसी प्रकार अपनी बुद्धि और उसके कौशल का प्रयोग कीजिए देव!''

''उचित कहा जयाश्व!'' देवक ने स्वीकार किया और वे झुके तो उनके जड़ित कंकणों पर दूर से आता हलका प्रकाश तनिक चमका और उनके वक्ष पर पड़े हुए मुक्ताहार आगे झूलते लटकते-से कुछ हिल उठे। उनके सिर पर सघन केशराशि थी। उनके मुख पर कोमलता नहीं थी, कठोर पौरुष था, किन्तु उनके होंठ और आँखें देखकर स्पष्ट दिखाई देता था कि देवकी उनकी ही पुत्री है।

''आज मैं एक विशेष समाचार लाया हूँ।'' जयाश्व ने कहा, ''इसलिए इतने दिन तक सेवा में उपस्थित नहीं हो सका था। आज्ञा दें तो वर्णन करूँ।''

''ऐसा!'' देवक ने कहा, ''तो दुहिता और जामाता को बुला लूँ?''

''देव! उन दोनों को देखता हूँ तो मेरा हृदय काँपने लगता है। मैं स्वयं दुःखी हूँ। पत्नी मर गई, बच्चे मर गए, परन्तु वह सब हाथ की बात तो नहीं थी! किन्तु इनका दुःख तो मनुष्य ने पैदा किया है। मुझे आश्चर्य है आर्य्य! क्या इन लोगों को मनुष्य की अच्छाई पर तनिक भी विश्वास होता होगा? मुझे आशा नहीं है। और वह भी जब मैं सोचता हूँ कि कंस देवकी का भाई है, और उसके बच्चों का मामा!''

देवक ने मुँह फेर लिया। उसने भरीए हुए स्वर से कहा, ''किन्तु यह सब सत्य है और कंस निस्संदेह उन बालकों का हत्यारा है। मैं पूछता हूँ जयाश्व! क्या कभी भी संसार इस बर्बर अत्याचार को भूल सकेगा? क्या कभी भी कोई कंस का नाम आदर और श्रद्धा से ले सकेगा? सोचो जयाश्व! यदि कंस इसी तरह जमा रहा, तो कल चारण उस अत्याचारी की प्रशस्तियाँ गाया करेंगे!!''

''नहीं देव!'' जयाश्व ने कुटिलता से मुस्कराकर कहा, ''विप्रचित्ति का नाश हो गया। बड़े-बड़े ज्ञानी बनने वाले असुर, नाग, दानव, राक्षस, बानर तथा ब्राह्मण और क्षत्रियों को समय की ठोकर ने बालू के ढेर की तरह उड़ा दिया, वहाँ जरासंध और कंस क्या शाश्वत हैं!'' उसकी मुस्कराहट पिचके गालों पर अब फैल गई और आँखों में प्रतिहिंसा की चमक-सी दिखाई देने लगी। उसने कहा, 'आर्य्य बुलवा ही

लें उन्हें। यह सब उनसे संबंधित होगा।"

आर्य्य देवक ने पुकारा, "अरे, कोई है!" निषाद-पिता और वैदेह माता का आहिण्डक दास पुत्र लकुच कुछ दूर पर कार्य व्यस्त था। जैसा था वैसा उठकर भागा। आकर कहा, "स्वामी! आज्ञा!!"

"आर्य्य वसुदेव और आर्य्या देवकी को आर्य्य जयाश्व के आने की सूचना दे आ। कहना कि आर्य्य जयाश्व प्रतीक्षा कर रहे हैं। शीघ्र आने का कष्ट करें।"

"जो आज्ञा देव!" कहकर लकुच भाग चला।

कुछ ही देर में एक पुरुष और एक स्त्री आते हुए दिखाई दिए। वे वसुदेव और देवकी थे।

देवकी के केश लंबे, रूखे और खुले हुए थे, परन्तु फिर भी उनमें एक रेशमी स्निग्धता थी। जैसे आक्रांत वेदना की घड़ी में, जब वसुदेव ने उन पर हाथ फिरा-फिरा-कर देवकी को सांत्वना दी थी, तब इन केशों ने सदा-सदा के लिए पति की आतुर पीड़ा को अपने भीतर समेटकर रख लिया था। उसके सुंदर और लावण्यमय गौर मुख पर खिंची हुई भवें थीं और यद्यपि वह यौवन के ढलाव पर थी, किन्तु उसके सुंदर हाथ और क्षीण कटि उसे अब भी सुंदरी कहलवा सकते थे। उसके अधर और ओष्ठ पर एक सहज गुलाबी छाया थी। कंस ने इस दंपती को कारागार से छोड़ दिया था। उसे प्रजा को कुछ प्रसन्न करना पड़ा था। उसके अत्याचारों की गाथाओं ने जब भयानक प्रसार किया तब उसने चाल सोची थी। तभी देवकी और वसुदेव आर्य्य देवक के यहाँ आ गए थे। परन्तु वे इधर-उधर आने-जाने के लिए सर्वथा स्वतंत्र नहीं थे। देवकी तो उद्विग्न-सी लगती, खोई-खोई-सी। वसुदेव चिंता में मग्न रहते।

इस समय देवकी स्तनपट्ट बाँधे थी और नीवि पहने थी। वसुदेव कटि के नीचे नीविंकृ पहने था और उसके कंधों पर उत्तरीय पड़ा था। देवकी के नेत्र वैसे तो शांत थे किन्तु जयाश्व को देखकर वे सहसा ही जैसे सुलग उठे। वसुदेव फिर भी शांत रहा। वह समुद्र की भाँति गंभीर दिखाई देता था, जैसे उसमें कष्ट सहने की अपरिमित शक्ति थी और जैसे वह सहज ही विचलित नहीं हो सकता था।

यही वसुदेव था, जिसे जीवन के प्रति ऐसी अनास्थापूर्ण आस्था थी कि वह एक ही समय अत्यन्त कठोर अत्यन्त दयालु दिखाई देता था कि देखनेवाला आश्चर्य में पड़ जाता था। उसे देवकी से अत्यन्त प्रेम था। वह उसकी सबसे छोटी स्त्री थी और सबसे अधिक सुंदर थी। उसने देवकी से पहले तेरह स्त्रियों से विवाह किया था, उनमें कुछ आर्य्य स्त्रियाँ थीं, और कुछ गोप कन्याएँ थीं। इस समय जीवन के भय से उसने चुपचाप अपनी स्त्रियों और समस्त संतानों को गोकुल में नंदगोप के पास छिपा दिया था। उसे निस्संतान करने को कंस निरंतर गोकुल में गुप्तघातकों को भेजा करता था। और इसमें वह अपने अनार्य्य मित्र-शासकों का सहयोग प्राप्त

किया करता था। वसुदेव के भाई भी इसी प्रकार छिपे हुए पड़े-पड़े अपने-अपने जीवन की रक्षा कर रहे थे। वसुदेव का प्रजा में मान था। इसलिए जब उसकी चालों का भण्डा फूट गया, तब भी कंस उसे एकदम मार न सका था। वसुदेव और देवकी में प्रेम हो गया था। कैसी अजीब बात थी! जब वसुदेव ने देवकी से विवाह किया और उसे स्वयं कंस रथ में पहुँचाने चला तब किसी चर ने कंस को सावधान कर दिया। वह कण्ठ में दबे, परन्तु पैने स्वर से बोला और आकाशवाणी-सा सुनाई दिया[1]—कंस! तूने अपनी अंतिम बहिन से स्नेह किया है, परन्तु वह वसुदेव वृष्णि के साथ षड्यंत्र कर रही है, कि तुझे सिंहासन से उतार सके और फिर गणराज्य को स्थापित कर दे। सावधान! देवकी और वसुदेव ने परस्पर सपथ ली है कि जब तक हम हैं तब तक, हमारे बाद हमारी संतान भी इस निरंकुशता से युद्ध करती रहेगी!

बस, पाँसा वहीं से पलट गया था। कंस ने देवकी के भयार्त्त नयनों को देखा था। उसने वसुदेव का वध करना चाहा, परन्तु देवकी ने तब तक भी सुहाग की भीख माँगी थी। और कंस ने कहा था, ''अच्छी बात है।'' उसने और भी क्रूरकर्म सोचा और उन्हें कारागार में डाल दिया था।

वृष्णियों का षड्यंत्र उस समय धक्का खा गया। और वसुदेव ने देवकी के साथ कारागार में जो दस वर्ष बिताए थे, वैसे वर्ष संभवतः कोई नहीं बिताता।

वह पिता था, देवकी माता थी। उसके शिशुओं का मामा कंस ही उन दोनों को कठोर कष्ट दे रहा था। किन्तु वसुदेव को क्रोध नहीं था। वह समझता था कि इसके अतिरिक्त कंस अपने लिए और कुछ कर भी नहीं सकता था। उसने राज्य के लिए स्वयं अपने पिता को कारागार में डाल दिया था, क्योंकि उसने जरासंध की बेटियों—अस्ति और प्राप्ति—से विवाह किया था और वे उसमें साम्राज्य की तृष्णा भड़क रही थी। कंस के सामने लिप्सा थी। निस्संदेह वसुदेव कंस का शत्रु था और छिपा हुआ शत्रु था, बल्कि ऊपर-ऊपर से घर का आदमी बना हुआ था। देवकी षड्यंत्र में सम्मिलित थी। यहाँ तक तो वसुदेव को भी आपत्ति नहीं थी कि उसने देवकी और वसुदेव को कारागृह में डाल दिया था; यह तो स्वाभाविक ही था! बल्कि उसने प्राणदण्ड नहीं दिया, यह भी उसकी बुद्धिमानी का ही प्रतीक था। किन्तु उसके बाद!

उसके बाद ज्योतिषियों ने कहा कि देवकी का पुत्र ही कंस का वध करेगा। वह ज्योतिषी कौन था? कोई नहीं जानता। संभव है, यह बात केवल उड़ाई ही गई

---

1. प्राचीन काल में कंठ से बोलना भी प्रचलित था, गले में से ऐसे बोला जाता था कि सुनने वाला यह नहीं समझ पाता था कि कौन बोल रहा है। गोगिया पाशा ऐसे बोलते हैं। इसे यूरोप में 'वैण्ट्रोक्युलिज्म' कहते हैं।

हो ताकि कंस की प्रतिहिंसा और बर्बरता को वह ढंक सके, प्रजा को बहकाया जा सके। ठीक ही है, यदि प्रजा मान जाती है, मान जाने का अर्थ है कि प्रकट विद्रोह नहीं करती, तो यह ठीक ही है कि कंस अपनी भगिनि के बालकों की हत्या कर सके, क्योंकि ज्योतिषी ने कह ही दिया है कि उन्हीं में से कोई कंस का वध करेगा। तब क्यों न कंस उन बच्चों का वध कर दे! अपनी रक्षा करना क्या उचित नहीं है? और इस आवरण की आड़ में जघन्य बर्बर प्रतिहिंसा आगे आ गई। और फिर क्या हुआ?

वसुदेव ने अपनी ही आँखों से देखा कि उस बर्बर हिंस्र पशु कंस ने उनके हाथ से सद्यःजात को छीन लिया। उसके सैनिक मौन खड़े रहे। उसने निरीह बालक को झकझोर दिया, बच्चा रो उठा। देवकी, रोती हुई, कुररी के समान रोती हुई, हाहाकार करती हुई देवकी के सामने, पृथ्वी पर पटककर उसके बच्चे को मार डाला। देवकी मूर्च्छित हो गई थी।

एकांत जीवन! दंपति निस्सहाय! वे सोचते कि कंस आगे तो दया करेगा। परन्तु दया वहाँ कहाँ थी! बाहर जब संवाद पहुँचता तो वृष्णि और पुराने अंधक, कंस की बर्बरता की बात फैलाते, कुचक्र रचते, बंदीगृह में छिपे-छिपे संवाद पहुँचाते, और क्रोध से होंठ चबाते।

और वसुदेव! वे किस तरह भूल सकते थे! देवकी को वे देख रहे थे। माता का हृदय बार-बार मूर्च्छित हो उठता था। इतनी विभीषिका किसने भर दी थी कंस में! उसने शूरसेन के देश में प्रजा को कुचल दिया था। परन्तु कारागार में माता और पिता के देखते हुए देवकी रोती, बार-बार बालक को छाती से चिपटा लेती। कहती, 'नहीं दूँगी...नहीं दूँगी....वह कंस को गाली देती थी। किन्तु वसुदेव!! वह ज्वालामुखी की भाँति थे। उन्होंने कभी क्षमा-याचना नहीं की। इतना कठोर हो गया था उनका हृदय! वज्र से भी कठोर। मानो वह चाहते थे कि उनकी प्रतिहिंसा के केहरी को कंस के अत्याचार की ठोकरें बार-बार अपमानित किया करें और बाहर व्रज के वृष्णि और पुराने अंधक शीघ्र-से-शीघ्र कंस को उखाड़कर बाहर फेंक दें!

आ रहा है कंस!

वसुदेव कहते, ‘‘ला देवकी! अपने हृदय का टुकड़ा मुझे दे दे!’’

‘‘नहीं, नहीं दूँगी।’’ देवकी आर्त्तनाद करती।

वसुदेव कहते, ‘‘नहीं देवकी! आज मुझे उस अत्याचारी को आतंकित करने दे। तेरे सैकड़ों बच्चे, शौरसेन की प्रजा में, तुझ पर हो रहे अत्याचार का बदला लेने के लिए सन्नद्ध हो रहे हैं। ला, मुझे आहुति देने दे।’’

बंदीगृह का प्रहरी जाणुक आँखें फेर लेता। वे डबडबा आतीं। वह वृष्णि था, जो यहाँ गुप्त रूप से छद्म-वेश में प्रहरी बना हुआ था। सब देखता था, परन्तु कहता क्या? वह उन्हें खाना देता था। संवाद लाता-ले जाता था।

और कंस आता। छत्र पीछे लगाए अनुचर होते। वह बीभत्सता से अट्टहास करता, जैसे यम खड़ा हो। वसुदेव की आँखों में आग जलती, पर मुँह से धुँआ आह बनकर भी, एक बार भी, नहीं निकलता। जब कंस ने पहले बालक कीर्तिमान की हत्या की थी, देवकी मूर्च्छित हो गई थी, वसुदेव थर्रा उठे थे। कंस विजयी होकर चला गया था। किन्तु दूसरे बालक सुषेण की हत्या के समय वसुदेव और देवकी, दोनों के ही नेत्रों में आँसू नहीं थे। वे प्रज्वलित नेत्रों से देखते रहे।

''ठहरो!'' वसुदेव ने कठोर स्वर में कहा था, ''क्या चाहते हो?''

कंस ने विकराल नेत्रों से देखकर गरजते हुए कहा, ''राज्य के लिए बलि दो वसुदेव! तुम षड्यंत्रकारी हो, तुम विद्रोही हो! जीवन-पर्य्यंत तुम्हें बंदीगृह में रखकर मैंने बहिन को सुहाग दिया है, और तुम्हें तुम्हारा प्रेम! पर मुझे मेरी प्रतिहिंसा की तृप्ति दो!''

उस समय कठोर और दीर्घकाय सैनिकों के शस्त्र खड़खड़ा उठे थे।

वसुदेव और देवकी चुप रहे। तब वसुदेव ने ही कहा था, ''राज्यबलि! ले जाओ कंस! वृष्टि और अंधक रक्त मिलकर तुम्हारी निरंकुशता के लिए अंत तक अपनी बलि देता रहेगा, इतना कि एक दिन तुम भी थक जाओगे और यह रक्त तुम्हारे पापों को धो देगा।''

और जब कंस ने उग्रसेन की हत्या की चेष्टा की, तब देवकी हठात् पागलों की तरह खिलखिलाकर हंस पड़ी थी। उसने बाल नोंच लिए थे अपने।

जब कंस ने ऋजु को मारा था तब देवकी ने वसुदेव के नेत्रों में देखा था, और लगा था, सारा त्रिभुवन धू-धू करके जलने लगा था।

और ऐसे ही, संमर्दन और भद्र को जब कंस ने मारा, तब देवकी सस्वर गाने लगी थी। उसको सुनकर कंस के रोंगटे खड़े हो गए थे। वह डरने लगा था। वसुदेव और देवकी का मौन उसे हराने लगा था। वह अपने भीतर निर्बल-सा बन गया था।

जाणुक के द्वारा जब बंदीगृह के बाहर संवाद पहुँचता, तो जयाश्व और देवक क्रोध से विह्वल हो जाते।

कंस एकांत में पागल-सा घूमता। यह वह क्या कर रहा था। उसकी प्रतिहिंसा उसे डराती थी। वह भयानक था परन्तु मनुष्य था। और मनुष्य एकांत में डरता है। उसे हत्याएँ डरातीं। वह सोचता, वसुदेव को देवकी से इतना प्रेम था! उसने संतान का वध करवा दिया किन्तु स्त्री का नहीं! उसने सहर्ष बच्चों की हत्या करवा दी! पिता अपने हाथ से बालकों को उठा-उठाकर मारने के लिए देता गया! क्या था वह साहस!! घोर सीमा थी वह प्रेम और बलिदान की! वह बलिष्ठ था। जरासंध मगध-नरेश उसका ससुर था, जिसकी पगध्वनि से कलिंग तक पृथ्वी काँपती थीं। और कंस के मित्र थे प्रलंबासुर, बकासुर, चाणूर, तृणावर्त्त, अघासुर, मुष्टिक, अरिष्टासुर, द्विविद, वानरराज, पूतना राक्षसी, केशी और धेनुक। बाणासुर और भीमासुर उसके लिए सदैव

तत्पर खड़े रहते थे। अनेक दैत्य उसके मित्र थे। उससे भयभीत होकर गणराज्य का स्वप्न देखनेवाले यादव, कुरु, पञ्चाल, केकय, शाल्व, विदर्भ, निषध, विदेह और अंधक भय के कारण ऊपर-ऊपर से मिले हुए भीतर ही भीतर उसकी जड़ें काटने में लगे हुए थे। वसुदेव की स्त्रियाँ, संतान और भाई तथा अन्य संबंधी सब इधर-उधर छिपे हुए थे।

उधर षड्यंत्रकारियों में ब्रज का गोप नंद भी था। उसने वसुदेव की पत्नी रोहिणी को छिपा रखा था। जयाश्व ने रोहिणी को बुलाया। वह पुरुष-वेश में आई। जानुक ने उसे बंदीगृह में वसुदेव से मिलाया। वह कैसा अद्भुत क्षण था! और वह पुरुष रूप में रहनेवाली रोहिणी बंदीगृह में छिप गई। वह बलराम 'संकर्षण' की माता बनकर लौटी। आज तक पता नहीं चला कि वह देवकी की संतान थी या रोहिणी की। प्रसिद्ध यही हुआ कि देवकी का गर्भ नष्ट हो गया। रोहिणी गोकुल लौट आई।

और कारागार! उसके दीर्घपाषाणों की विभीषिका में घिरा हुआ, लोहे के दाँतों से जकड़ा हुआ, आकाश को दिखानेवाला वह नीरव वातायन! वहीं से वायु प्राण लाया करती थी। कितने कठिन थे वे दिन! दीर्घ! अमानुषिक रूप से दीर्घ! एक मनुष्य नहीं कि बात कर सकें, किसी से दुख बँटा सकें। किन्तु पशुत्व के सम्मुख मानवता जैसे अपराजित बनी रही। अत्याचार की दंष्ट्राओं को हिला देनेवाला वह महान् साहस! उन विकराल प्राचीरों पर बालकों के अपरिमित गौरव की मृत्युञ्जय चेतना मंडराती रही और 'मातुल! मामा!! ' कह-कहकर वह अदम्प हुंकार गूँजती रही, ललकारती रही, क्योंकि पिता का फूल-सा हृदय बज्र हो गया था, और माता का स्वप्न एक भयानक जागरण में अपनी संवेदनात्मकता तक को खो चुका था।

क्या था वह दुर्दमनीय प्रकाण्ड दाह!!

अंत में देवक, जानुक, जयाश्व और नंदगोप की योजना सफल हो गई। कृष्ण-पक्ष, अष्टमी, भाद्रपद—प्रगाढ़ सूचीभेद्य अंधकार छा रहा था। कृष्ण का जन्म हुआ। जानुक ने प्रहरियों को औषधि मिली मिष्ट मदिरा पिलाकर मूर्च्छित कर दिया। दो वृष्णियों के साथ वसुदेव यमुनातीर पर पहुँचे। वहाँ देवक ने शेषकुल के नागों को प्रचुर धन देकर नौका लेकर तत्पर करवा दिया था। वे चाहते थे, देवकी को एक पुत्र जीवित ही मिले। कालिय वंश के नागों को वहीं रहकर भी पता न चला। दो नाग पतवारें लेकर नौका में बैठे थे और कालिंदी समुद्र की भाँति हहरा-हहराकर ऊभ-चूभ हो रही थी। उस समय वसुदेव बालक को लेकर नाव पर चढ़ गए। नाग इस प्रचंड गरजती धारा पर अपनी नौका ले जाने से डरने लगे थे। वसुदेव ने कहा था, ''डरो नहीं मित्रो! बढ़े चलो! आज वेगवती चमुना को ही नहीं, हम भीषण महासागरों को भी, मंथन करके, व्याकुल कर देंगे।

और तब भीम-शक्ति से वे नौका खेने लगे। उन्नद्ध ऊमियाँ विकराल बनकर अट्टहास करती हुई आतीं, जैसे अक्षय कंस आज लहर-लहर में विध्वंस की प्रतिहिंसा

बनकर व्याप्त हो गया हो। परन्तु मनुष्य के अपराजित साहस से टकराकर, अखण्ड पौरुष की चपेट से आहत और आर्त्त होकर वे सर्वग्रासिनी थपेड़े मारती लहरें ऐसे हाहाकार करके लौट जातीं, जैसे तिमिंगलों की भीड़ भाग चली हो। और वह बालक पाँवों को पटकता, हाथों के अँगूठे चूसता, उस समय भी भूख से चिल्ला उठा था, जैसे जीवन आज अपनी सत्ता का उद्घोष करके यम के ठोकर मार रहा हो। वह बालक उस नौका में वसुदेव के हृदय का समस्त स्नेह लिए अंगार बनकर पड़ा था। उस बालक का रोदन सुनकर रोदसी तक प्रतिध्वनि करती हुई बार-बार आँधी चिल्लाती, और तब वसुदेव को लगा था कि यह जो आकाश में मेघ-गर्जन अनवरत निनाद से गूँज रहा है, वह इसी नए प्राणी के स्वागत के लिए पटह-निर्घोष हो रहा है, जिसे सुनकर दिगंतों से दिग्धर विशालकाय महागज चिंघार-चिंघारकर एक नवोन्मेष की जय घोषणा कर रहे हैं। वसुदेव उन्मत्त हो गया था। वतवारें टूट गई थीं। तब वसुदेव ने बालक को उठाकर वक्ष से चिपकाकर कहा था, ''वज्रधर इन्द्र! आज शपथ है कि तेरा यह दुरभिमान वसुदेव कुचलकर रहेगा। आज इस फूल को कोई नहीं मसल सकेगा।''

तूफान ने व्यंग्य से ठहाका लगाया था। दोनों नागों ने कूदकर नौका को दोनों ओर से पकड़ लिया था। तब मूसलाधार वर्षा होने लगी थी। करका का कठोर वज्रनिनाद आकाश को टुकड़े-टुकड़े करके धरती पर धम-धम करके फेंके दे रहा था। मनुष्य जीत गया था। वसुदेव का हृदय ऐसा वज्र था!

नंदगोप ने बालक ले लिया था। वह रो दिया था। उसने एक कन्या बदले में दी थी। औरस पुत्री! परन्तु उसने कहा था, ''वसुदेव! तुमने गण के लिए इतने पुत्रों की बलि दी है, एक दान मुझे भी दे दो!''

और वसुदेव उसी तूफान में लौट आया था। देवक के धन ने जिस प्रकार नगर और बंदीगृह के द्वार खुलवाए थे, वैसे ही बंद करवा दिए थे। वसुदेव ने बच्ची देवकी के हाथों में सौंप दी थी। बच्ची रो उठी। प्रहरी जाग उठे।

कंस विह्वल-सा भाग उठा। भयानक रात्रि का अन्तिम प्रहर। वह नींद में सो गया था। इतनी मदिरा पीकर सोया था कि अभी तक सिर भनभना रहा था। और उसे आश्चर्य हुआ कि जो देवकी पुत्रों को देती थी और चुप रहती थी, आज कन्या को हाथों में लिए वही बफरी हुई सिंहनी की भाँति खड़ी थी। क्योंकि आज उसके हाथों में दूसरे की संतान थी। इसको वह कैसे दे देती!

और कंस से वह लड़ती रही! कंस ने बालिका छीन ली और तभी किसी प्राचीर के पीछे जाणुक ने हँसकर कहा, ''अत्याचारी! तेरे क्रूर कर्मों का सर्वनाश हो जाएगा। देवकी का पुत्र अब भी जीवित है। यह कन्या तू मार सकता है, परन्तु यह उसकी नहीं है। रात को इन्द्र ने स्वयं इस प्रकार बच्चे बदले हैं।''

भय से प्रहरी काँप उठे थे। वे सत्य समझे। कंस डर गया। उस निर्बलता के

आवेश में वह बालिका को न मार सका। उसने उसे रख दिया और सिर पकड़कर बैठ गया। हठात् दीपाधार किसीसे लुढ़ककर बुझ गया। जब आलोक किया गया, कन्या वहाँ नहीं थी। जाणुक ने फिर कहा, ''सावधान! अहंकारी धूर्त! इन्द्र उसे ले गया।''

प्रहरी भागने लगे। कंस ने कहा, ''रुको! रुको!!'' परन्तु वे चिल्लाए, ''नहीं, देवता का क्रोध तेरे कारण आ रहा है। तू वसुदेव और देवकी का अपराधी है।'' उसी समय जाणुक ने कहा, ''इन्हें बंदीगृह से मुक्त करके पाप का प्रायश्चित कर!'' प्रहरी भाग गए। कंस ने दोनों को भयार्त्त होकर मुक्त कर दिया।

संवाद मथुरा में बिजली की तरह फैल गया। भीड़ बंदीगृह के सामने आ गई। सेना कंस की आज्ञा के लिए सन्नद्ध खड़ी थी। परन्तु आज कंस व्याकुल-सा अकेला अपने प्रासाद के अंतःकक्ष में घूम रहा था। वह सोच रहा था, क्या करूँ? क्या यह देवक्रोध था या कोई षड्यंत्र? परन्तु प्रजा में देवक्रोध प्रसिद्ध था। तब उसने सोचा कि इस समय चुप रहूँ। फिर देख लूँगा। और वृष्णियों के सहायक ब्राह्मणों पर उसका क्रोध गरजने लगा।

जयाश्व ने देखा, दोनों ने स्नेह से प्रणाम किया और उसने स्नेह से आशीर्वाद दिया। वसुदेव और देवकी दास द्वारा लाए हुए आसनों पर बैठ गए।

''आर्य!'' देवक ने वसुदेव से कहा, ''जयाश्व विशेष समाचार लाए हैं।''

देवकी ने जयाश्व की ओर देखकर कहा, ''क्या पितृव्य!'' सबकी दृष्टि जयाश्व पर जम गई।

''कंस का कुचक्र बढ़ गया है,'' जयाश्व ने धीमे से कहा, ''उसका संदेह बढ़ता जा रहा है कि देवकी का पुत्र गोपों में पल रहा है।''

हठात् देवकी और वसुदेव के नेत्र उल्काओं की भाँति जल उठे और उस समय दोनों ने फहरते प्रकाश का आदान-प्रदान करके मुड़कर जयाश्व को देखा। जयाश्व ने कहा, ''उसे केवल संदेह है। संदेह तो उसे समस्त गोपों और वृष्णियों पर है। यहाँ तक कि कई अंधक कुलों पर भी उसकी दृष्टि है। उसका यह विश्वास बढ़ता जा रहा है कि बंदीगृहों में वह चमत्कार नहीं था, छल था। जाणुक का उसने चाणूर से वध करवा दिया था। मूर्ख अब चतुर हो गया है, देवकी!''

''आर्य!'' देवकी ने धीमे से कहा।

''जानती है,'' जयाश्व ने कहा, ''वह जो धीरे-धीरे अपना यश फैलाता जा रहा है, वह तेरा ही पुत्र है।''

देवकी का मुँह तनिक खुला। होंठ काँपकर रह गए। वह कैसे कहे! कितने-कितने वर्षों से नहीं जानती वह! नंद गोप वसुदेव का बंधु भी है, उसीने ने तो उसे पाला है। उसकी बालिका तो राह में मर गई थी, इसी से फिर नंद के पास नहीं पहुँच

सकी। अब यशोदा से वह क्या पुत्र को माँग सकती है? यशोदा ने तो, सुना है, उसपर सब-कुछ लुटा रखा है! नंद वसुदेव से मिलता है, जब वह कंस को अपने आधीन ग्रामों का कर चुकाने आता है। वह जानती है। परन्तु क्या वह सब स्पष्ट कह सकती है? कंस के भय से तो उसे पुत्र से मिलने की भी स्वतंत्रता नहीं है। उसने कहा, ''आर्य! मैं जब बंदीगृह में थी तब अधिक सुखी थी। आज मैं खुली हुई तो हूँ परन्तु आज भी अपने एकमात्र पुत्र से नहीं मिल सकती।''

कहते-कहते वह रो पड़ी और उसने फफकते हुए कहा, ''उस अबोध को क्या मालूम कि उसकी जननी कौन है! वहाँ वह सुखी है यही मेरे लिए बहुत है। उसे राज्य के कुचक्रों में न लाओ, आर्य! वह मुझ अभागिनी को जानता ही कहाँ है? यशोदा ने उसे अपना दूध पिलाकर पाला है। मैं उसे छीनना नहीं चाहती, आर्य! उसने अपनी पुत्री को मेरे पुत्र के लिए बलिदान में न्यौछावर कर दिया था। कितना विशाल हृदय है उसका! मेरे पास क्या था जो उसे पालती? वह यशस्वी बने तो यशोदा ही उसका सुख भोगे। मैं तो बस सुन लूँ। और कुछ नहीं चाहती।''

आर्य देवक और जयाश्व के नेत्रों में पानी भर आया किन्तु वसुदेव गंभीर बैठे रहे। उनके मस्तक पर जैसे चिंता, फिर विचार-रूपी दुर्ग में प्रवेश करने के लिए दस्तक दे रही थी, धीरे-धीरे द्वार को थपथपा रही थी।

जयाश्व ने कहा, ''पुत्री! रो नहीं। रोने से तो काम नहीं चलेगा। अत्याचारी के सम्मुख सिर झुकाकर निर्बलता दिखाने से उसका अहंकार और भी अधिक बढ़ता है।''

''आर्ये देवकी!'' वसुदेव ने कहा, ''तुम क्या स्त्री हो, जो इस तरह व्याकुल हो रही हो? तुम क्या माता हो जो रोने का तुम्हें अधिकार है? तुम क्या हो, जानती हो? तुम केवल एक कृपाण हो! केवल कृपाण! जो लहू पीना चाहती है। वह तुम्हें नहीं पहचानता, नहीं सही, परन्तु वह है तो सही, वह तुम्हारा ही तो रक्त-माँस है। जब तक यह अत्याचार समूल विध्वस्त नहीं हो जाएगा, तब तक मैं तो नहीं रोऊँगा, आर्ये! तुम्हें क्या सचमुच रोने का कुछ अधिकार है?''

वसुदेव के वे कठोर शब्द पाषाणों से भी अधिक अनगढ़ थे, परन्तु उनके कैसा तरल प्रमाद था, यह किसीसे भी छिपा नहीं रहा। वह आर्द्र ज्वाला थी, वह आलोकगर्भ अंधकार था, वह वंशीरव पर आंदोलित भेरीनाद था, वह जीवनव्यापी महामरण था, वह अस्ति और नास्ति का विचित्रतम द्वंद्व था।

न जाने कैसे आर्या देवकी का सुबकना बंद हो गया और एकदम उसकी आँखों में ज्वाला-सी जल उठी। वह निरंतर प्रतिकार की असहनशील गरिमा थी। वह सिंधु-तरंगों को पराजित करके मुस्करानेवाली सिकता की अक्षुण्ण स्पर्धा थी।

आर्य देवक का सिर झुक गया।

जयाश्व ने आश्चर्य से देखा और नमितभाल होकर कहा, ''हम कभी पराजित

नहीं होंगे आर्य्य! यादव कभी पतित नहीं होंगे। गण कभी मिटेगा नहीं। जहाँ के स्त्री और पुरुष कर्त्तव्य के लिए सब-कुछ न्यौछावर करना जानते हैं, जहाँ अधिकार बलिदान बनकर समर्पण करते हैं, वहाँ सत्य कभी कुचला नहीं जा सकता।''

जयाश्व सचमुच ही विचलित हो गया था। उसे अपने को ठीक करने में कुछ समय अवश्य लग गया। देवक के नेत्रों में एक नई चमक थी, जिसमें अवरुद्ध क्रोध भी था, परन्तु साथ ही एक दृप्त चेतना भी थी। वह विकास की शृंखला थी। वह एक द्वंद्व नहीं, संघर्ष के दो पक्ष थे, जो उन्हें नई शक्ति दे रहे थे।

उन्होंने कहा, ''आर्य्य, और!''

''देव!'' जयाश्व ने कहा, ''संवाद अच्छा नहीं है।''

देवकी ने आँखें उठाईं और कहा, ''आर्य्य! अच्छे-बुरे का प्रश्न तो उठता ही नहीं।''

जयाश्व ने सिर हिलाया।

''कहें आर्य्य!'' वसुदेव ने कहा।

''तो सुनें।'' जयाश्व ने कहा, ''कंस अब गणराजा उग्रसेन को समाप्त कर देने की योजना बना रहा है।''

''सच?'' देवक ने कहा और वे हठात् खड़े हो गए और उनके हाथों में उनका लंबा खड्ग नंगा हो गया। वसुदेव भी आतुरता से खड़ा हो गया। परन्तु देवकी बैठी रही। उसने बैठे-बैठे पूछा, ''प्रमाण!!''

''प्रमाण!'' जयाश्व ने हँसकर कहा, ''पहला प्रमाण है कि देवकी मृगों से खेलती रहे, दूसरा प्रमाण है कि वसुदेव अपनी उत्तेजना छोड़कर चौपड़ खेलें ताकि कंस का फिर इन्हें बंदी बनाने का अवसर न मिले।''

''क्या मतलब?'' आर्य्य देवक ने पूछा, ''क्या वह इन्हें फिर पकड़ना चाहता है?''

''आर्य्य!'' जयाश्व ने कहा, ''वह बड़ा धूर्त्त है। मैंने सुना है, ऐसी भी उसकी कल्पना या कहूँ योजना है। उसने आर्य्येतर अनेक सैनिक रख लिए हैं।''

''परन्तु मेरे प्रश्न का उत्तर?'' देवकी ने कहा।

''आर्य्य देवक देंगे।'' जयाश्व ने कहा।

''मैं दूँगा?'' देवक ने चौंककर कहा।

''हाँ आर्य्य आप ही देंगे।'' जयाश्व ने उत्तर दिया, ''आज मैं आपको आपके बड़े भाई के पास ले जाऊँगा।''

''आर्य्य उग्रसेन के पास!'' वसुदेव ने चौंककर पूछा।

''हाँ आर्य्य!'' जयाश्व ने कहा, ''कंस के पिता के पास।''

तीनों ने आँखें फाड़कर देखा।

''यह कैसे हो सकता है जयाश्व!'' आर्य्य देवक ने कहा, ''वह तो अत्यन्त

सुरक्षित बंदीगृह है!!''

जयाश्व ने उठते हुए कहा, होगा आर्य्य! परन्तु जयाश्व के बुद्धिपाश क्या किसी वरुणपास से कम हैं?''

वह हँस दिया। उस हास्य ने सांत्वना दी, भय कुछ कम हुआ। जयाश्व ने कहा, ''अरी पुत्री! तू तो बड़ी कृपण है। इतनी देर हुई। एक चषक सुरा तक नहीं मिली। कण्ठ सूख रहा है।''

''लो, मँगाती हूँ।'' देवकी ने कहा और पास जाकर एक वृक्ष के नीचे बैठी दासी को आज्ञा दी। दासी चली गई और मदिरा ले आई। जयाश्व ने चषक भरकर उठाया और देवक से हँसकर कहा, ''और आर्य्य! यह खड्ग कृपया यथा-स्थान रख लीजिए। मुझे डर लगता है।''

आर्य्य देवक हँस दिए।

3

असंख्य दीपाधारों से सुगंधित तैल दीपशिखाओं स्नेह दे-देकर जल रहा था। भीतों पर मणि-मालाएँ लटक रही थीं और गुच्छों में बँट-बँटकर टाँगी हुई कुसुम-मालाओं से सुरभि फैल रही थी। अमल मुक्ताहारों पर प्रकाश की किरणें प्रतिबिंबित होकर श्वेत छत से टकराती थीं और सहमकर जैसे आलोक निस्तब्ध हो जाता था। वीणा बज रही थी। एक अर्द्धनग्ना पार्वत्य-सुंदरी नृत्य कर रही थी। उसके स्तन खुले थे और कटि पर एक झीना वसन था। सामने जंघाओं के बीच में एकवसन का एक छोर था, जो इस कौशल से फेंट दिया गया था कि वहाँ एक झालर-सी बन गई थी, जो नृत्य करते समय हिलने लगती थी। वह अपने हिरण्याभ केशों को ऊपर उठाकर बाँधे हुए थी और यक्षिणियों की सी उसकी कवरी पर रत्न-हार बँधे थे। उसके नेत्र पिंगल और विशाल थे। नृत्य करते समय जब कभी वह सुवर्ण-पट्ट पर बैठे कंस की ओर देखती तो कंस के पीले चमकदार नेत्र उसे जैसे निगल जाना चाहते। पार्वत्य-सुंदरी देखकर मुस्कराती और फिर उसका बर्फ जैसा सफेद, दूध जैसा स्निग्ध, कमलदल जैसा मुलायम शरीर, उसकी सुदृढ़ जंघाएँ, उसके सुडौल हाथ, नृत्य की भाव-भंगिमाओं द्वारा कंस को व्याकुल करने लगते। कंस इस समय अत्क पहने था। उसका वह सोने के तारों से महीन कलावस्तु (कलाबत्तू) का वस्त्र दीपालोक में झिलमिला रहा था। उसके घने और उठे हुए केश पीछे की ओर बँधे हुए थे। उसका वक्षस्थल कठोर और प्रशस्त था। उन्नत नासिका लंबी और झुकी हुई थी। केवल आँखों के कोने कुछ खिंचे हुए थे। वह उस सुवर्ण-पट्ट पर बैठा हुआ ऐसा लगता था जैसे अग्निखण्डों के बीच कोई श्वेत गृद्ध बैठा हो। उसके हाथ में सुवर्ण-चषक था जिसमें दासी पीलुका भर-भरकर मदिरा ढाल रही थी और कंस एक-एक घूँट करके पी रहा था।

अब विभोर करने वाला संगीत अपने-आपको विस्तृत कर गया, नर्त्तकी की देहयष्टि झूलने लगी और कंस के भीतर उसकी प्रभूत तृष्णा बार-बार जाग रही थी, जैसे वह एक पर्वत था और नृत्यमग्ना सुंदरी एक मचलती हुई नदी, जो पर्वत से टकराकर कई गुना प्रचण्ड होकर गूँजती चली जाना चाहती।

संगीत थम गया। कंस जैसे जाग उठा। उसने दासी पीलुका की ओर देखा।

पीलुका ने मुस्कराकर कहा, ''महाराज! दासी की रुचि कैसी है?''

स्पष्ट ही उसका इंगित नर्त्तकी की ओर था। वह ही उसे कंस के लिए चुनकर लाई थी।

''श्रेष्ठ!'' कंस ने भर्राए स्वर से कहा, ''परम श्रेष्ठ! आयु?''

''देव!'' पीलुका ने पलकें कँपाकर कहा, ''सोलह!''

नर्त्तकी थक गई थी। कंस ने कहा, ''आओ सुंदरी! यहाँ आओ!''

पार्वत्य-सुंदरी पास आ गई। कंस ने उसका हाथ पकड़कर उसे अपने पांवों के पास बिठा लिया, जहाँ एक चीते का बच्चा बैठा ऊंघ रहा था। सुंदरी हँस दी। उसके हाथ तनिक उठे हुए थे और उसके स्निग्ध शरीर पर यौवन की लालिमा छा रही थी। पीलुका ने उसे मदिरा से भरा चषक देते हुए कहा, ''चिमुरा!''

चिमुरा हँस दी। उसने दोनों हाथों से चषक थाम लिया और सारी मदिरा गटगट करके पी गई।

कंस ने कहा, ''सुंदर! अभुक्त है?''

पीलुका मुस्कराई। कहा, ''अपराध क्षमा हो, देव! जब तक तरुणी माता नहीं होती तब तक वह ऐसे वृक्ष के समान है जिसके फूल सदा ही समान गंध देते हैं और प्रत्येक प्रभात में मनमोहन करते हैं।''

कंस उठ खड़ा हुआ। उसकी मुद्रा से प्रतीत हो रहा था कि वह कहीं जाने के लिए तत्पर हो उठा है।

''क्यों!'' पीलुका ने कहा, ''महाराज!''

''हाँ पीलुके!'' कंस ने उसके कपोल में उंगली गड़ाते हुए कहा, ''आज हमें अवकाश नहीं है।''

पीलुका ने सिर झुका लिया। पूछना चाहकर भी वह कुछ पूछ नहीं सकी, क्योंकि उसका साहस नहीं हुआ। उद्धत गति से चलकर अधिराज कंस ने भीतर प्रकोष्ठ में जाकर अल्क उतार दिया और जब वह कंधों पर पर्याणहन डालकर बाहर आया, तब सब लोग जा चुके थे। कक्ष के एक ओर बिछी शय्याओं पर पड़े नए फूलों की सुगंध आ रही थी। कंस ने उस शय्या को देखा और वह वहीं बैठ गया। फूलों के घ्राण ने उसे तृप्त कर दिया। उसने ताली बजाई। पीलुका लौट आई।

''स्वामी!'' पीलुका ने कहा, मानो उसने आज्ञा ही नहीं माँगी, अपनी उपस्थिति की ओर भी इंगित किया। उसके नेत्रों में एक बीभत्स छलना थी, जैसे भय भी था,

जुगुप्सा भी और प्रतिहिंसा भी। वह इस समय सिर झुकाकर खड़ी हो गई।

"तू समझी!" कंस ने कहा।

"देव! मैं पुरानी सेविका हूँ।" पीलुका ने मुस्कराकर कहा, "चिमुरा सुरक्षित है।"

"और शमठ आया था?" कंस ने पूछा।

शमठ कंस का विश्वासपात्र अनुचर था। पीलुका उससे अत्यन्त घृणा करती थी क्योंकि उसीने एक दिन पीलुका को फँसाकर यहाँ पहुँचाया था, जहाँ पर किसी प्रकार भी वह कंस से अपनी रक्षा नहीं कर सकी थी। पीलुका ने अपना नाश देखकर यही निश्चित किया था कि जब वह गिर ही चुकी है तो फिर अब वह इतना गिर लेगी कि उसका पतन ही दूसरे प्रकार का उत्थान बन जाए। परन्तु वह शमठ से डरती भी थी, क्योंकि शमठ पूर्ण शठ था। शमठ का विरोधी कभी बच नहीं पाता था। उसके साथी ऐसे थे जो मनुष्य की हत्या करने में पारंगत थे और कंस उसके कंधे पर हाथ रखकर चलता था! उस शमठ का नाम सुनकर वह एकबारगी भीतर-भीतर ही थर्रा गई।

"आए थे, प्रभु!" पीलुका ने कहा।

"हूँ।" व्याघ्र की-सी हुँकार कंस के मुख से आनन्द के कारण निकली और पीलुका का हृदय किसी नवीन बर्बरता की आशंका से काँप उठा। कंस ने पीलुका का हाथ पकड़कर उसे अपने पास शय्या पर बैठा लिया और उसके गोरे कंधे को पकड़कर कहा, "उसे लाया है?"

"किसे, देव!"

"तू नहीं जानती?"

"अरे हाँ, देव!" पीलुका ने कृत्रिम मुस्कराहट से कहा, "लाए तो हैं।"

"कैसी है वह?" कंस ने लोलुप दृष्टि से उसे घूरकर पूछा।

पीलुका ने कुटिलता से मुस्कराकर कहा, "वह तो कांचनगात्री है प्रभु! कुंद का फूल उसके सामने फीका है। वह तो उसे वृष्णि सुहोत्र की नयी पत्नी बताते थे!" और पीलुका ने कटाक्ष किया।

"पहले वह मेरी पत्नी है पीलुका!" कंस ने उसके कंधे को मसलते हुए कहा, "सब-कुछ उसका है जिसके पास शक्ति है।" फिर उसने कहा, "वह बहुत सुंदर है?"

"अनिद्य है देव!"

"उसके नेत्र कैसे हैं पीलुका?"

"रुरु मृग के से हैं प्रभु!"

कंस ने अट्टहास किया। पीलुका अब भीतर ही भीतर निकल भागने की सोचने लगी।

''उसका नाम क्या है?'' कंस ने पूछा।

''देव! वर्त्तुला!''

''साधु! बर्त्तला ही है न?''

पीलुका ने फिर कटाक्ष किया।

''कहाँ है?'' कंस ने पूछा।

''भीतर है,'' पीलुका ने कहा, ''भेज दूँ?''

''नहीं प्रिये!'' कंस ने कहा, ''कण्ठ सूख रहा है। मदिरा तो दे। उसके पास कौन है?''

''ब्यूढोरा और लपेटिका!'' पीलुका ने बताया और उठकर भीतर चली गई। उसका हृदय आशंका से भर गया था। तीसरे प्रकोष्ठ में जाकर उसने मदिरापात्र और चषक उठा लिए और जब लौटी तो देखा ब्यूढोरा और लपेटिका ने एक अत्यन्त सुंदर स्त्री को पकड़ रखा है जो थर-थर काँप रही है। वही वर्त्तुला है। सात दिन पूर्व पति के घर आई है। वह रो रही है। इस समय इन दोनों दासियों ने उसे प्रायः अर्द्धनग्न कर रखा है और इन दारुण लज्जा से वह स्त्री मर जाना चाहती है। कंस विभोर होकर हँस रहा है और दोनों दासियाँ उसको देखकर हँस रही हैं।

पीलुका ने देखा। ऐसा दृश्य वह प्रायः देखा करती थी। कंस निरंकुश था। उसका श्वसुर जरासंध तो कहा जाता था, जब मागध पुरोहितों से यक्षराज मणिभद्र और शिव की पूजा कराता था, अग्नि की उपासना करता था, तब कुमारियों को पकड़ लाता था। उसने असंख्य कुमारियों और राजाओं को पकड़ रखा था। कंस उसका अनुयायी था। जो कुछ भी सुंदर था, कंस अपने को उसका एकमात्र स्वामी समझता था। नित्य ही ऐसा दृश्य देखकर भी पीलुका अपने को अभी इसके अनुकूल नहीं बना पाई थी। ब्यूढोरा और लपेटिका के सारे कोने घिस चुके थे। उन्हें लज्जा ही नहीं रही थी। वे कंस के प्रासाद में वहाँ के दासों तक के पौरुष का परिचय प्राप्त कर चुकी थीं क्योंकि वे इसके अतिरिक्त जैसे सब-कुछ भूल चुकी थीं। उनकी संतान प्रायः प्रति तीसरे वर्ष बेच दी जाती थी और उनको ऐसी आदत पड़ गई थी कि वे उसका शोक भी मनाना भूल गई थीं। खूब खाती-पीती थीं और दिन-भर शृंगारपरक भोग में लिप्त रहती थीं। इसके अतिरिक्त अवसर प्राप्त होने पर किसी भी स्त्री की पवित्रता का खण्डन कराते हुए उनकी हृदय-स्थित प्रतिहिंसा को जो संतोष होता, वह अत्यन्त भयानक था। कंस उन दोनों से प्रसन्न था। कंस के अतिचार के लिए यदि शमठ आग जलाता था, तो वे उसमें घी डालती थीं और इसलिए ब्यूढोरा और लपेटिका का भी शमठ-जैसा ही सम्मान था।

पीलुका ने चषक भरा और कंस की ओर बढ़ाया। कंस न एक पीया, दूसरा पिया और तीसरा मुँह तक ले जाते हुए वह रुक गया। उसने कहा, ''पीलुका!''

''स्वामी!''

''वर्त्तुला को पिला, उसका संकोच दूर हो जाएगा।'' कंस ने वर्त्तुला को घूरते हुए कहा। वर्त्तुला काँप उठी। पीलुका को लगा, वह इस काम को नहीं कर सकेगी। किन्तु हठात् उसकी दृष्टि कंस के नेत्रों पर गई। पीलुका चषक लिए आगे बढ़ी। दोनों दासियों ने वर्त्तुला को पीठ की ओर झुका दिया। उसका वक्ष उठ गया और मुँह पीछे को झुक गया। पीलुका ने बलपूर्वक वर्त्तुला के मुख में मदिरा उड़ेल दी। पीलुका ने देखा, वर्त्तुला का सिर झनझना उठा और कंस ठठाकर कठोर स्वर से हँसा।

जिस समय कंस ने शय्या से मदिरापात्र को ठोकर देकर गिरा दिया, वर्त्तुला भी नशे में झूमकर शिथिल हो गई। लपेटिका ने हँसकर कहा, ''अरे! यह तो मत्त हो गई!''

कंस ने उसे शय्या पर पटक दिया। पीलुका भयभीत-सी व्यूढोरा और लपेटिका के साथ बाहर चली गई। फिर कंस ने अंतिम बार मदिरा-पात्र से एक-दो घूंट मदिरा गले के नीचे उतार ली।

उस समय काफी देर हो चुकी थी। प्रासाद के द्वार पर जयमंगल बजने लगा था। उसकी वह ध्वनि प्रकट करती थी कि रात का पहला प्रहर व्यतीत हो चला था। दासियाँ आकर फिर दीपाधारों तैल डाल गईं और शिखाएँ फिर सन्नद्ध हो उठीं, जैसे कंस के हृदय में उद्दाम वासना ने उसकी क्रूरता को और भी मुखर कर दिया था।

वर्त्तुला उठकर बैठ गई थी। उसने काँपते हुए नेत्रों से देखा और धीरे से फुत्कार किया, ''कुत्ते! तूने मेरा सर्वनाश कर दिया है, किन्तु इसका फल जानता है?''

कंस ने हँसकर कहा, ''सुंदरी!''

वर्त्तुला क्रोध से काँपने लगी। उसने कहा, ''जघन्य! नीच! कुलांगर!'' कंस हँसता रहा। बोला, ''कंस स्त्रियों के यह शब्द इतनी बार सुन चुका है कि अब उस पर इनका प्रभाव नहीं पड़ता। मुझे ऐसा लगता है सारी स्त्रियों को तोते की तरह कुछ अर्थहीन शब्द रटा दिए जाते हैं।''

वर्त्तुला लज्जा से रोने लगी। कंस क्षण-भर देखता रहा। फिर घृणा उसे व्याकुल करने लगी। उसने कहा, ''चली जा। मैं तेरे सुहोत्र को अपार धन दूँगा, पद दूँगा। जानती है, मैंने कितने ही पदाधिकारियों को शक्ति दी है। उनकी स्त्रियों की भाँति बुद्धि से काम ले।''

किन्तु वर्त्तुला ने काट दिया। कहा, ''बर्बर पशु! नराधम!''

कंस का मन छटपटा उठा।

''मूर्ख!'' उसने गरजकर कहा और चिल्लाया, ''लपेटिका! व्यूढोरा!!''

दोनों भागी हुई आईं। कंस ने कहा, ''ले जाओ इस अपशकुन को!''

दोनों ने वर्त्तुला को पकड़ लिया और घसीटकर वे उसे खींच ले चलीं। वर्त्तुला गाली देती रही, रोती रही। किन्तु कंस का मन उद्विग्न था। वह अभी शांत नहीं हुआ था। उसने पुकारा, ''पीलुके!''

पीलुका बगल के प्रकोष्ठ में मोटा आस्तरण भूमि पर बिछाकर लेट गई थी, सो झपकी आ गई थी। वह उस पुकार का उत्तर न दे सकी। कंस आतुर-सा उठ खड़ा हुआ। उसने भीत पर से खड़ग उतार लिया और मत्त गजराज की भाँति भीतरी प्रकोष्ठ में चला गया। धरती पर लेटी पीलुका में ठोकर लगी। पीलुका हड़बड़ाकर उठ खड़ी हुई और नींद से एकदम जाग उठने से, पीछे हटने पर भीत से जा टकराई। कंस हँस दिया।

"प्रभु!" झूठी हँसी हँसते हुए पीलुका ने आँखें मींड़ते हुए कहा, "देव!!"

"मूर्खा!" कंस ने कहा।

"स्वामी!" पीलुका काँप गई।

कंस ने कहा, "कंस के प्रासाद में स्त्री कभी भी ब्राह्ममुहूर्त से पहले नहीं सो सकती। फिर तू कैसे सो गई? क्या अब तुझे जीवन में आनंद की आवश्यकता नहीं रही?"

"देव! प्रभु!" पीलुका ने खिसियानी हँसी हँसकर झेंपते हुए कहा। कंस के मुख पर एक भयानक मादकता थी।

"चिमुरा कहाँ है?" कंस ने पूछा।

"देव, भीतर होगी।"

"तुरन्त ले आ!"

"प्रभु!" वह रुक गई।

"क्या है?"

"देव! दासी को उसको उपस्थित करने का उपहार...."

कंस ने उसे अपना कंकण देते हुए कहा, "लोभिनी!" पीलुका हीरक-जटिल सुवर्ण-कंकण पाकर प्रसन्न हो गई। उसे कहा, "लाती हूँ, देव! मैं तो दया-दृष्टि की प्रतीक्षा कर रही थी!"

कंस हँसा। पीलुका उस हास्य को सुनकर समझी, जैसे कोई भेड़िया गुर्रा रहा हो।

बंदीगृह में कभी-कभी शृंखलाओं का शब्द सुनाई पड़ता और फिर अंधकार उसे भींच लेता। उसके बाद साँय-साँय करती वायु की सनसनाहट मात्र सुनाई देती और कुछ नहीं। दीर्घ प्राचीरों की छाया में अब कालिमा गहन हो गई थी। बीच में जहाँ कुछ प्रकाश दीख रहा था वहाँ चाँदनी थी, अन्यथा अँधेरे में कुछ भी दिखाई नहीं देता था। उस अंधकार में दो व्यक्ति धीरे-धीरे छिपते हुए काले वस्त्रों से ढँके हुए चले आ रहे थे। वे दोनों ही दीर्घकाय थे। उनके वस्त्रों में लंबे खड़ग छिपे हुए थे।

एक ने प्राचीर के नीचे खड़े होकर कहा, "आर्य्य जयाश्व!!"

"देव!" जयाश्व ने धीरे से कहा।

“यहाँ तो कोई नहीं है।”

“अभी हमें ठहरना होगा।” जयाश्व ने उत्तर दिया।

“क्यों?” दूसरे व्यक्ति के स्वर में एक आतुरता थी। वह देवक था।

“अभी इंगित नहीं हुआ।”

“तो क्या यहाँ कोई आएगा?”

“नहीं, देव!”

“फिर?”

इसी समय कहीं रात्रि-पक्षी के बोलने का स्वर सुनाई दिया। जयाश्व ठहरा रहा। फिर कहा, “अभी हमें रुकना होगा।”

देवक अधीर हो गया। पूछा, “कब तक?”

“अभी इंगित होने तक!”

इसी समय घंटा बजने लगा। पक्षी का शब्द अबके दो बार हुआ।

जयाश्व ने कहा, “पहरा बदल रहा है।”

प्रहरी इधर से उधर चलने लगा। नए प्रहरी आ गए, कुछ ही देर में नीरवता छा गई।

जयाश्व ने धीरे से कहा, “आर्य!”

“क्या हुआ?”

“प्रथम प्रहर व्यतीत हो गया?”

“हाँ आर्य्य!”

“अब हमें विलंब नहीं करना चाहिए।”

“तो चलो।”

“नहीं, ठहरना ही होगा।”

देवक को अब ठहरना कठिन लग रहा था। फिर एक ओर कहीं नूपुर-ध्वनि सुनाई दी और फिर अट्टहास सुनाई दिया। सामने अलिंद में रात्रि-पक्षी बोल उठा। जयाश्व ने देवक का हाथ पकड़कर कहा, “चलें आर्य्य! कोई भय नहीं है।”

दोनों सामने के अलिंद में पहुँचे। वहाँ एक व्यक्ति प्रहरी-वेष में खड़ा था। जयाश्व ने कहा, “चन्द्रमा कितना उठा है?”

अँधेरे में खड़े व्यक्ति ने उत्तर दिया, “आर्य्य जीवंजीवक से पूछिए।”

जयाश्व ने आगे बढ़कर कहा, “श्रुतायुध!”

“आर्य्य, धीरे बोलें।”

देवक चुप खड़े थे। जयाश्व ने कहा, “आर्य्य देवक!”

मानो परिचय दिया गया था। अंधकार में ही उस व्यक्ति ने आर्य्य देवक को प्रणाम किया।

“आयुष्मान्!” देवक ने बहुत धीरे से कहा।

''पथ निर्विघ्न है?'' जयाश्व ने पूछा।

''देव, पथ उन्मुक्त है। चोल दासी पटच्चरा ने समस्त प्रहरियों को अपने किए हुए नृत्य और गाने में उलझा रखा है। मैंने उसे बड़ी कठिनाई से अपनी भाषा के दो कामुक गीत रटा दिए हैं। खूब गाती है।''

''साधु!!'' जयाश्व ने कहा, ''कौन-सा प्रकोष्ठ है?''

''तीसरा!''

श्रुतायुध हट गया। देवक और जयाश्व धीरे-धीरे द्वार पर पहुँचे, भीतर दीपाधार में एक लौ सुलग रही थी। एक व्यक्ति दोनों हाथों पर सिर रखे, बैठा-बैठा कुछ सोच रहा था। उसकी सफेद दाढ़ी उसके वक्ष पर लटक रही थी। देखने में वह दुबला हो गया था। परन्तु उसके चौड़े कंधे और प्रशस्त वक्ष अब भी उसके महारथी होने की घोषणा कर रहे थे। आर्य्य देवक ने देखा तो उनकी आँखों में पानी भर आया। वेदना उमड़ने लगी। उसने भर्राए गले से कहा, ''भ्रातर!''

सुनकर बंदी चौंक उठा। वह कंस का पिता था। यादवों के गणराज्य का वह सबसे बड़ा निर्वाचित राजा था। आज वह वर्षों से बंदीगृह में पड़ा था। जिसका नाम सुनकर एक दिन उत्तर के वाह्लीक, मद्र और केकय तथा पश्चिम के सौवीर तथा मरुधन्व के गणराज्यों में आदर का भाव फैलता था, उत्तर-पूर्व के पिशाच, यक्ष, गंधर्व तथा किन्नरों तक में श्रद्धा बसती थी, गंगा-यमुना के बीच में बसे हुए असुर, राक्षस, वानर तथा नागों के राजा चौंकते थे; कुरु और पांचाल तथा सृंजय आदि के साथ मगध का जरासंध तक झुक गया था, सुदूर-पूर्व में अंग, बंग, कलिंग के किरात तथा अन्य शासक जिसकी मैत्री चाहते थे; दक्षिण के दशार्ण, चेदि तथा विदर्भ तक जो विख्यात था, और जिसका नाम व्यापारी सार्थों के साथ शूर्पारक के बंदरगाह के बावेरु तक चला गया था, तमिल-भाषी चोल, माहिषक तथा पाण्ड्य तक जिसके नाम की पहुँच थी। सुतद्रुम और मणिमान तथा प्राग्ज्योतिष के अनार्थ किन्तु शक्तिशाली राज्यों तक में जिसके व्यापारी जाते थे, और जो यादवों के समस्त कुलों का जनप्रिय शासक था, आज वह एकांत बंदीगृह में पड़ा था। आर्य्य कबीलों में उत्तरापथ में फूट पड़ गई थी। कंस आर्य्येतर जातियों और दास-व्यवस्था के बलशाली व्यवस्थापक जरासंध से मैत्री करके, कुरु प्रदेश के जरासंध की नकल पर उठते हुए साम्राज्यवाहकों के साथ हाथ मिलाता हुआ, सबसे ऊपर चढ़ बैठा था।

बंदी ने सिर उठाया। इसी समय जयाश्व का लंबा खड्ग लोहे के सीखचों के भीतर घुसा और उसने दीपशिखा को बुझाकर घोर अंधकार कर दिया।

''कौन है?'' बंदी ने कहा।

''महाराज!'' जयाश्व ने कुछ फुसफुसाकर कहा, ''मैं हूँ जयाश्व और आर्य्य देवक!''

जादू का-सा प्रभाव पड़ा। सीखचों के बाहर दो हाथ निकल आए, जिन्हें क्रम

से देवक और जयाश्व ने अपने सिरों से लगा लिया।

"महाराज!" देवक का गला रुंध गया।

"तुम कैसे आ गए देवक!" उग्रसेन ने भारी स्वर से कहा, "यहाँ आना तो असंभव था। एक दिन ऐसे ही छिपकर अमात्य अक्रूर आया था।"

"अक्रूर!" देवक चौंका।

"हाँ, वत्स! वह डावांडोल हो रहा था। आदमी बुरा नहीं है, विवश होकर कंस का साथ दे रहा है, वर्ना उसे भी मुझसे सहानुभूति है। ऐसे न जाने कितने ही हैं! परन्तु तुम कैसे आ सके? यहाँ कभी तुम लोग आ सकोगे, इसकी तो मुझे स्वप्न में भी आशा नहीं थी।"

"भ्रातर! हम शांत नहीं हैं।" देवक ने कहा, "प्रयत्न में लगे हुए हैं। देवकी का पुत्र अभी जीवित है। नंदगोप के यहाँ पल रहा है। बड़ा मेधावी और जनप्रिय है। उसको तो कंस ने बाल्यावस्था में ही मार डालने की चेष्टा की थी। पूतना राक्षसी, शकटासुर, तृणावर्त्त आदि को उसने वहाँ भेजा था। परन्तु गोपों ने उन्हें मार डाला। कंस को पता ही नहीं चला। स्वयं गर्गाचार्य्य ने उसे दीक्षा दी है। अभी गत वर्ष उसने अपने गोपों की सहायता से बकासुर, वत्सासुर और अघासुर को मारा था। कंस तक संवाद ले जानेवाला कोई नहीं बचता। अंतिम संवाद मुझे मिला है कि धेनुकासुर भी मार डाला गया है। कंस के साथी एक-एक करके अनजाने रूप से मारे जा रहे हैं।"

उग्रसेन सोचने लगे। बोले, "गोपों में उसकी शिक्षा की भी कोई उचित व्यवस्था है?"

"वही साधारण-सी," जयाश्व ने कहा, "राजकुलों की-सी तो नहीं। परन्तु आज अभी वह पूरी तरह से नहीं जानता कि जो मारे जाते हैं वे कौन हैं! वह इतना ही जानता है कि वे कंस के व्यक्ति हैं और गोपों के शत्रु हैं। हमसे उसका क्या संबंध है, यह बात वह नहीं जानता।"

"ठीक है देवक," उग्रसेन ने कहा, "परन्तु वह अभी लड़का ही तो है।"

"लड़का नहीं, आर्य्य!" जयाश्व ने कहा, "गोप उसे चाहते हैं। अभी से उसमें जननायकत्व के चिन्ह दिखाई दे रहे हैं।"

इसी समय रात्रि-पक्षी फिर पुकार उठा। इस बार उसके स्वर में कुछ तीखापन था। जयाश्व ने आतुरता से कहा, "क्षमा, महाराज! शत्रु आ रहा है। फिर कभी..." और उसने देवक को अपने साथ पीछे के अंधकार में खींच लिया। थोड़ी देर तक बंदी देखता रहा और फिर उसने देखा, सामने ही रात्रि-रक्षा के लिए विदेशी मागध प्रहरी आ गए थे, जो महारानी अस्ति और प्राप्ति के साथ आए थे।

बंदी भीतर की ओर हो रहा।

देवक ने जयाश्व से धीरे से कहा, ''अब?''

''इस ओर से चलिए।'' जयाश्व ने कहा।

वे कुछ दूर चले तभी दोनों के पाँव ठिठक गए। एक स्त्री का रुदन सामने की दीर्घ प्राचीर के अंधकार में से सुनाई दे रहा था और एक पुरुष का कठोर अट्टहास उस रुदन को बार-बार डुबाने की चेष्टा करता था। दोनों क्षण-भर वहाँ किंकर्त्तव्यविमूढ़ से देखते रहे। दोनों के लंबे खड्ग इस समय बाहर निकल आए थे।

''जयाश्व!'' देवक ने धीमे से कहा।

''आर्य!'' वह फुसफुसाया।

''सुनो!'' देवक ने फिर कहा।

शब्द आ रहा था। पुरुष हँसा। उसने कहा, ''वर्त्तुला! व्यर्थ है। तू नहीं जा सकती। पहले कंस फिर शमठ, तू शमठ के हाथ से कहाँ जा सकती है? आज मैं वैसे ही तेरा भोग करूँगा, सुंदरी, जैसे एक दिन रावण ने रम्भा का भोग किया था।''

''नहीं, नहीं,'' स्त्री का करुण स्वर उठा, ''नराधम! नीच! छोड़ दे मुझे छोड़ दे...''

पुरुष फिर हँसा। तब स्त्री ने करुण-क्रंदन किया, ''इन्द्र! रक्षा कर! अरे, क्या इस अबला की पुकार सुनने वाला इस संसार में कोई नहीं रहा! क्या स्त्री से जन्म लेने वाले, स्त्री की रक्षा करने में असमर्थ हो गए हैं! क्या सब ही हिंस्र और पशु हो गए हैं?..नहीं...नहीं..''

फिर सुनाई पड़ा। स्त्री कह रही थी, ''सावधान! मार डालूँगी...सच...हत्या कर दूँगी...पास न आना...''

तब पुरुष हँसा। फिर स्वर आया, ''बस! हो गया? मेरी ही कटार और मुझ पर ही धौंस! ले...''

स्त्री चिल्लाई। जयाश्व ने चौंककर देखा कि आर्य देवक बगल में नहीं थे। वह घबरा गया। लाचार होकर अंधकार में ही उधर बढ़ चला। जब वह पास पहुँचा तो उसने देखा कि स्त्री के वक्ष में मूठ तक एक व्यक्ति ने कटार घुसाकर उसे मार डाला था, परन्तु उस व्यक्ति के धड़ पर सिर नहीं था, रक्त बह रहा था और आर्य देवक उसी के वस्त्रों से अपना खड्ग पोंछ रहे थे।

''यह क्या किया आर्य!'' जयाश्व ने चौंककर कहा, ''इससे तो शत्रु सावधान हो जाएगा। अब हम फिर कभी महाराज से नहीं मिल सकेंगे!''

''क्या करूँ आर्य!'' देवक ने लाचार स्वर में कहा, ''स्त्री की पुकार इतनी करुण थी कि मैं और सह नहीं सका। लेकिन यह शमठ था कौन?''

''देव, यह कंस के दुराचार का सबसे बड़ा साथी था।''

''तब तो कोई बात नहीं। तुम्हें शोक हो रहा है, आर्य जयाश्व!''

''शोक!'' जयाश्व ने कहा, ''आर्य, इसकी मृत्यु तो बाहर उत्सव का कारण

बनेगी। परन्तु यह जल्दी हो गई।'' और जयाश्व ने रात्रि-पक्षी का-सा शब्द किया। शब्द दूसरी ओर से भी सुनाई दिया। एक छाया-सी पास आ गई।

''श्रुतायुध!'' जयाश्व ने कहा, ''शमठ मारा गया!''

''अरे!'' श्रुतायुध ने शोक से कहा, ''इसको इतनी जल्दीवाली मौत दे दी! यह तो नमक छिड़क-छिड़ककर काटने योग्य था, जैसे बाबेरु के म्लेच्छ पशु-हत्या करते हैं। खैर, मैं सब ठीक कर लूँगा। आप इधर से निकल जाएँ। पर अब मैं चिंता में पड़ गया हूँ।''

जयाश्व ने आतंकित स्वर से कहा, ''क्यों?''

''यों कि अब मुझे इसपर इकट्ठा हो जानेवाला क्रोध किसी पर उतारना है, वह सोचना पड़ेगा। आप चले जाएँ।''

उन दोनों के जाने के बाद श्रुतायुध ने शमठ के सिर को पोंछा। प्रायः रक्त बह चुका था। बाकी भी सब पोंछ-पांछकर उसने शमठ के ही वस्त्रों में उसे बाँध दिया और अंधकार में ही चलता रहा। बाहर आकर वह प्रासाद की ओर मुड़ चला। दीर्घ अलिंद में एक व्यक्ति बैठा था। उसे देखकर श्रुतायुध ने कहा, ''कितनी रात्रि गई?''

व्यक्ति ने कहा, ''चन्द्रमा से पूछो।''

श्रुतायुध ने उसे कपड़े की वह गठरी देकर कहा, ''इसे महाराज के पास पहुँचा दो सुद्युम्न!''

''इसमें क्या है?''

''शमठ का सिर!''

''एँ ऽऽ...'' व्यक्ति चौंक उठा।

''डर गए! ऐसे ही कंस का नाश करोगे?'' श्रुतायुध ने कहा।

''नहीं, डरा नहीं हूँ। पर गाना छिड़ गया क्या? नृत्य में कितनी देर है?''

''अरे अभी तो वाद्यों को सम पर भी नहीं लाया गया। तुम चिंतित क्यों हो?''

''चिंतित नहीं हूँ। शमठ बड़ा कमीना था। उसके सिर में से पाप की दुर्गंध तो नहीं आ रही है?''

''नहीं, तुम्हें उघाड़ने की आवश्यता ही क्या है?'' श्रुतायुध ने हँसकर कहा।

''अच्छा तुम जाओ।'' व्यक्ति ने कहा।

श्रुतायुध के जाने के बाद वह व्यक्ति कुछ देर में उठा और गठरी लेकर एक ओर चला गया।

रात और गहरी हो गई।

प्रासाद के प्रकाशमय प्रांगण में एक रथ आकर रुका, जिसके भव्य श्वेत घोड़े अब भी चंचल स्फूर्ति से हिनहिना रहे थे। सारथी ने पूरे बल से बल्गा खींच दी थी। घोड़े पहले तो आगे के पैर उठाकर खड़े हो गए और फिर रुक गए और फिर सुमों

से धरती पर शब्द करने लगे।

उस रथ से एक गर्वोन्नत स्त्री उतरी जिसके शरीर पर बहुमूल्य द्रापि थी और कटि पर सिंहचर्म उसने पीछे की ओर गाँठ देकर बाँध रखा था। उसके उन्नतपीन कुच इस समय सुवर्ण, हीरक और मुक्ता की मालाओं से भी दबे नहीं थे। देखकर ऐसा लगता था, जैसे यौवन की उद्दाम तरंग ने अनेक रत्नों को किनारे पर फेंकने के लिए उठा लिया हो। वह सघन जघना सिर उठाए हुए उतरी। उसके चरणों में उलूक पंख के उपानह थे और सिर पर एक रत्नजटिल किरीट था। उसके उतरते ही, हाथों में उल्का लिए दासों ने, सादर उसे आगे-पीछे का मार्ग दिखाने के लिए उसका साथ दिया। जब वह द्वार पर पहुँची, द्वारपाल घुटनों के बल बैठ गए और वह जिधर से निकली उधर से ही दण्डधर, प्रतिहारी, कञ्चुक तथा सैनिक, उसके सामने सिर झुकाते हुए राह देने लगे। चलते-चलते वह एक स्थान पर रुक गई, जहाँ एक गोरी-सी लड़की खड़ी थी। उसने देखा और मुस्कराकर हाथ जोड़कर सिर झुकाया। बालिका की यह भंगिमा देखकर सब हँस पड़े।

''कुब्जा!'' स्त्री ने कहा, ''कौन करेगा तुझसे विवाह, दासी पुत्री! बच्ची! बेचारी!'' कहकर आगे बढ़ गई किन्तु इस बालिका की आँखें में पानी भर आया। उसके नेत्र बड़े थे, मुख भी सुंदर था, किन्तु बेचारी कुबड़ी थी। व्याकुल-सी होकर वह एक ओर चली गई।

विशाल बलभी के नीचे पहुँचते ही, स्त्री के इंगित से उसके साथ चलनेवाले अपने सिर झुकाकर चले गए। वहाँ दीवारों पर सींगों और सीपों को जड़ा गया था, जिसके कारण वह स्थान विचित्र-सा लगता था। वह क्षण-भर अकेली खड़ी रही और फिर उसने आगे बढ़कर बाई ओर के चंदन के द्वार पर हाथ से धीरे से थपथपा-कर कहा, ''महाराज!''

''कौन है!'' एक भर्राया हुआ कठोर स्वर सुनाई दिया।

स्त्री ने हँसते हुए मदविह्वल स्वर में कहा, ''मैं हूँ देव! आपकी महारानी अस्ति!''

कंस की भुजाओं में इस समय चिमुरा थी। उसे यह व्याघात अच्छा नहीं लगा। परन्तु अब क्या हो! महारानी द्वार पर खड़ी थी। उसने उठकर द्वार खोल दिया। जरासंध, मगध सम्राट की बड़ी पुत्री, महारानी अस्ति ने प्रवेश किया। उसकी प्रथम दृष्टि चिमुरा के अर्द्धनग्न शरीर पर पड़ी। उसने हँसकर कहा, ''मैंने कुछ व्याघात तो नहीं डाला!''

''नहीं देवी! साधारणी है!'' कंस ने कहा।

''ओह!'' अस्ति के मुँह से निकला, जैसे तब तो कोई बात नहीं। चिमुरा खड़ी हो गई। अस्ति ने बैठकर किरीट उतारकर चिमुरा की ओर बढ़ाया, जो उसने लेकर हाथी-दाँत की फलका पर रख दिया। फिर महारानी ने दोनों हाथ फैला दिए। चिमुरा उसकी द्रापि उतारने लगी। जब वह द्रापि उतार चुकी तो उसने झुककर उपानह खोल

दिए। महारानी अब केवल सिंहचर्म और नीवि पहने रह गई, चिमुरा ने उसके केश खोल दिए और दौड़कर भीतर से अगरु जला लाई। उसकी धूम-गंध से उसने केशों को सुवासित कर दिया। तब महारानी ने उठकर सिंहचर्म को उतारकर फेंक दिया और शय्या पर लेटते हुए कंस की ओर विभोर दृष्टि से देखते हुए मदातुर कंठस्वर से कहा, ''आर्य! प्यास लग रही है।''

शौरशेन के एकाधिपति कंस का मन उसके माँसल सुंदर शरीर और उन्नत दृढ़ कुचों को देखकर इतना विचलित नहीं होता था, जितना उसकी वासनामय उच्छृंखलता को देखकर वह डरता था, क्योंकि अस्ति एक विचित्र स्त्री थी। वह मणिभद्र यक्ष और लिंग की उपासिका थी। वह पुरुष को अपने भोग की वस्तु समझती थी। उसका पिता निरंकुश सम्राट था। जिसके नाम से दिगंत थर्राते थे। परन्तु जब वह वासनामय दिखाई देती थी, तब वास्तव में उसकी भीतरी धारा नितांत भावुकताहीन, लोहे-सी ठण्डी और कठोर होती थी और उस समय वह राज्य और राष्ट्रों के कुचक्रों के विषय में सोचा करती थी। वह जिस देश से आई थी वहाँ कठोर दास-प्रथा थी। वहाँ पुरोहित वर्ग था, योद्धा, व्यापारी थे और फिर दास थे, असंख्य जातियाँ थीं और अंत्यज दास भी थे। वहाँ अब आकर आर्य कबीलों के ब्राह्मण और क्षत्रिय भी बस गए थे। वहाँ आर्य कबीले के व्यापारी गंगा मार्ग से नाग जाति के अनेक कबीलों के व्यापारियों के साथ व्यापार करते हुए अनार्य बंग तथा कलिंग तक जाते थे और कर चुकाया करते थे। जरासंध के पास विशाल वाहिनी थी, जिससे वह साम्राज्य बढ़ा रहा था। जब महारानी उन्मत्त लगती थी तब वह वासनाहीन होती थी। जब वह वासना से घिरी होती थी तब वह लाज में डूब जाती थी। वह कामरूप और प्राग्ज्योतिषपुर भी जा चुकी थी, जहाँ स्त्री की नग्न देह की उपासना की जाती थी, यज्ञ, काम-पूजा करते थे, स्त्री स्वतंत्र थी। इसी उस पर सबका प्रभाव पड़ा था। जब अस्ति उद्दाम विद्युत की भाँति स्फुरण करती थी तब उसका अंतस्तल नितांत नीरस होता था। जिस प्रकार हिमालय की जातियों में ऐड़ी, सैम आदि के उपासकों में दासी नंगी-सी रखी जाती थी, जिस प्रकार प्राचीन काल में समनों के समय महानग्नी वेश्याएँ होती थीं, अस्ति भी अपनी मागध परंपरा में मस्त रहती थी।

कंस ने औड्र के व्यापारियों द्वारा लाए हुए शंख के चषक को मदिरा से भरा और महारानी अस्ति के पास शय्या पर बैठा गया और एक हाथ से सहारा देकर उसने महारानी को आधा बिठा लिया और उसकी आँखों में झाँकते हुए, दूसरे हाथ से चषक उसके होंठों के पास ले जाकर कहा, ''लो, प्रिये! पियो!''

''पहले तुम!'' महारानी ने कहा। उसके मस्तक पर मृगमद के सर्प को अब काली बालों की लट नागिन की तरह आकर चूसने लगी। कंस हँस दिया। दो घूँट पीकर उसने अस्ति का संदेह मिटा दिया और फिर चषक उसकी ओर बढ़ाया। महारानी पी गई। फिर शिथिल होकर उसने कंस के कंधों को भुजाओं में लपेटकर कहा, ''प्राण!

मगधराज की पुत्री को राष्ट्रनीति की अवहेलना नहीं करनी चाहिए। सारा प्रासाद यादव और यादवियों से भरा पड़ा है। कौन जाने किस-किसका हृदय जल रहा है कि शौरसेन के अधिपति महाराज कंस की सबसे अधिक प्रिय स्त्री, मागध सम्राट् जरासंध की कन्या, आज यादव-सिंहासन पर उपस्थित है। इस स्थान पर बैठने के लिए सिंधु से गंगा तक की किस स्त्री की चाहना नहीं होगी? कौन ऐसी होगी जो इस सिंहासन के उत्तराधिकारी को अपने गर्भ में धारण नहीं करना चाहती होगी? शान्तनु को तो निषादराज की शक्ति देखकर सत्यवती को हरने की नहीं सूझी और कन्यावस्था में ही कृष्ण द्वैपायन को जन्म देने वाली उस योजनगंधा को आर्य्यपट्ट पर बिठाना पड़ा, देवव्रत को उसके लिए आमरण ब्रह्मचर्य की शपथ खानी पड़ी, क्योंकि निषादराज की पालिता पुत्री की कोख से जन्मे को सिंहासन का उत्तराधिकारी बनाना पड़ा, फिर मैं तो निषादराज से कहीं अधिक सशक्त महाराजाधिराज जरासन्ध की ज्येष्ठा पुत्री हूँ, मुझसे तो जाने कितनों की छाती जल रही होगी!''

और फिर, वह मदविभोर-सी हँस उठी और कहा, ''आज मैं अभिसार करने आई हूँ।''

''सुनूँ तो!''कंस ने उसकी लट को मस्तक से पीछे हटाते हुए कहा। चिमुरा देख रही थी। यह कंस जो अब तक बर्बर पशु था, इस समय कैसे इतना पालतू हो रहा था! और उसे इस पर भी आश्चर्य हुआ कि दोनों ने उसकी उपस्थिति का तनिक भी अनुभव नहीं किया। वह नई आई थी पीलुका, लपेटिका या व्यूढोरा के लिए तो ऐसा दृश्य अत्यन्त साधारण था, क्योंकि वे जानती थीं कि प्रभुवर्ग दास-दासियों की उपस्थिति में ही विलास करता है। हैहयों से भी पहले जो मिथिला तक आर्य्य भाषा-भाषी कबीले आए थे, उनमें रघुकुल के राम के लिए भी कहा जाता था कि उसके पिता दशरथ ने अनेक दासियों और सुंदरियों को वन में उसका मन बहलाव करने को भेजने की चिंता की थी। परन्तु वह सीता से इतना प्रेम करता था कि उसने अस्वीकार कर दिया था। फिर मगध का यह जरासन्ध बृहद्रथ का पुत्र था, जिसमें आर्य्य और असुर रक्त का सम्मिश्रण था। वहाँ तो बात ही और थी।

''अभिसार!'' अस्ति ने कहा, ''वह यह कि...'' हठात् वह रुक गई और उसकी दृष्टि चिमुरा पर ठहर गई। कंस ने समझा। कहा, ''नर्त्तकी! तू जा!''

वह चली गई। अस्ति ने कहा, ''द्वार खुला है महाराज!''

कंस ने द्वार भी बंद कर दिया और आतुरता से अस्ति पर झुककर कहा, ''आज क्या हुआ?''

वह जानता था कि अस्ति के अपने चर हैं, जो ऐसी बातें खोज लाते हैं, जिनका पता वह स्वयं नहीं जानता। वह स्वयं निर्णय नहीं कर पाता कि कौन-सा यादव उसकी ओर है, कौन-सा नहीं है। किन्तु महारानी के अनुचर मागध हैं और वे शौरसेनों के मित्र नहीं बन पाते। वे संवाद निकाल लाते हैं और अब वह ऐसे ही किसी संवाद

की आशा में था।

"महाराज!" अस्ति ने कहा, "वृष्णि और अन्धक अब राज्य-विप्लव करना चाहते हैं।"

"क्यों?" कंस ने पूछा।

"क्यों?" अस्ति ने गलगलाती हँसी गुँजाते हुए कहा, "आकाश में सौदामिनी का स्फुरण देखकर वृक्ष क्यों झूमने लगता है? गर्भ की पीड़ा देखकर भी युवती फिर गर्भ धारण करती है, क्यों?"

"देवि! वह भविष्य के सुख की आशा और वर्तमान में एक उत्कट वासना होती है।"

"तो यह भी वही समझें, आर्य!" अस्ति ने कंस के कंधों पर हाथ रखकर उसकी पेशियों में अपनी उंगलियों के चन्द्राकार से कटे नखों को गड़ाते हुए कहा।

"कुछ स्पष्ट कहो!" कंस ने कहा। अब उसका हाथ महारानी के कंधे से हटकर उसकी कटि के पास आ गया था। महारानी ने कहा, "एक चषक और!"

कंस ने फिर मदिरा पिलाई। अस्ति अब अधलेटी-सी बैठ गई। उसका दायां पांव ऐसे मुड़ गया था कि अब नीवि ऊपर खिंच गई और उसकी स्निग्ध दृढ़ जंघा और पिंडलियों के नीचे बंधे रत्नजटित स्वर्णाभूषण खुल गए और दीपकों के प्रकाश को वे भूषण पकड़-पकड़ फेंकने लगे। कंधे उठ गए, कुहनियों पर टिकने के कारण सिर कुछ पीछे झुक गया और कुच उठ आए। और खुले केश शय्या पर बिखर-बिखर गए। कंस किंकर्त्तव्यविमूढ़-सा देखता रहा, जैसे वह बरसात की गरजती नदी के किनारे खड़ा, उसका वृक्षों को गिरा देनेवाला प्रचण्ड वेग देख रहा था। अस्ति के गर्म श्वासों ने उसके गालों को छू लिया।

अस्ति ने कहा, "वे उस बूढ़े को फिर गण राजा बनाना चाहते हैं।"

कंस सिहर उठा। वह उग्रसेन के लिए कह रही थी, जिसे कंस ने स्वयं बंदीगृह में डाल रखा था। पिता को उसने बहुत समझाया था किन्तु उग्रसेन मानता ही नहीं था। तब कंस ने अपने भाई सुनामा, न्यग्रोध, कंक, शंकु, सुष्टु, राष्ट्रपाल, सृष्टि और तुष्टिमान को अपनी ओर जीत लिया था। उग्रसेन की पुत्रियाँ, कंस की बहनें—कंसा, कंसवती, कंका, शूरभूमि और राष्ट्रपालिका क्रमशः वसुदेव के भाइयों—देवभाग, देवश्रवा, आनक, श्यामक और सृञ्जय को ब्याही थीं। वे सब भाग गए थे। वसुदेव की बहनें कुरु, कारूष, केकय, चेदि और अबनती में ब्याही थीं। स्पष्ट नहीं था कि उन्होंने कंस का विरोध किया था या नहीं! परन्तु उग्रसेन निश्चय विरोधी था। उसने कहा था, कंस! अन्याय को विजयी होते देखकर भूल में मत पड़! अंत में न्याय की ही विजय होती है।" कंस समझ नहीं पाया था कि वृद्ध में बुद्धि क्यों नहीं थी। केवल आर्यगण ही अपनी गणों की सीमाओं में बँधे थे, चाहे वे गण व्यवस्था में हों, या एक तंत्र बनाए हुए हों। दैत्य, असुर और नाग कहीं पुराने कबीलों के

रूप में थे, पर कई जगह वे निरंकुश राजतंत्र बनाए हुए थे। फिर यदि कंस ने वैसा ही किया तो क्या पाप किया था!

कंस को विचारमग्न देखकर अस्ति उसके विचारों को पढ़ने की चेष्टा करने लगी। वह जानती थी कि कुछ भी हो जाए, पर उग्रसेन आखिर तो कंस का पिता ही है। इसीसे कंस उससे डरता है। उसने धीमे से कहा, ''महाराज! वृक्षों पर छा जाने वाली अमरवेल जड़ें जमाने के लिए धरती नहीं खोजती, वह उन्हीं पेड़ों को खा जाती है, जिन पर वह आश्रय लेती है। और एक बात!''

कंस ने कहा, ''उसे भी कहो, प्रिये।''

''कहूँगी, महाराज!'' अस्ति ने कहा, ''इसीलिए उसे चढ़ने से पहले ही नष्ट कर देना चाहिए।''

कंस मन ही मन काँप उठा। क्या महारानी सच कह रही है? उसने दृढ़ता से कहा, ''नहीं अस्ति, नहीं!''

''क्यों देव?''

''अभी भी यादवों में उसका प्रभाव है। उसे राह से हटाने के लिए बहुत-कुछ प्रबंध करना होगा।''

उस समय अस्ति ने अपने पीन कुचों को कंस के वक्ष से सटाकर उच्छलित स्वर से कहा, ''मैं नहीं जानती, मैं उस दिन के लिए जीवित हूँ जब महाराजाधिराज कंस का विशाल पश्चिमीय साम्राज्य, महाराजाधिराज जरासन्ध के विशाल पूर्वीय साम्राज्य से कंधे से कंधा भिड़ाकर खड़ा होगा।''

उस महत्त्वाकांक्षा का पिशाच अब अस्ति के ऊष्ण श्वासों में निकलकर कंस के मुख को उत्तप्त करने लगा! कंस स्वभाव से ही लोलुप और कामी था। वह उसके मुख की ओर झुका। अचानक उसका मुँह आगे न बढ़ा, रुक गया, क्योंकि बीच में अस्ति की कटार दिखाई पड़ी। कंस चौंका, परन्तु घबराया नहीं। अस्ति ने नंगी कटार को दिखाकर कहा, ''देव! साम्राज्य का निर्माण बल और छल, दोनों से होता है।''

कंस सीधा बैठ गया। इस समय अस्ति का वक्ष श्वास के उतार-चढ़ाव के साथ उठता-गिरता था और वह अभूत वासनामयी दिखाई दे रही थी। परन्तु उसमें लेशमात्र भी वासना नहीं थी।

द्वार पर किसी ने थपथपाया।

''कौन?'' कंस गरजा।

''देव! महारानी का सारथि है।''

''सारथि!'' अस्ति ने कहा, ''क्या बात है?''

कंस ने द्वार खोल दिया। सारथि प्रणाम करके भीतर घुस आया। उसके हाथ में एक छोटी-सी मंजूषा थी।

''क्या है पाणिमान!'' अस्ति ने कहा।

पाणिमान जाति का नाग था और अपने वक्षस्थल पर सदैव चाँदी का नाग धारण करता था, जो गले में लटका रहता था। उसने कहा, ''देवी जब मैं रथ को ले गया और अश्वशाला में बाँधने अश्व ले गया तो एक प्रहरी मेरे पास आकर कहने लगा, रथ पर यह क्या छोड़ आए हो? मैंने कहा, संभव है देवी कुछ रख गई हों। मैंने जाकर देखा तो यह बहुमूल्य मंजूषा थी।''

मंजूषा को उसने सामने रख दिया।

''यह तो रत्नपिटक है!'' अस्ति ने कहा? ''यह वहाँ कैसे पहुँच गया, इसमें तो मेरे बहुमूल्य रत्न हैं!''

''वह प्रहरी कहाँ है?'' कंस ने पूछा।

''देव, मैं तो अंधकार में उसका मुख भी न देख सका।''

''मूर्ख!'' कंस ने कहा।

''देव! मैं उपहार-मात्र हूँ।'' पाणिमान ने कहा, ''यदि इस समय मैं गंगा यमुना के संगम पर भोगवती में होता तो नागों के वासुकि वंश का राजा मुझे ऊपर से नीचे तक सोने से मढ़ देता। यदि मैं सम्राट जरासंध के पास होता तो इस समय दो हाथियों का स्वामी होता। और क्योंकि मैं महारानी अस्ति का प्रिय सेवक हूँ और महाराजाधिराज कंस का कृपापात्र हूँ, मुझे उपहार मिलना चाहिए।''

अस्ति हँस दी।

कहा, ''महाराज! क्षमा करे, मूर्ख बालक सदा का वाचाल है। देखूँ, कुछ खोया तो नहीं।''

अस्ति ने पिटक पास खींच लिया और उसे खोला। खोलते ही वह भय से चीत्कार कर उठी। वह भी एक प्रासाद का ही रत्न था—शमठ का सिर!

कंस ने देखा और भय से उसे रोमांच हो आया। किन्तु फिर क्रोध उसे घेरने लगा।

''पाणिमान!'' उसने फूत्कार किया।

पाणिमान जो पुरस्कार की आशा में था, इस आकस्मिक आघात के कारण थर-थर काँपने लगा था। कंस के हाथ में लंबा खड्ग चमकने लगा। पाणिमान ने झपटकर अस्ति के पाँव पकड़ लिए। कंस ने आगे बढ़कर कहा, ''कहाँ है वह प्रहरी?''

भय से सारथि का गला सूख गया।

''बोलता क्यों नहीं?'' अस्ति ने डाँटा। फिर भी वह स्त्री का पतला स्वर था। पाणिमान को होश आया। काँपते हुए बोला, ''महारानी! मैं तो मागध हूँ। उसे पहचानता भी नहीं।''

''वज्रमूर्ख!'' कंस ने विस्फोट किया और वह पुकार उठा, ''कंकेली!''

एक वृद्ध कंचुक खिंचा-सा चला आया। उसकी नाक गिद्ध की चोंच जैसी

थी और बुढ़ापे के कारण उसका प्रत्येक अंग कुटिलता से झिंझोड़ा हुआ-सा लगता था। किन्तु उसकी दृष्टि ज्यों ही शमठ के कटे हुए सिर पर पड़ी, वह स्थिर हो गया और उसने कहा, ''आज्ञा देव!''

''अपराधी लाओ!'' कंस ने कहा।

''जो आज्ञा प्रभु!'' कहकर कंकेलि ने सिर उठा लिया और हाथ में मंजूषा लेकर वह चला गया। पाणिमान अभी तक काँप रहा था। कंस ने उसमें एक लात दी और वह भयभीत-सा बाहर भाग चला। उसकी हिम्मत भी नहीं हुई कि वह मुड़कर देख सके।

कुछ देर प्रकोष्ठ में नीरवता छाई रही। कंस चिंताकुल-सा सोचता रहा। महारानी अस्ति अभी तक अपने दिल में धड़कन-सी अनुभव कर रही थी। इतना बड़ा कांड किसने किया था! वह बड़ा निर्भीक हो गया होगा, तभी तो उसने उस सिर को यहाँ भिजवा दिया! और महारानी के ही रत्न पिटक में। वहाँ कौन जाता है? पीलुका, व्यूढोरा और लपेटिका। इनके अतिरिक्त तो कोई नहीं। पर वे तो कल से यहीं हैं। वहाँ तो सब मागध स्त्रियाँ है, दासियां हैं। वे क्या षड्यंत्रकारियों से मिल सकती हैं? कंस समझ नहीं सका। यह क्या हुआ? अस्ति के कुचक्र उड़ गए थे, एक साधारण स्त्री की भाँति वह धीरे-धीरे कुछ सोच रही थी। अंत में अस्ति ने ही कहा, ''आर्य्य!''

''देवी!'' कंस ने पूछा।

अस्ति उठकर बैठी थी अब फिर अधलेटी-सी पड़ गई और उसने सोचते हुए कहा, ''हत्या प्रासाद में ही हुई है!''

''समझ में नहीं आता।'' कंस ने कहा, ''यह सब हो कैसे गया। महारानी! शमठ कोई साधारण व्यक्ति नहीं था।''

''किन्तु इससे तो यही प्रकट होता है कि शत्रु का चक्र और भी भयानक है!''

''समझ में नहीं आता।'' कंस ने दुहराया और फिर दीपक के आलोक में वह खड्ग पर गिरती प्रकाश की झिलमिलाहट को देखने लगा। लोहे की धारा तीक्ष्ण दिखाई देने लगी।

महारानी अस्ति उठकर एक बड़े आसन पर बैठ गई। उसने पास टंगा स्तनपट्ट उठाकर कुचों को बाँध लिया और फिर चषक में मदिरा भर ली और घूँट-घूँट करके पीती हुई वह कंस को घूरती रही। कंस अब भी सिर झुकाए सोच रहा था।

द्वार पर कंकेलि दिखाई दिया। कंस ने उसे प्रश्नवाचक मुद्रा से भौं उठाकर देखा।

''महाराज!'' कंकेलि ने कहा, ''प्राचीर के नीचे शमठ का शव पड़ा है। उसने वर्तुला का वध किया है, किन्तु शमठ का सिर वहाँ नहीं है।''

कंस चमक उठा। कहा, ''यह सच है!''

''देव! मैं पुराना अनुचर हूँ।''

कंस इस बात से संतुष्ट नहीं हुआ। वह फिर चट्टान की तरह जल में से सिर निकाल रहा था। और उसने कहा, "कंकेलि! तू यादव सुहोत्र को जानता है?"

"वह वृष्णि है, देव?"

"कहाँ होगा?"

"देव, घर होगा अपने।"

"उसे इसी समय पकड़कर गुप्त रूप से ले आओ और उत्तरवाले प्रासाद के आखेट वन में उसपर जंगली कुत्ते छुड़वा दो। यह उसीकी प्रतिहिंसा हो सकती है।"

"जो आज्ञा, देव!" कंकेलि सिर झुकाकर चला गया।

अस्ति ने कहा, "कौन थी यह वर्तुला?"

"एक नागरिक थी!"

"राजकुल की थी!"

"नहीं।"

"तो फिर उसका क्या सम्मान! हमारे यहाँ यदि राजकुल का कोई व्यक्ति हो तो नागरिका का उसके सामने अधिकार ही क्या? सम्मान तो हम उच्च कुलों का होता है, आर्य्ये! दासों का क्या?"

"देवी!" कंस ने अपराधी के स्वर में कहा, "यह गण था। यहाँ अनार्य्य रक्त से अब भी आर्य्य रक्त का अधिक सम्मान है, चाहे आर्य्य दरिद्र और अनार्य्य धनी ही क्यों न हो।"

"तभी तो यहाँ राजा का इतना विरोध होता है।" अस्ति ने खीझकर कहा।

रात आधी से अधिक बीत चुकी थी। अस्ति ने शय्या पर लेटकर कंस के कंधे पर सिर धर दिया। उस समय उत्तर क्षेत्र से क्रुद्ध और भूखे कुत्तों की गुर्राहट सुनाई दी। अस्ति हँस दी। कंस ने फूत्कार किया, "देखा! कंस के सामने सिर उठाने का फल!"

धीरे-धीरे कुत्तों के गुर्राने और भौंकने की आवाज बंद हो गई। आर्य्य यादव सुहोत्र संभवतः अब हड्डियों के ढेर ही बनकर रह गए थे। यही कंस का न्याय था, जिसने कृषकों, गोपों, कर्मकरों और व्यापारियों को सीधा करने के लिए झुका दिया था।

महारानी अस्ति ने करवट बदलकर पूछा, "और वह क्या हुआ?"

"कौन, देवी?"

"प्रलम्ब!"

"देवी! पता क्या चले? गोकुल, वृंदावन और उसके आसपास वन हैं, शत्रु ही शत्रु हैं। धेनुक को भेजा था कि कुछ पता चलाए, देवकी के यदि पुत्र हो, तो उसे मारे, वसुदेव के कुटुम्ब का पता चलाए, परन्तु कुछ भी पता नहीं चलता।"

"वह तो मेरे सामने ही गया था!" अस्ति ने कहा, "वह कोई साधारण व्यक्ति

तो था नहीं।''

''फिर भी खो गया वह! इसी से मैंने प्रलम्ब को भेजा था।'' कंस ने कहा।

प्रकोष्ठ में केवल एक दीपशिखा जल रही थी। कंस ने अस्ति के केशों पर हाथ फेरते हुए कहा, ''सारा गोकुल, मथुरा, शौरसेन, एकदम सब ज्वालामुखी हैं। यहाँ की प्रजा बड़ी उद्धत है।''

अस्ति ने हँसकर कहा, ''रात्रि के अंधकार में तो शत्रु सदैव प्रबल दिखाई देता है। दिन में अपनी शक्ति मनुष्य को कहीं अधिक दिखाई देती है।''

कंस मुस्कराया। कहा, ''तुम बहुत चतुर हो, देवी। जब मेरा साम्राज्य बन जाएगा तब मैं सारा प्रबंध तुम्हें ही समर्पित कर दूँगा। कहकर कंस ने उसके कंधे पर हाथ रखा।

अस्ति मुस्कराई। बोली, ''प्रियतम! मेरे कंधे पर तो तुम वैसे भी हाथ रख सकते हो। मैं तो तुम्हारी विवाहिता स्त्री हूँ।''

उस समय उसका मुख लाज से लाल हो गया। वह हँस दी। कंस भी हँसा और उसका हाथ अस्ति की नीवि पर पड़ा। अब प्रकोष्ठ हास्य से गूँज रहा था, कि एकाएक कोई वस्तु दक्षिण के वातायन से आकर दोनों के बीच में, शैय्या पर गिरी। दोनों चौंककर उठ बैठे। एकमात्र दीपशिखा की ज्योति और मंद हो गई थी। अस्ति ने बाकी शिखाएँ सुलगाकर उजाला कर दिया।

देखा। रेशमी चण्डातक में लिपटी एक गठरी-सी थी। अस्ति ने उसे खोला। देखकर वह फिर चीत्कार कर उठी। कंस ने भी देखा। उसके नेत्र विस्फारित हो गए। वह कंकेलि का कटा सिर था।

इतने प्रहरियों के बीच यह कैसे संभव हुआ!

कंस ने वातायन से झांका। सब प्रहरी नियमानुसार पहरा दे रहे थे। वह वातायान से हट गया।

पीलुका, व्यूढोरा और लपेटिका आ गई थीं। कंस ने महारानी को भयार्त्त देखकर बुला लिया। चिमुरा ने कटा सिर देखा तो बड़ी ज़ोर से चिल्ला उठी।

सिर हट गया। कंस उसी समय बाहर चला गया और कुछ ही देर बाद नए मागध सैनिकों ने आकर सब प्रहरियों को बंदी बना लिया और जब रात्रि को ही आवश्यक निमंत्रण पाकर अपने-अपने रथों पर बैठकर कंस के मंत्रणागृह की ओर कंस के भाई, अरिष्टासुर, केशी, व्योमासुर, चाणूर, मुष्ठिक आदि आए तब उन्होंने कई गर्दन तक गड़े व्यक्तियों को कुत्तों द्वारा खाया जाते हुए देखा। परन्तु अंतःपुर में महारानी अस्ति अब भी घबराई हुई थीं और उनकी आँखों में भय बार-बार झाँक उठता था।

पीलुका ने कहा, ''देवी! अब सो जाएँ।''

''हाँ-हाँ,'' अस्ति ने कहा और लेट गई। पीलुका उसके पाँव दबाने लगी। वह

कुछ देर में सो गई। पीलुका धीरे-धीरे ऊँघने लगी। बाहर कुत्तों की आवाज़ मंद हो गई थी। चिमुरा पैरों की तरफ धरती पर पड़े सिंहचर्म पर सो गई थी। व्यूढोरा और लपेटिका दाएँ-बाएँ लेटी थीं। द्वार पर इस समय दो दीर्घकाय म्लेच्छ स्त्रियाँ पहरा दे रही थीं। उनके हाथ में नंगी तलवारें थीं।

जब कंस लौटा तो रात का एक पहर बाकी था। वह भीतर घुसा ही था कि अस्ति चिल्लाकर उठ बैठी। देखा उसके कंधे पर कुछ बड़े ज़ोर से टकराया था। सबने देखा। वह एक मागध का सिर था। उसमें एक बाण गड़ा हुआ था। उसीने प्रहर-भर पहले सैनिकों पर कुत्ते छुड़वाए थी। किसी ने सिर में बाण गाड़कर उसे चला दिया था जो उत्तर के वातायन से भीतर आकर गिर गया था।

कंस ने देखा और देखता ही रह गया।

4

अनेक मास बीत गए थे। अकाल घटा छा गई थी।

प्रभात की शीतल बेला को मेघों ने अपने द्रिम-द्रिम गर्जन से आक्रांत कर दिया था। वृद्ध जयाश्व अपने एकांत भवन में बैठा था। धूमिनी अभी-अभी उठकर गई थी। वह फिर अपने गहन चिंतन में लीन हो गया था। उसे रात्रि का समस्त संवाद मिल चुका था। प्रासाद में कंस रात-भर व्याकुल रहा था। जयाश्व हँसा, परन्तु तुरन्त ही वह गंभीर भी हो गया। वह जानता था कि कंस साधारणतया ही क्रूर है और अब तो वह यज्ञाग्नि के समान प्रचण्ड हो उठेगा। उसके प्रलंबासुर का भी ब्रज जाने पर पता नहीं चला था। कंस व्याकुल हो रहा था। उसने निकटवर्ती नागों को झड़ककर एक बार दावानल भी लगवा दी थी परन्तु कृष्ण ने अपने सहायकों की रक्षा ही नहीं की, नागों का भी नाश कर दिया था।

प्रासाद में कुचक्र बढ़ गए थे क्योंकि कई प्रहरी निरपराध ही मार दिए गए थे। उनका भी कथन ठीक था, कि हम तो राज्य की रक्षा करते हैं और जब हम पर ही संदेह किया जाता है तो और चारा ही क्या है? यह भी क्या कोई जीवन है जब चाहे इस प्रकार हमारा अस्तित्व मिटा दिया जाए?

नगर में विक्षोभ था। जगह-जगह लोग कह रहे थे कि शीघ्र ही कृष्ण का आक्रमण होगा। वहाँ गोपों ने ज़बर्दस्त संगठन कर लिया है। निकटस्थ छोटी-छोटी असुर, नाग आदि जातियों की बस्तियाँ उजाड़ दी गई थीं, जहाँ कंस की शक्ति थी। किन्तु सैनिकों के भय के कारण कोई भी शब्द नहीं निकालता था। नागरिक खण्ड-खण्ड होकर परस्पर झुण्ड बनाते और परस्पर विचार-विनिमय करते। वे कभी धर्माधिकरण की ओर जाते, कभी राजप्रासाद की ओर। परन्तु आगे बढ़ने का साहस नहीं होता।

जयाश्व इस सुलगती लपट को बड़े ध्यान से देख रहा था। कंस के अत्याचार

प्रखर होते जा रहे थे।

द्वार पर बलाहक दिखाई दिया।

"आओ, बलाहक!" जयाश्व ने कहा, "तुम कहाँ चले गए थे?"

बलाहक के सिर पर छोटा मुकुट था, जो वलय की भाँति उसके आधे श्वेत आधे काले बालों को घेरे हुए था। सामने उसमें एक चौड़े फन का नाग बना हुआ था। और उसके वक्ष पर जो मुक्ताहार थे उनमें भी नागाकृति के सुवर्णपदक जैसे गुंथे हुए थे। वह सरस्वती तीरस्थ नागोद्भेद नामक स्थान का निवासी था। वहाँ के नागवंश की कौरव्य शाखा में उसका जन्म हुआ था। वह स्वभाव का ही जटिल और सूम था। उसकी नाक चपटी और रंग ताँबे का-सा था। आँखें तक चमकदार थीं जैसे यौवन का दीपक किसी धुंधले पत्थर के पीछे अभी तक जल रहा था, जिसकी क्षीण आभा दिखाई दे जाती थी। मुख में ताम्बूल खाने से गहरी ललाई थी। वह सदैव अपने पास भयंकर सर्प-विष रखता था। धूमिनी उसी की स्त्री थी और जयाश्व का कुछ काम कर जाया करती थी। वह अपने पति से विशेष प्रसन्न नहीं रहती थी क्योंकि बलाहक चाटुकार और कुटिल दोनों ही था।

बलाहक बैठ गया। उसने अपना उत्तरीय उतार दिया। अब उसकी स्थूल भुजा पर नागवलय दिखाई देने लगा। जयाश्व का प्रश्न सुनकर उसने एक लंबा श्वास लिया। जयाश्व समझा, परन्तु उसने बाह्यरूप से अपने व्यवहार में कुछ प्रकट नहीं होने दिया।

जयाश्व जानता था, कि उत्तर में नागों का रसातल में अभी तक व्यापार है, जहाँ से वे हाटक लाकर बेचते हैं। इनकी भोगवती अत्यन्त सुंदर नगरी है। जहाँ ब्राह्मणमित्र नागराज वासुकि वंश रहता है। बाकी ऐरावत, तक्षक, एलापत्र और सुरस ब्राह्मण और क्षत्रियों के विरोधी हैं, जो इंद्रप्रस्थ के उत्तर और इधर-उधर फैले हुए हैं। तक्षक को कुछ दिन पूर्व ही खाण्डव वन में शरण लेनी पड़ी है।

बलाहक इस समय कुछ सोच रहा था।

"आज तुम इतने चिंतित क्यों हो, बलाहक?" जयाश्व ने कहा, "क्या फिर गरुड़ों ने कोई उत्पात करने का विचार किया है?"

बलाहक ने चिढ़कर कहा, "नागों पर गरुड़ यहाँ यमुना तीर पर आक्रमण नहीं कर सकते। जिस दिन रमणक द्वीप से युद्ध के बाद नाग यमुना तीर पर आए थे उस दिन वे कुछ सोचकर ही आए थे। ऋषि सौभरि का यहाँ तपोवन था और मत्स्य जाति रहती थी। गरुड़ों ने मत्स्यों पर आक्रमण कर दिया था। मत्स्य कबीला उस समय ब्राह्मणों का प्रिय था। तब से गरुड़ों को ब्राह्मणों ने भगा दिया था। नाग इसलिए यहाँ बस गए थे कि कालिय वंश बड़ा भयानक था।"

"था क्यों बलाहक, वह तो अभी है, न?"

"नहीं," बलाहक ने कहा, "तुम्हें नहीं मालूम?"

''क्या!''

बलाहक ने साँस खींचकर कहा, ''ठीक है आर्य्य! पर मेरी पुत्री नंदा और जामाता कुंत तो अब भी न मिलेंगे।'' बलाहक की आँखों में पानी भर आया। जयाश्व संवेदना से देखता रहा। बलाहक विचलित था। जयाश्व जानता था कि कुन्त कालियवंशी नाग था। यह नाग माँसाहारी नहीं थे और वे यमुना-तट पर प्रभाव बढ़ा रहे थे।

''क्यों?'' जयाश्व ने पूछा।

बलाहक ने कहा, ''क्या बताऊँ।''

जयाश्व उसकी मनोव्यथा को समझ गया। परन्तु वह और सुनना चाहता था। कहा, ''क्यों बलाहक! यह गोप लोग तो महाराज कंस के दास हैं न?''

''दास? नंदगोप आकर स्वयं कर चुकाता है।''

''तो यह लोग इतने उच्छृंखल कैसे हो गए?''

''आर्य्य! यह तो राष्ट्रनीति है। नंद गोप के दो पुत्र हैं, बलराम और कृष्ण। दोनों ने ही उत्पात मचा रखा है।''

''कैसे बलाहक?'' जयाश्व भोला बन गया। और उसका विश्वास प्राप्त करने के लिए कहने लगा, ''राज्य का पुराना सेवक हूँ, बलाहक! अंधक श्रेष्ठ महाभोज महाराज कंस मथुरेश की मुझपर असीम अनुकंपा है, जब महाराज को यह संदेह हो गया था कि देवकी का पुत्र जीवित है तो उन्होंने पहले उत्तर की मातृकाओं की उपासिका बालघातिनी पूतना को नंदग्राम भेजा था। किन्तु वह वहाँ से कभी नहीं लौटी। संभवतः उसे वहीं लोगों ने मार डाला।''

''मार डाला?'' बलाहक ने कहा, ''अरे उन लोगों ने शकटासुर और तृणावर्त्त दैत्य को मार डाला। वे क्या किसी से डरते हैं? उद्धत और धूर्त्त हैं वे लोग! गोकुल वृंदावन, अंबिकावन और सारा आसपास का प्रदेश खलभला रहा है। मुझे तो डर है कि यह लोग मथुरा को भी चैन से नहीं बैठने देंगे। वत्सासुर, बकासुर, उसका अनुज अघासुर, धेनुकासुर सब गायब हो गए।'' बलाहक खांसने लगा। खांसते-खांसते उसकी आँखों में पानी आ गया। जयाश्व देखता रहा। बलाहक ने नाक सिनकते हुए कहा, ''और अब कालिय से झगड़ पड़े।''

जयाश्व चौंका। पूछा, ''नागों से?''

बलाहक ने कहा, ''वृष्णि तो अनार्य्य द्वेषी हैं। उन्हें तो अनार्य्यों में निरंकुशता दिखाई देती है। क्यों, छोटी-छोटी बस्तियों से अटकते हैं, जरासंध से नहीं भिड़ते? और इनके आर्य्य ही जो कुरुक्षेत्र में साम्राज्य बना रहे हैं सो?'' बलाहक ने घृणा से कहा और फिर बोलने लगा, ''यमुना-तट पर अधिकार के लिए झगड़ा बढ़ने लगा। कालियवंशी नागों ने तीर पर अपनी बस्ती बनाई थी। धीरे-धीरे गोपों की गाएँ उधर जाने लगीं। मना किया तो नहीं माने। आखिर झगड़ा हो गया। तुम जानते हो कि नाग भीरु होता है, पर जब उसे क्रोध हो आता है, तब वह अपने देवता नाग जैसा

क्रुद्ध हो उठता है। कालिय वंश के अधिनायक ने कह दिया, कि पक्षी को भी अपनी बस्ती पर से उड़कर नहीं जाने दूँगा।''

''अरे!'' जयाश्व ने कहा, ''फिर?''

''फिर,'' बलाहक ने विक्षोभ से कहा, ''झगड़ा गौओं को पानी पिलाने के पीछे शुरू हुआ। गर्मी के दिन थे ही। यमुना में पानी कम था। उधर नाग जल पर अधिकार चाहते थे, इधर गोप गायों को पानी पिलाना चाहते थे। भला बताओ। एक गाय थी! गोपों के पास गाएँ तो हैं ही। सैकड़ों को नाग नायकों ने मारकर भगा दिया। अरे! दूसरे दिन देखते क्या हैं कि आगे-आगे कृष्ण है और पीछे स्त्री-पुरुष सारे गोप चले आ रहे हैं। युद्ध शुरू हो गया। नंदगोप तो कंस महाराज से डर रहा था, परन्तु कृष्ण और बलराम! कृष्ण तो जाकर सीधा नाग-नायक पर टूट पड़ा। युद्ध भीषण हो गया। कृष्ण जीत गया। सारे नागों को भगा दिया उसने।''

उसकी आँखों में अपमान जलने लगा। जयाश्व ने कल्पना की। देवकी पुत्र कृष्ण!

बलाहक ने कहा, ''वन में दावानल फूट पड़ी। परन्तु कृष्ण आगे आया। उसने सबको कौशल से आग से बाहर निकाल दिया। आर्य! वह तो एकाधिपत्य चाहता है। भिन्न-भिन्न जातियों के देवताओं को वह नहीं मानता। नाग, वानर, अश्व, धेनु, इनका कोई पूजक हो तो हो, वह तो बस वृष्णियों को चाहता है। मैं कहता हूँ, वह इतना सुसंगठित आयोजन कर रहा है कि उसका मथुरा पर आक्रमण करने का भी दुस्साहस निकट भविष्य में हो जाएगा। वे गंवार गोप उसके पीछे आँख मूँदकर चलते हैं। वे किसी सेना से नहीं दबेंगे। वे तो भयानक हैं। मैं जाता हूँ।''

''ताम्बूल खाते जाओ, बलाहक!'' जयाश्व ने अपनी प्रसन्नता छिपाकर कहा।

बलाहक ने कान का कुण्डल ठीक करते हुए कहा, ''मैं महाराज को सावधान करने जा रहा हूँ।''

''वे तो प्रासाद में होंगे।''

''हाँ।'' बलाहक ने कहा।

''मुझे तुमसे सहानुभूति है।'' जयाश्व ने कहा।

''सहानुभूति!'' बलाहक ने कहा, ''सोचो! पुराने इन्द्र के उपासक खाण्डव वन में अभी तक अनेक बस्तियों के साथ भाईचारे से रहते हैं, कोई नाग है, कोई असुर है। इधर घृणा मिट रही है। जरासंध, कंस, कुरुक्षेत्र के राजा, ये तीनों साम्राज्य बना रहे हैं। परस्पर घृणा तो नहीं। परन्तु यह लोग कहते हैं कि निरंकुशता नहीं चाहिए। हमारे नागों के उनहत्तर वंश हैं, जयाश्व! उनमें कहीं गण हैं, कहीं एकतंत्र। परन्तु भिन्न-भिन्न स्थानों पर भिन्न-भिन्न द्वेष-वेष हैं, रीति हैं। जानते हो, कृष्ण क्या कहता है!''

''क्या कहता है वह?'' जयाश्व ने पूछा।

"वह कहता है,'' बलाहक ने कहा, ''कि यह सारा वैमनस्य इस निरंकुशता और अलगाव के कारण हैं। वह तो मानता है कि चार वर्ण हैं, ब्राह्मण, क्षत्रिय, वैश्य और शूद्र। बाकी जातियाँ भी ऐसी ही हैं। फिर मनुष्य-मनुष्य समान हैं। अपने-अपने वर्ण का काम करो, परन्तु निरंकुश कोई न बनो। तुम समझते हो?''

जयाश्व ने अनबूझ बनकर सिर हिलाया।

बलाहक ने कहा, ''अरे यह दक्षिण के जो व्यापारी आते हैं न, इनमें बहुत-से धर्म ऐसे हैं जैसे उत्तर में ऋषभ के पूजक हैं। उनकी यादवों में पूछ हो गई है। वैसे यादवों में अभी ब्राह्मणों का उतना मान नहीं है।''

''बड़ी उलझन है।'' जयाश्व ने कहा।

जब बलाहक चला गया, जयाश्व मुस्कराया। उस मुस्कान में एक अपूर्व दीप्ति थी। उसने हाथ उठाकर अंगड़ाई ली और मन ही मन सोचते हुए उठा। उसने कहा, ''एक और आहुति मिली। कंस का क्रोध अब सीमाओं का उल्लंघन कर जाएगा। इन्द्र! क्या सचमुच ही देवकी का पुत्र इतना पराक्रमी है? चलूँ मैं भी तो देखूँ।''

उसने सिर पर उष्णीश पहना और बाहर निकल पड़ा।

कंस गजदंत के सिंहासन पर बैठा था। यह दंत उत्तर के किरात लाए थे। उसे सुंदरता से दानवों ने बनाया था। दानवों का व्यापार गोदावरी तक फैला हुआ था। महारानी अस्ति और प्राप्ति उसके दोनों ओर बैठी थीं। सीधे हाथ की ओर एक आसन पर अमात्य अक्रूर बैठा था। अक्रूर के चिकने केश भँवर के-से काले थे और तोते की-सी नाक थी। उसके नेत्रों में चातुर्य्य था। वह कनखियों से उन दासियों को देख लेता था, जो सामने ही मदिरा आदि लेकर खड़ी थीं। एक दासी चमर डुला रही थी। छत से एक बड़ा, पर पतला पहिया लटका था जिस पर काकातूआ बैठा था, जिसे कोई पार्वत्य बन्यक बेच गया था। दीवारों पर रेशमी चंडातक टँगे हुए थे। एक चाँदी के पात्र के खुले हुए चौड़े मुख से धूम-गंध निकलकर व्याप्त हो रही थी।

जयाश्व को देखकर बलाहक मुस्कराया। वह संभवतः तब तक अपनी बात कह चुका था। कंस के मुख पर गंभीर चिंता थी। जयाश्व तीन बार दंडवत् करके एक ओर बहुत ही भोला बनकर बैठ रहा, जैसे वह कुछ जानता ही नहीं।

महारानी प्राप्ति ने कहा, ''जयाश्व!''

''महारानी!''

''तू स्वस्थ है न!''

''देवी! वृद्ध का क्या स्वास्थ्य! मैं तो देवाधिदेव इंद्र से यही मनाता हूँ कि मुझे अब उठा लें।''

इसी समय एक दण्डधर ने आकर कहा, ''देव! एक चर उपस्थित है।''

कंस ने आज्ञा दी, ''ले आ!''

चर ने आकर प्रणाम किया। कंस के नेत्रों ने संवाद माँगा।

''देव!'' चर ने कहा, ''संवाद गोपनीय है।''

''कहो!'' कंस ने कहा, ''यहाँ सब विश्वसनीय व्यक्ति हैं।''

''जो आज्ञा प्रभु!'' चर ने झुककर कहा, ''गोकुल में प्रचण्ड दावानल फैलाने का यत्न किया गया किन्तु कृष्ण ब्रजवासियों को गायों सहित कौशल से बचा ले गया।''

''हूँ।'' कंस ने कठोरता से कहा।

चर डर गया। यह स्वर अच्छा नहीं था। उसने कहा, ''देव, गोप और वृष्णि परस्पर इतने घुल-मिल गए हैं कि उनमें फूट नहीं पड़ती। कृष्ण नंदगोप का पुत्र है। वह गोपों में राजकुमार का-सा सम्मान पाता है। उसका भाई बलराम भी बड़ा बली है। नंदगोप विद्रोह को प्रश्रय दे रहा है, महाराज! परन्तु हम उसे पकड़ नहीं सके। गोप सन्नद्ध हैं। नंदगोप के ही घर पर वसुदेव का वंश आश्रय पा रहा है।''

कंस चौंका नहीं। गंभीर बैठा रहा। पूछा, ''तेरा नाम?'',

''चर हूँ देव! नाम प्रोषक!'' उसने फिर एक बार अभिवादन किया।

''वहाँ कौन-कौन हैं?'' कंस ने पूछा।

प्रोषक कहता गया, ''वसुदेव की स्त्री पौरवी के बारह पुत्र हैं,'' और उसे जैसे रट गया था, वह कहने लगा, ''भूत, सुभद्र, भद्रवाह, दुर्मद...भद्र...''

''मूर्ख,'' कंस ने सिंहासन के हत्थे पर हाथ मारकर कहा, ''बस कर!''

चर मौन हो गया। उसका मुख विवर्ण हो गया। अक्रूर ने उसे मूक आश्वासन दिया। महारानी अस्ति चुपचाप बैठी थी। महारानी प्राप्ति ने मदिरा का चषक उठाया। कुछ ढाली और एक घूँट पीकर कहा, ''और?''

चर ने हकलाते हुए कहा, ''मदिरा के...''

''ऐं?'' प्राप्ति चौंक उठी। उसने समझा शायद वह उसके प्याले की मदिरा के बारे में कुछ कह रहा था...

''हाँ महारानी!'' चर ने कहा, ''वह भी वसुदेव की पत्नी है। उसके पुत्र नंद, उपनंद, कृतक...शूर...''

हठात् कंस मुड़ा। चर घबरा गया और उसने कहा, ''कौशल्या से केशी, इला से उरुल्वक, धृतदेवा से विवष्ठ...शांतिदेवा से श्रम...प्रतिश्रुत, उपदेवा से कल्पवर्ष...श्रीदेवा से वसु, हंस, सुवंश...देवरक्षिता से गद...सहदेवा से पुरुविश्रुत, रोहिणी से बलराम...और देवी, मैं भूल गया...'' कंस की भौं अराल हो गई थी। चर रुक गया।

अस्ति ने कहा, ''यह संवाद तुझको अब ज्ञात हुआ है, चर? पहले क्यों नहीं लाया!''

'देवी! उनके यहाँ नया आदमी घुसने ही नहीं पाता। अबकी बार मैं भिक्षुक बनकर जा सका। परन्तु कृष्ण के सामने आने के पहले भाग आया। वह तो देखकर

समझ जाता।''

''वह इतना चतुर है?'' प्राप्ति ने कंस से कहा।

''हाँ देवी!'' चर ने कहा, ''उसने पड़ोस के सब शत्रु मिटा दिए हैं।''

अस्ति ने कंस की ओर टेढ़ी आँख से देखा। कंस ने इशारा किया, जैसे वह जानता था। वह कुछ देर सोचता रहा। फिर उसने सिर उठाकर कहा, ''चर!''

चर भयभीत हुआ।

''यह हम जानते है।'' कंस ने कहा, ''परन्तु उसके साथ कौन है?''

''देव! जितने राज्य के शत्रु हैं, विद्रोही हैं, वृष्णि और अंधक व्यापारी हैं, जो अधिक कर के विरोधी हैं...''

चर नहीं कह सका। कंस गरजा, ''अर्थात् जितने राहों पर भटकते कुत्ते, गंदे और मूर्ख हैं, वे सब उसकी ओर हैं? और हमने अधिराज प्रलंब को भेजा था। उनका क्या हुआ?''

''देव!'' चर ने मुँह खोला और भय से चुप हो गया।

''आर्य्य!'' अस्ति ने इशारा किया।

कंस ने हाथ उठाकर कहा, ''अभय!''

अक्रूर संभलकर बैठ गया। जयाश्व और बलाहक झुक गए।

''महाराज!'' चर ने कहा, ''कृष्ण के सखाओं और बलराम ने असुरश्रेष्ठ प्रलम्ब की हत्या कर दी।''

''चर!'' कंस गरजा। अस्ति आवेश में तनकर बैठ गई। महारानी प्राप्ति का हाथ काँप गया और मदिरा प्याले में से उनकी जंघाओं पर गिर गई। अक्रूर के नेत्र झुक गए। बलाहक ने आँखें फाड़कर देखा। जयाश्व चुप बैठा रहा। उसे लगा, वह आश्चर्य से पागल हो जाएगा। यह गोप! वह कृष्ण! क्या है उनके पास? संगठन! शक्ति! हृदय में विश्वास! पाप से घृणा। नाग बलाहक ऐसे देख रहा था, जैसे मैंने तो पहले ही कहा था। कंस ने दोनों हाथों पर गाल रख लिए थे और वह चिंता में डूब गया था।

''देव!'' प्रोषक ने निर्भीकता से मौन तोड़ दिया।

अस्ति ने कहा, ''अभी दुःसंवाद शेष है?''

''देवी!'' चर ने कहा, ''अच्छे-बुरे का निर्णय प्रभु ही करेंगे। मेरा काम संवाद देना है। आपकी आज्ञा शिरोधार्य्य है।''

''नहीं चर!'' अक्रूर ने कहा, ''केवल अच्छे संवाद सुनाकर चाटुकारिता करनेवाला चर स्वामी का सुहृदय नहीं है। उसे तो हर तरह की बात बतानी चाहिए। तुम कहो! महाराज सुनेंगे।''

''देव!'' चर ने कहा, ''वे किसी बाहरी आदमी को अपने भीतर मिलाने के पहले परखते हैं।''

प्राप्ति ने पूछा, ''उनको हमारे आदमी की पहचान क्यों कर होती है?''

''देवी!'' प्रोषक ने कहा, ''अनेक मथुरा के वृष्णि वहाँ हैं जो पहचान लेते हैं। अपराध क्षमा हो! वे महाराज उग्रसेन की छाया में फिर से गण बनाना चाहते हैं।''

कंस ने सिर हिलाया। महारानी अस्ति ने कनखियों से चुपचाप अक्रूर की ओर देखा, किन्तु वह भावहीन-सा बैठा था, जैसे वह कुछ भी सोच नहीं रहा था।

चर कहता गया, ''उन्हें मथुरा की गतिविधियों का बहुत ज्ञान है, महाराज! मैं तो यहाँ तक कह सकता हूँ कि उनके आदमी प्रासाद में हैं। हम सेना भेजकर भी जीत नहीं सकते, क्योंकि एक तो वहाँ घने वन हैं, दूसरे वे सब लड़ने को तैयार हैं, तीसरे नंदगोप अपने पुत्र को बढ़ावा देता है, चौथे हमारी सेना में उनके आदमी हैं।''

''तू झूठ कहता है।'' कंस ने कहा।

''महाराज!'' चर ने कहा, ''मैं आपके पराक्रम को जानता हूँ। मुझे मृत्यु से खेलने की आवश्यकता नहीं है।''

कंस प्रसन्न हुआ।

''प्रासाद में?'' अस्ति ने पूछा।

''होगा,'' प्राप्ति ने दासी को इंगित करके कहा, ''दो-एक कोई होगा।''

दासी मदिरा ढालने लगी।

''देवी!'' चर ने कहा, ''आप मानेंगी कि मेरे पास इस समय प्रासाद, बंदीगृह और धर्माधिकरण के ऐसे विश्वसनीय पात्रों के सैंतालीस नाम हैं जो कृष्ण के पास मथुरा पर आक्रमण करने का निमंत्रण भेज चुके हैं?''

''प्रमाण दे सकते हो?'' अक्रूर ने मन ही मन काँपकर पूछा। उसे याद आ गया था कि वह उग्रसेन से छिपकर मिला था। आखिर तो वृष्णि था और देवकी के पति का पुराना सहपाठी था।

''दे सकता हूँ आर्य!'' चर ने कहा, ''मैं इन समस्त षड्यंत्रों के सूत्रधार का नाम बता सकता हूँ।''

''शीघ्र कहो!'' कंस ने चिल्लाकर कहा।

''आर्य जयाश्व! चर ने सिर झुकाकर कहा और चुप हो गया।

आश्चर्य से कंस के नेत्र विस्फारित हो गए। वह विश्वास करने के लिए विवश किया जा रहा था। अक्रूर के नेत्र स्थिर हो गए थे। महारानी प्राप्ति का चढ़ता नशा हिरन हो गया था। महारानी अस्ति थकी हुई-सी बैठी रह गई थी। उसके कञ्चुक की गाँठ ढीली पड़ गई थी। वह झुकी तो लुटरी लुढ़ककर कंधे पर खुल गई। मदिरा-पात्र पकड़े खड़ी दासी के हाथ काँप गए और पात्र गिरते-गिरते बचा। बलाहक का मुँह

फट गया था।

किन्तु जयाश्व अविचलित बैठा था। उसने कुछ भी नहीं कहा। जब कंस ने आग्नेय नेत्रों से उसे घूरा तो जयाश्व ने धीरे से कहा, ''महाराज! यह वृष्णियों का कोई चर है जो उनकी शक्ति का आडंबर दिखाकर हम लोगों को आतंकित करने आया है। इसे हम लोगों में फूट डालने को भेजा गया है।''

जो नेत्र अभी तक जयाश्व पर टिके हुए थे, वे सब फिर चर पर टंग गए। और इस बार सबकी दृष्टि में जघन्य हिंसा थी, जैसे वे सब उस चर को जीवित ही जला देना चाहते थे।

किन्तु चर प्रोषक निर्भीक था।

महारानी अस्ति ने गंभीर स्वर से कहा, ''प्रमाण!''

''प्रस्तुत है!'' कहकर चर ने कपड़ों में हाथ डाला और एक मरकतजटित अँगूठी निकालकर महारानी के हाथ में देते हुए कहा, ''आर्य्य जयाश्व के पास इस समय भी ऐसी ही एक अंगूठी होनी चाहिए। यदि नहीं है, तो दासानुदास प्राणदण्ड के लिए उपस्थित है।''

प्रोषक की गर्वोक्ति का प्रभाव पड़ा। वह निर्भय था। कंस ने जयाश्व को देखा किन्तु उसके कुछ कहने के पहले ही महारानी अस्ति ने भौं हिलाई और चार मागध सैनिकों ने विद्युत वेग से झपटकर जयाश्व को पकड़ लिया। कुछ ही देर बाद एक सैनिक ने महारानी के चरणों पर अँगूठी फेंक दी। अस्ति मुस्करा दी। उसने चर की ओर देखा जो लोलुप दृष्टि से उसकी यक्षदेश में बनी, चौड़ी सुवर्ण की रत्नजटित रशना को देख रहा था। अस्ति ने रशना खोलकर उसकी ओर फेंक दी। वह भारी थी। प्रोषक उसके पाँवों पर लोटने लगा।

बलाहक ने देखा कि मागधों ने जयाश्व के हाथ पीछे की ओर देखते ही देखते बाँध दिए और कारागार की ओर ले चले। जयाश्व अब भी मुस्करा रहा था।

उनके चले जाने पर चेतना लौटी। सबने जैसे एक-दूसरे को फिर से पहचाना। आतंक से ग्रस्त दास-दासियों के मुख पर स्वाभाविकता लौट आई।

महारानी प्राप्ति ने कहा, ''आर्य्य जयाश्व ही विद्रोही है तो फिर विश्वसनीय कौन है, महाराज!''

अक्रूर ने कहा, 'देवी! विश्वास तो एक नौका है, उसे सदैव परिस्थिति की लहरों के झटके लगा करते हैं।''

अस्ति ने होंठ काटा।

प्राप्ति ने कहा, ''रातों-रात सब प्रधान पदों पर, महाराज, मागधों को बिठा दें। संकट में यह नई मर्यादा स्वीकार करनी ही होगी।''

अक्रूर ने निर्भीकता से कहा, 'देवी! कल ही यादव साम्राज्य को पलट देंगे। हम अंधक श्रेष्ठ कंस के सेवक हैं, मागधों के दास नहीं हैं। स्वयं महाराज कंस भी

किसी मागध के अनुचर नहीं हैं। स्वतंत्र सार्वभौम सत्ता के स्वामी हैं। वे पराक्रमी हैं। यादवों की भी पुरानी परंपरा है। हम मागधों के जामाता-कुल के वीर हैं। महाराजाधिराज जरासंध की पुत्रियाँ हमारे कुलसूर्य के वीर्य को गर्भ में धारण करने को क्षेत्र बनाकर आई हैं। वे यहाँ किसी मागध को क्षेत्रज्ञ बना देंगी तो भीषण विप्लव खड़ा हो जाएगा। आज जो स्वामिभक्त यादव हैं वे भी कल रक्त की नदियों में स्नान करने के लिए विह्वल हो उठेंगे।''

प्राप्ति चिल्ला उठी, ''महाराज, इस दुर्मुख को प्राणदण्ड दें!''

कंस सकते में था। अस्ति समझ गई। बात गलत थी। उसने दासियों से कहा, ''प्राप्ति को ले जाओ। ये अधिक मदिरा पी गई हैं। इन्हें स्नान कराकर, इनके अंगों पर अंगराज का लेप करो। अमात्य अक्रूर ठीक कहते हैं।''

प्राप्ति को आभास हुआ कि वह गलती कर गई है। परन्तु उसने कहा, ''अमात्य! क्या है तुम्हारी परंपरा! यही न, कि कुछ धनी यादव क्षत्रिय मिलकर अपना मतदान दें और राष्ट्र की रक्षा तक न कर सकें! यदि महाराज कंस न होते तो क्या आज शूरसेन देश इतना समृद्ध होता!''

''देवी!'' अक्रूर ने उसी तुले हुए स्वर से कहा, ''यदि कंस को हम न चाहते तो उनकी सेवा भी न करते। समृद्धि और शांति राजा का कर्त्तव्य है, इसीलिए प्रजा उसे सम्मान और कर देती है, वह ऐसा करके कोई उपकार नहीं करता। राजा प्रजा का प्रहरी है, भोक्ता नहीं।''

''तो यह षड्यंत्र क्यों हो रहे हैं?'' प्राप्ति ने कहा।

''अपराध क्षमा हो देवी!'' अक्रूर ने कहा, ''प्रजा मागध परंपरा का विरोध करती है। मागध प्रजा को लूटते हैं।''

''तुम झूठ कहते हो!'' प्राप्ति चिल्लाई।

कंस ने अस्ति की ओर देखा। अस्ति ने मुस्कराकर कहा, ''महामात्य! महारानी की बात का बुरा न मानें। वे अपने पति के लिए आशंकित होकर प्रेम के कारण सब-कुछ भूल गई हैं? आप पुरुष हैं। पुरुषों से मंत्रणा करें।''

बात को संभलते देखकर कंस आगे बढ़ा और कहा, ''अमात्य! मेरे साथ आएँ।''

कंस बढ़ गया था। उसके आगे-आगे दिन में ही छः दास उल्का जलाए बढ़ चले। अक्रूर समझ गया, वह बंदीगृह में जा रहा था। अक्रूर पीछे-पीछे चला। उसने देखा, आगे दस प्रतिहारी शौरसेन के थे, पीछे बीस मगध के। उसने क्रोध और विक्षोभ से होंठ काट लिया।

जब एकांत हो गया और केवल दो मागध दासियाँ रह गईं, अस्ति ने कहा, ''अनुजे तू बड़ी आतुर है?''

''मैं सह नहीं सकी।'' छोटी ने कहा।

''यह स्त्री की निर्बलता है। राष्ट्रनीति और बालक को प्रसव देना, दो भिन्न

बातें हैं। पहली में बोलने की आज्ञा नहीं, दूसरी में चाहे जितना चिल्ला सकती है। समझी!''

''तो तुम बताओ, बहिन! वसुदेव-देवकी को अभी तक क्यों छोड़ रखा है?''

''यह राष्ट्रनीति है, प्राप्ति! पच्चीस वर्ष में फिर विद्रोह उठा है। इसको कुचलने के लिए बुद्धि और कौशल चाहिए। जिस समय कंस ने उग्रसेन को बंदीगृह में डाला था, वह अठारह वर्ष का था। आज उस बात को पच्चीस वर्ष हो गए। जानती है, नई पीढ़ी तैयार हो गई। कृष्ण सोलह वर्ष का हो गया है।''

''वह कौन है!''

''नंदगोप का पुत्र।''

''तुम उसे कैसे जानती हो?''

''मैं अड़तीस वर्ष की हूँ, निस्संतान हूँ, प्राप्ति! तेरे एक पुत्र है। तू उसमें उलझी रहती है, मैं किससे उलझूँ? मैं राज्य में उलझी हूँ देख मेरा यौवन! कोई कह सकता है कि मैं तीस वर्ष से अधिक हूँ? तू मुझसे दो वर्ष छोटी है, परन्तु चालीस की लगती है।''

''फिर होगा क्या?''

''विप्लव!!'' प्राप्ति चौंक उठी।

''डरपोक!'' अस्ति ने हँसकर कहा, ''जरासंध की दुहिता होकर काँपती है? अब वह पचपन वर्ष का है। लेकिन कोई देखे तो मेरे पिता को। शत्रु थर-थर काँपते हैं। यादव प्रयत्न कर रहे हैं। देखें कौन जीतता हैं ईषामुखी!''

दासी ने कहा, ''स्वामिनी!''

अस्ति ने हाथ फैला दिया। दासी ने मदिरा भरकर चषक दे दिया। वह गट-गट करके पी गई और कहा, ''ईषामुखी! आर्य्य सुनामा, न्यग्रोध, कंक, शंक, सुहू, राष्ट्रपाल, सृष्टि, तुष्टिमान की पत्नियों को मेरा निमंत्रण दे आ। मेरी देवरानियों से कहना कि तुम्हारी जेठानी ने आपानक नृत्य और संगीत के लिए बुलाया है। महारानी नहीं कहना, समझी! कंस का परिवार भी तो मागधों से चौंकता है।''

वह हँसी और प्याला भरवाने लगी।

अनेक तोरण पार करके जब कंस आगे बढ़ा तो अक्रूर ने उसके साथ तीन पक्के और विशाल प्रांगणों को पार करके देखा, सामने ही बंदीगृह का भीषण द्वार था। बंदीगृह की पुरानी प्राचीरों पर काई जम गई थी। अक्रूर को पुराने प्रकोष्ठों में से पुरानेपन की गंध आने लगी। कपोत फड़फड़ाकर उड़े और वहीं कहीं अँधेरे में छिप गए। कहीं भीतर से ही सिंहों की गर्जना सुनाई दी, जो शायद किसी बंदी को खा चुके थे।

द्वार खुल गया। प्रहरियों ने घुटने टेककर अभिवादन किया। आधिकारिक

बृहत्सेन ने मार्ग दिखाया। गूढ़पुरुष परमार्थ ने उन्हें भूमिगर्भस्थ प्रकोष्ठ में ले जाकर खड़ा किया, जिसे देखकर भ्रम होता था कि यह पर्वत काटकर बनाया गया है। दीर्घ पाषाणों की कठोर छाया में, जहाँ उल्का का फरफराता प्रकाश काँप रहा था, वहाँ एक चक्र था। उस पर उस समय कोई बँधा हुआ नहीं था। उसके बगल में दो लोहे की कड़ियों से हाथ ऊपर को बँधवाए हुए वृद्ध जयाश्व खड़ा था। उसका सिर झुका हुआ था। उसका शरीर नंगा था। सामने एक दाण्डिक इस समय हाथ में कशा (कोड़ा) लिए खड़ा था।

महाराज कंस को देखकर जयाश्व ने सिर उठाया। कंस के नेत्र उस धूमिल आलोक में चमक रहे थे। उनमें अत्यन्त क्रोध था, जैसे वह उसे आँखों से निगल ही जाना चाहता था। जयाश्व के शरीर पर कशाघात के चिह्न थे। सारा स्वेदार्द्र शरीर रक्त के बहाव से अजीब सा लग रहा था। कंस समझ रहा था कि जयाश्व डर जाएगा। अक्रूर ने तिरछी दृष्टि से जयाश्व को देखा और आँखें झुका लीं। जयाश्व हँसा। उस हास्य में एक भयानकता थी। जीवन की लंबी यात्रा का चला हुआ यात्री, जो थक चुका था, आज जैसे अपनी सारी यातना ही उंडेलने को तत्पर हो उठा था। अक्रूर सिहर उठा। रक्त की लीकें जयाश्व के होंठों के कोनों से मुँह के दोनों ओर बह आई थीं।

''बृहत्सेन!'' कंस ने कहा।

''आज्ञा, प्रभु!''

''इस वृद्ध ने कुछ बताया?''

''नहीं, देव!''

''बल-प्रयोग किया था?''

''रक्त ही साक्षी है, देव!''

''यातना दी थी?''

''उतनी जितनी से यह मरे नहीं।''

''फिर भी इस कुत्ते ने कुछ नहीं बताया?''

''कुत्ते को क्यों अपमानित करता है, मूर्ख!'' जयाश्व ने रक्त थूककर कहा, ''कुत्ते में ज्ञान नहीं होता, किन्तु तू कुत्ते से भी जघन्य है, पापी! नराधम! अँधक-कुलांगार! तूने शौरसेन देश को जरासंध की पुत्रियों के कहने से दासता के बंधन में जकड़ दिया है। तूने अनार्य, दैत्य, दानव, असुर, नाग और राक्षसों से मित्रता करके धन और संपत्ति के लिए कुल और गुण का नाश कर दिया। भोज के पवित्र वंश को तूने ठोकर मारी है, नीच! तूने यादवों की पवित्र कुमारियों पर बलात्कार किए हैं, तूने कृषकों से छठे भाग से भी अधिक कर लिया है, तूने व्यापारियों को लूटा है, तूने कर्म-करों को कुचला है। तूने यादव स्वतंत्रता को मागधों के पैरों के नीचे रुंदवा दिया है।''

‘‘नीच!’’ कंस गरज उठा।

‘‘नीच मैं हूँ!’’ जयाश्व ने चिल्लाकर कहा, ‘‘अपनी बहिन के अबोध बालकों के हत्यारे! तू मुझे नीच कहता है! इन्हीं प्राचीरों में कहीं तेरा जन्मदाता उग्रसेन भी बंदी है।’’

और जयाश्व चिल्लाया, ‘‘गणाधिपति आर्य उग्रसेन! देखते हो! तुम्हारा यह अधम पुत्र पाप करके भी लज्जित नहीं है! जघन्य कुत्ता!’’...और जयाश्व ने रक्त थूका, फिर जलते नेत्रों से घूरता हुआ कठिन विद्रूप की गंभीर हँसी गुँजाने लगा!

कंस चकित-सा देखता रहा। अक्रूर पीछे हट गया था। दाण्डिक की कशा हवा में चटाक्-चटाक् गूँजी और जयाश्व के शरीर को छीलने लगी। वृद्ध ने आर्त्तनाद किया और फिर उसका सिर झुका, परन्तु उसने नीचे का होंठ ऊपर उठाकर कहा ‘‘कंस! तू समझता है, तू मुझे मारकर इस भयानक तूफान को रोक देगा। जो तुझे ही नहीं मूर्ख, तेरे जरासंध तक को उलटकर फेंक देगा। अत्याचारी! नृशंस पशु! तूने जिस देवकी के पुत्रों को कारागार में पाँव उछाल-उछालकर मार डाला था, याद है न उसी का पुत्र...उसी देवकी का पुत्र है वह वन-प्रांतर में से उठता हुआ कृष्ण। वह अंगार ही एक दिन ज्वाला बनकर तुझे चाट जाएगा। वह भीषण कारागार और तूफ़ानी यमुना पर तो जन्म लेते ही विजयी हो गया था। वज्रमूर्ख! उसी ने तेरे विरुद्ध इतना बड़ा संगठन किया है कि यदि तेरी सारी वाहिनी वहाँ जाकर युद्ध करे तो भी तू जीत नहीं सकता, क्योंकि ‘कृष्ण कृष्ण’ की पुकार करके सारी मथुरा में तेरे विरुद्ध आग सुलग रही है। शीघ्र ही ऐसा भयानक विस्फोट होगा कि तू और तेरा साम्राज्य धूलि के ढेर की तरह उड़ जाएगा।’’

‘‘बृहत्सेन!’’ कंस कठोर स्वर से गरजा। जयाश्व केवल हँस दिया। कंस ने उत्तेजित होकर कहा, ‘‘इसे चक्रपाश में अंगभंग करके खण्ड-खण्ड करके, राजमार्ग पर चील-कौओं को खिला दे।’’

दास वृद्ध को खोलने लगे। जयाश्व ने निर्भय स्वर से कहा, ‘‘मूर्ख! तेरा नाश तेरे सिर पर मँडरा रहा है, तेरा काल देवकीपुत्र कृष्ण जिस दिन जान जाएगा कि वह देवकी का पुत्र है उसी दिन सारा गोकुल, वृंदावन और समस्त गोपजन टिड्डियों की तरह टूट पड़ेंगे और उस भीषण प्रतिहिंसा में तेरे प्रासाद की ईंटें बजने लगेंगी। अभी भी वह जीवित है...’’

अक्रूर ने सुना तो प्राचीर को पकड़ लिया। देवकीपुत्र! कृष्ण! वह जीवित है! बस उसे मालूम होने की देर है कि वह देवकीपुत्र है! नंद और उसकी स्त्री ने बताया नहीं? क्यों?

जयाश्व चिल्लाया, ‘‘तेरी मृत्यु दूर नहीं है कंस...तेरा शत्रु जीवित है, हम सब मिट जाएँगे, परन्तु वह नई शक्ति नहीं मिटेगी...तुझे सेना पर गर्व है, तो वहाँ जन है। तू जन को कुचल सकेगा, मूर्ख...गण अमर है...गण शाश्वत है...’’

किन्तु तब तक दासों ने जयाश्व को चक्र पर कसकर बाँध दिया था। देखते ही देखते एक बलिष्ठ दास ने चक्र को घुमा दिया और वृद्ध के शरीर के टुकड़े-टुकड़े हो गए, लहू के फव्वारे छूट निकले, जिनसे लाल रंग का चक्र एक बार फिर आर्द्र हो गया। अक्रूर की आँखें मिंच गईं। कंस के नेत्र भय से पागल के-से फटे रह गए। जयाश्व का सिर लुढ़ककर पाँवों के पास आ गिरा था। अब भी वह निर्भीक लगता था, आँखें जलती हुई...

कंस ने देखा। उसे लगा जैसे वह कटा हुआ सिर फिर चिल्ला पड़ेगा और उसे लगा जैसे बंदीगृह की भीषण प्राचीरों से प्रतिध्वनि आ रही थी—गण अमर है...गण शाश्वत है...

वह थर्रा गया।

रात हो गई थी। प्रासाद में दीप जल गए थे। विशाल कक्ष में महाराज कंस व्याकुल-सा घूम रहा था। आज उसका मन चंचल हो उठा था! गंधित मदिरा का पूरा चषक पीकर भी उसे शांति नहीं मिली थी। बार-बार जयाश्व के ने वीभत्स नेत्र सामने आकर घूमने लगते थे।

चामरग्राहिणी को उसने स्वयं हटा दिया था। कंस का हृदय उद्विग्नता से कभी फूलता था, कभी गिरता था। सामने भित्ति पर अनेक शस्त्र टंगे थे। उसका ध्यान उधर नहीं जा रहा था। उसकी दृष्टि सामने के भित्तिचित्र पर अटक गई थी। चित्र में इंद्र ने वृत्रासुर को वज्र प्रहार से मार डाला था।

कंस देखकर थर्रा उठा। और यही उद्वेग उसे पहले से भी अधिक आतुर बनाने लगा।

बाहर अब वीणा बजने लगी। उस कोमल स्वर को सुनकर कंस को एक संबल मिला। स्वर में सिसक थी, पहले उस पर मनुहार छाया और फिर विभोर विकास। किसी का स्वर फिर गूँजा। कंस ने कान लगाकर सुना। वीणा अब और भी तेज़ी से बजने लगी थी। भीतर कहीं स्त्रियों की खिलखिलाहट और नृत्य की नूपुरध्वनि गूँज रही थी।

तभी द्वार पर दण्डधर ने झुककर कहा, "देव! असुर श्रेष्ठ अरिष्ट, श्रीमान् सुदर्शन नाग और श्रीमान् शंखचूड़ यक्ष, मल्लश्रेष्ठ चाणूर और मुष्टिक दर्शन के लिए उपस्थित हैं।"

"आर्य्य अक्रूर भी हैं?" कंस ने पूछा।

"देव! अभी उन तक संवाद नहीं पहुँचा।"

"तो रोक दे। अभी मत बुला। समझा! पहले मैं इनसे बात कर लूँ। सुदर्शन नाग नंदग्राम से कितनी दूर रहता है?"

"निकट ही है, देव!"

“तो उसे नंदगोप को पकड़ने भेजूँगा। ठीक है?”

दण्डधर ने कहा, “आर्य्य! ठीक है। मैं भी उन पर दृष्टि रखने चला जाऊँगा।”

“ठीक है।” कंस ने कहा।

दण्डधर वास्तव में छिपा हुआ चर था।

“और,” कंस ने पूछा, “केशी और व्योम को नहीं बुलाया?”

“वे कल आ सकेंगे, देव!”

“उनको क्या काम ठीक रहेगा?”

“देव, उन्हें तो छिपकर मारने का काम दीजिए क्योंकि वे दोनों वेश बदलने में निपुण हैं।”

“ठीक है,” कंस ने कहा, “और शंखचूड़ क्या करेगा?”

“देव! वे गुप्त घात करने में निपुड़ हैं।”

“हूँ।” कंस ने कहा, “अक्रूर का कोई संवाद है?”

“देव, पता नहीं चलता।”

“क्यों?”

“मैं कह नहीं सकता। वे आर्य्या देवकी से मिले थे।”

“देवकी से?” कंस ने चौंककर कहा, “तब तो वसुदेव और देवकी का फिर बंदी बनाना होगा। अक्रूर को पकड़ा जाए तो?”

चर ने कहा, “देव! अनर्थ हो जाएगा। मैं मागध हूँ। राष्ट्रनीति देख चुका हूँ। सम्राट जरासंध ने मुझे पाला है। अक्रूर को आप काम में लाइए। नंदगोप को और कृष्ण को वह ला सकता है।”

“कैसे?”

“आप अक्रूर को प्रेम से भेजें कि वह उन्हें राजधानी ले आएँ। फिर विद्रोही कुचल दिए जाएँगे।”

“साधु नप्तक! साधु!”

तभी प्राचीर के पीछे कोई पगध्वनि सुनाई दी। नप्तक दौड़कर गया। लौटा तो कंस ने पूछा, “कौन था?”

“कोई नहीं, देव! मुझे संदेह हो गया था।”

“अच्छा, उन्हें ले आ।” कंस ने कहा।

नप्तक चला गया। कुछ ही देर में वे सब आ गए और उन्होंने कंस को अभिवादन किया।

वे सब बैठकर परामर्श करने लगे। नप्तक द्वार पर खड़ा रहा।

इसी समय द्वार पर महारानी अस्ति दिखाई दी। उसने कहा, “आर्य्य! सेना का पांचवां गुल्म सशस्त्र भाग गया है, कहते हैं वह कृष्ण की शरण में चला गया है।”

सब चौंक उठे। तब अस्ति ने हंसकर कहा, ''आर्य! मैंने कहा था न! साम्राज्य दो तरह से बनते हैं। बल से और छल से। और इस समय...''

नप्तक ने कहा, ''छल की आवश्यकता है।''

महारानी ने प्रसन्नता से गले का मुक्ताहार उतारकर उसकी ओर फेंक दिया।

5

वर्षा आ गई। सूर्य और चंद्रमा पर बार-बार मण्डल बैठने लगे। खरतर मेघावलियों में प्रचण्ड निनाद करके बिजली कौंध-कौंधकर कड़कने लगी। ग्रीष्म से उत्तप्त वसुधरा वर्षा की खड़ी झड़ी से झंकृत होकर ताल-तलैयों में उमंग-भरे हास किलकाने लगी।

रात्रि की गंभीर निस्तब्धता में कृष्ण व्याकुल-सा शैया पर उठ बैठा। आज मन उद्विग्न हो रहा था। नींद नहीं आ रही थी। अभी सांध्य-बेला में जब वह गोपमंडली में था तब कंस विरोधी सहस्रों गोपों में उसने कंस के अत्याचारों की भयानकता को गरज-गरजकर सुनाया था। और लौटते समय जब भाभी राधा, वृषभानु की पुत्री, ने उसे एकांत में ले जाकर अपने वक्ष से लगाकर उसका मुख अतृप्त नयनों से देखा था तब वह लज्जित हो उठा था। दोष राधा का नहीं था। बचपन में जब कृष्ण सात वर्ष का था, तब भी वह एक दिन नहाती कुमारियों के वस्त्र लेकर छिप गया था। तब उसने कुमारियों को नग्न निकलकर, जल से आने तक, तंग किया था। आज वह बचपन की बात फिर याद आ रही है और कृष्ण लजा रहा है। वे बचपन के दिन कितने ऊधम के दिन थे, कितने उच्छृंखल थे! वे भाभियाँ जो उससे दो-दो, तीन-तीन वर्ष बड़ी थीं, उससे अब दूसरे प्रकार का व्यवहार क्यों करती थीं!

और बलराम की बात भी कितनी अजीब है! क्या वह नंदगोप का पुत्र नहीं है? वह भी वसुदेव का ही पुत्र निकला! आज कृष्ण ने स्वयं रोहिणी को पितामही से बात करते सुना है। और वह क्या रहस्य था, जो माता रोहिणी ने कृष्ण की पदचाप सुनकर छिपा लिया था।

कृष्ण शय्या से उठकर घूमने लगा। वह सोच रहा था।

कृष्ण बाँसुरी बजाता है और गोपियाँ आ जाती हैं। इस सब स्नेह का अंत क्या है? इसकी परिधि कहाँ है? एक ओर यह गहन प्रेम है दूसरी ओर यह संघर्षमय जीवन है, जिसका प्रबंध समस्त रूप से उसी के कंधों पर आ गिरा है। वन के वासी सब कंस के विरोधी हैं। कंस वसुदेव का शत्रु है। क्या यही अच्छा हो यदि कंस मारा जाए। कृष्ण को क्या है, वह तो मथुरा नहीं जाएगा। वह नंदगोप की जगह गोप बन जाएगा और फिर एकांत वनों में बाँसुरी बजाता हुआ गोपियों के साथ गायों में जीवन बिता देगा। बलराम और सब चले जाएँगे। यह सब तो राजकुल के लोग हैं; वैभव में जाकर ये कितने सुखी होंगे!

और कृष्ण! वह क्या पिता नंद और माता यशोदा की छाया में दुख पाएगा? नहीं! वह सोचने लगा।

पहले नंदगोप के पास मथुरा से कुछ लोग आया करते थे। उनमें से कितने ही लोगों के विषय में सुना गया था कि कंस ने उन्हें मार डाला।

आकाश में नक्षत्र बादलों के बीच में निकल आए थे।

यह क्यों चमकते हैं? क्योंकि यह देवता हैं!

पुण्य करने से मनुष्य की आत्मा देदीप्यमान हो जाती है। यह देवता है। इंद्र भी तो देवता है। अग्नि, यम, सूर्य, अश्विनीकुमार, यह सब हमारा संचालन करते हैं। परन्तु इनका संचालन कौन करता है? यह सारी सृष्टि किसके नियमन से चलती है?

कृष्ण एक वृक्ष की डाली पर पीठ टेक उठा। वृक्ष छत पर झुक आया था। कृष्ण ने सोचा।

यादव अंशुमान उज्जयिनी से आया है। कहते हैं वहां सांदीपनि ऋषि बड़े ज्ञानी हैं। वह तो घोर आंगिरस से मिलकर आया है, जो कहते हैं कि यह समस्त सृष्टि एक साम संगीत है। अंशुमान कहता है, कर्म ही सब कुछ है। मनुष्य अच्छे कर्म करता है तो अच्छे फल पाता है, बुरे कर्म करता है तो बुरे फल प्राप्त करता है। यदि अच्छे और बुरे कर्म से ही मनुष्य सुख-दुख प्राप्त करता है तो देवता क्या करते हैं? हम देवताओं की उपासना क्यों करते हैं? अंशुमान कहता है कि मद्र में सब वर्णों के लोग ब्राह्मणों की ही भाँति यज्ञ करते हैं।

कृष्ण को याद आया।

साल-भर से ब्राह्मण लोग कंस की छत्रछाया में उसके साम्राज्य के मंगल के लिए मथुरा से बाहर यज्ञ कर रहे हैं। वे ब्राह्मण कितने दंभी हैं। उनमें कुरुक्षेत्र के ब्राह्मण तो अपने सामने किसी को कुछ समझते ही नहीं। वे कंस के दासों से क्या अच्छे हैं? वे तो गोपों के विद्रोह का विरोध करते हैं।

किन्तु मद्र में ब्राह्मण सर्वश्रेष्ठ क्यों नहीं हैं? तो क्या यह ब्राह्मणत्व भी समयानुकूल बदलने वाला रहा है?

और अंशुमान कहता था कि मद्र में स्त्रियाँ चाहे जिस पुरुष से स्वतंत्रता से संभोग करती हैं। गोपों में उसी प्रकार यद्यपि उतनी स्वतंत्रता नहीं है, फिर भी इसे बुरा नहीं समझते। परन्तु मथुरा में, कहते हैं, संभोग ही स्त्री की पवित्रता का प्रमाण है। ऐसा क्यों? कुरुक्षेत्र में तो स्त्रियाँ स्तन खोलकर भी बाहर नहीं निकल पातीं। अपने गोपों में तो ऐसे नियम नहीं हैं!

तो क्या यह नियम बदलते रहते हैं?

कृष्ण का मस्तिष्क विचारों से भारी हो गया था। वह फिर शय्या पर आ लेटा। आकाश की ओर सिर उठाए पड़ा रहा। तभी एक हल्की-सी पगचाप सुनाई दी। अंधकार

में एक छाया पास आ गई। देखा वृषभानु की पुत्री राधा थी।

"कौन?" कृष्ण ने पूछा।

"मैं हूँ राधा।" आनेवाली ने धीरे से कहा।

"क्या है?"

"धीरे बोलो।"

"इस समय क्यों आई हो?"

"तुझे देखा था। आकाश के नील पर एक छाया-सी दिखाई दी। सोचा। ठीक ही निकला।"

"क्या?"

वह शय्या पर बैठ गई।

"तू सोता क्यों नहीं!"

"नींद नहीं आती।"

"अच्छा," राधा हल्के से हँस दी। और कहा, "तब तो तेरा बचपन बीत गया, देवर!"

और उसने कृष्ण के कपोल पर स्नेह से हाथ फेरा।

कृष्ण लजा गया।

कहा, "क्या करती हो! भ्रातर देखेंगे।"

"तो क्या हुआ।"

"तू उनकी स्त्री है न?"

"पर तेरी भाभी भी तो हूँ।"

कृष्ण ने पूछा, "भाभी? क्या यह सत्य है?"

"क्या कृष्ण?"

"यही, कि पहले गोपियाँ चाहे जिस गोप से रमण करती थीं!"

"मैंने भी सुना है।"

"फिर यह परंपरा कैसे छूट गई!"

"पता नहीं। पर सुना है कि जब हम यादवों के संपर्क में आए तब से यह प्रथा छूटती गई।"

"कहते हैं, सौवीर और सिंधु में यह परंपरा अब तक चल रही है?"

"कौन कहता था?"

"यात्री कहते हैं।"

राधा एकटक उसकी ओर निहारती रही। फिर उसके कंधे और भुजाओं को छूकर कहा, "कैसा वज्र हो गया है!"

"दिन-भर वन-पर्वतों पर भागना पड़ता है, भाभी! चैन कहाँ है? आए दिन छोटे-मोटे युद्ध करने पड़ते हैं। तिस पर भ्रातर बलराम लोहे के सीकचों में उंगलियां

डलवाकर मक्खन लगाकर पंजा लड़वाते हैं। हम तरुण गोप अखाड़ों में निरंतर श्रम करते हैं। फिर भी यदि देह न बने तो क्या करे?"

"देवर!" राधा ने कहा, "तू जन का प्रिय है। सब तुझे चाहते हैं। जानता है, स्त्रियाँ तेरे बारे में बातें करती हैं।"

"पर तू तो सदा मुझसे एकांत में ही बात करती है।"

"सबके सामने मैं तुझे मन भरकर देख नहीं पाती।"

"भाभी, तू मुझे क्यों देखती है?"

"अच्छा जो लगता है।"

"सच!" कृष्ण ने शरमाकर कहा, "मैं तो गोरा भी नहीं हूँ। बलराम को देखती तो बात भी थी।"

"यह तो मन की बात है, देवर!" राधा ने कहा, "मैं तेरे बिना कैसे जी सकूँगी, यह सोचती हूँ।"

"क्यों, मैं तो तेरे पास ही हूँ! मरकर तो सब चले जाते हैं।"

राधा के नेत्रों में पानी आ गया।

"रोती है, पगली! एक बात बता, राधा!"

"क्या, देवर!"

"हम जन्म क्यों लेते हैं?"

"क्योंकि माता गर्भ धारण करती हैं।"

"ठीक है, पर मरते क्यों हैं?"

"क्योंकि वृद्ध हो जाते हैं।"

"और जो अकाल मृत्यु को प्राप्त होते हैं?"

"वे पाप के कारण मरते हैं।"

"परन्तु पाप तो वे करते नहीं।"

"कौन जानता है!"

"ठीक कहती है, राधा!" कृष्ण ने कहा, "व्रात्य कूर्चमुख कहते थे कि वे लोग पूर्वजन्म के पापों के कारण मर जाते हैं।"

वे सोचने लगे।

व्रात्य कूर्चमुख एक अधिनायक था। वह एक काला और एक सफेद चमड़ा पहनता था। उसके वस्त्र गृहस्थ व्रात्यों की भाँति किनारेदार नीले कपड़े के नहीं होते थे। वह सिर पर उष्णीष और पाँवों में उपानह पहनकर आता, गंभीर रहता। उसके साथ निषादी और विदेह का वर्णसंकर पुत्र क्षुद्र तथा वैश्य पिता और शूद्रमाता का पुत्र करण—यह दोनों होते, जो उसकी सेवा किया करते। उसके साथ मागधी होती। कहते थे, वह मगध के उत्तरी भाग से यक्षी चूलकोका की साधना भी सीख आया था। वह वेद को नहीं मानता था और ब्राह्मणों को देखते हुए भी लिंगोपासना करता

था। कहा जाता था कि उसने एक वन्य स्त्री को एक बार श्मशान में ले जाकर नग्न करके मदिरा पिलाई थी और फिर उस स्त्री ने श्मशान की राख बालों में भरकर नृत्य किया था। व्रात्य इंद्रोपासक ब्राह्मणों से त्याज्य था, क्योंकि वह चण्डालों के हाथ का भी खा लेता था।

“तो पूर्व जन्म होता है?” कृष्ण ने पूछा।

“सब कहते हैं, होता ही होगा।” कहकर राधा उठी। कृष्ण ने हाथ पकड़कर कहा, “भ्रातृजाया, ठहर, बैठकर बातें करें।”

राधा बैठ गई और उससे सट गई।

“तो आत्मा होती है?” कृष्ण ने पूछा।

“नहीं होती तो तू और मैं कैसे बोलते? जन्म कैसे होता?”

“तू तो कहती थी कि जन्म वीर्य से होता है?”

“पाञ्चाल की एक क्षत्राणी आई थी। उसने बताया था कि अन्न ही वीर्य होता है।”

राधा उसके कंधे सहलाने लगी। कृष्ण का ध्यान कहीं और था। उसने हठात् पूछा, “राधे! स्त्री गर्भ क्यों धारण करती है?”

राधा ने लाज से मुँह फेर लिया।

“क्या हुआ?” कृष्ण चौंक उठा।

“छिः!” राधा ने कहा, “क्या पूछता है?”

“अच्छा नहीं पूछूँगा।” कृष्ण ने कहा, “तू जानती नहीं, तो जाने दे।”

राधा ने उसके कंधे पर सिर रख दिया और उसके गर्म श्वास कृष्ण की गर्दन पर लगे। राधा कृष्ण को देखकर अब फिर रूठ रही थी।

“ब्रह्मा को किसने बनाया?” कृष्ण ने पूछा।

“मैं नहीं जानती।” राधा ने खीझकर कहा, “मैं जाती हूँ।”

वह उठी परन्तु कृष्ण ने फिर उसका हाथ पकड़कर बिठा लिया। कहा, “तू मुझसे नाराज है, भाभी!”

“हूँ!”

“क्यों?”

“तू बेकार की बात करता है।”

“अच्छा, अब जो तू कहेगी सो करूँगा।”

राधा ने आँखें भरकर देखा।

“बोल क्या कहूँ?”

राधा ने कहा, “तू बाँसुरी बजाता है न?”

“हाँ।”

“तब जानता है, मुझे कैसा लगता है?”

''कैसा लगता है?''

''ऐसा?''

कहकर राधा ने उसे अंक में भर उसका मुँह चूम लिया।

बादल गरजने लगे। बिजली कौंधने लगी। ठंडी हवा के झोंके चलने लगे। सारी उमस अब घनघनाकर काँप उठी और जोर का पानी बरसने लगा।

राधा और कृष्ण नीचे नहीं भागे। आज वे भीगते रहे, भीगते रहे।

बलराम ने अपने हाथ की लाठी को वृक्ष की जड़ से टिकाकर बैठते हुए कहा, ''आज तो हम बहुत दूर आ गए, कृष्ण!''

सघन वृक्ष की छाया में बैठते हुए कृष्ण ने कहा, ''हाँ, भ्रातर!''

उन दिनों वर्षा समाप्त हो चली थी। काले मेघों में तड़कती बिजली कौंध और गर्जन का स्थान सफेद चिलकते बादलों ने भी छोड़ दिया था। आकाश स्वच्छ हो गया था। पहले जो तीव्र झंझावात चलते थे, वे मंदिम समीरण बनकर चलने लगे। मेघ जलदान देकर चले गए। पृथ्वी अब भी हरी-भरी थी। ग्वाले रत्नज्योति की जड़ को हथेली पर रगड़कर माथे पर लाल-लाल टीका लगाते और नये कमलों को उन कानों पर खोंस लेते जहां वे पहले कदंब के झौंर लगाते थे। दादुरों की टर्र-टर्र की जगह अब टिवी-टिवी करते पक्षी उड़ते। वर्षा की क्षुद्र परन्तु प्रचण्ड नदियों की जगह अब तालाबों में श्री निखरती थी। वीरवधूटियों के स्थान पर टेसू लहलहाते। अगस्त्योदय के बाद पंक बैठ गई थी। इंद्रधनुष की याद अब कृष्ण के पीतांबर और मोरमुकुट में बाकी रह गई थी।

भारी थनों की गायों को ग्वाले पुकारते, फिर कृष्ण के पास आ जाते। पर्वतों पर झरते निर्झरों से वे अपनी प्यास बुझाते, क्योंकि दिन की धूप कड़ी होती।

स्तोककृष्ण और श्रीदामा भी आ गए। कृष्ण सोच रहा था, इन वृक्षों का जीवन सदैव परोपकार में ही बीतता है। यह दूसरों के लिए ही सुख-दुख सहते हैं। तो क्या दूसरों का कल्याण करना ही मनुष्य का कर्त्तव्य है!

इसी समय पुकार आई—''कृष्ण हो ऽऽ!''

कृष्ण ने दोनों हाथ मुँह पर रखकर पुकारा...''होऽऽ!''

वरूथप भागता हुआ आया।

''क्या है?'' बलराम ने कहा।

''तू यहाँ आया है? गाएँ वहाँ प्यासी हैं!'' वरूथप ने धरती पर डंडे की चोट मारकर कहा।

''चलो, चलो!'' कृष्ण ने उठकर कहा।

फिर वे लोग टेर लगाते गायों को बुलाते, घेरते, यमुना-तट की ओर चले।

यमुना का नीला जल स्वच्छ हो गया था। गायों को पिलाया, स्वयं पिया और

फिर सावन के स्पर्श से गदराए पेड़ों की छाया में लेटकर पशुओं को चरने को छोड़ दिया। गाएँ मन-भर हरी दूब खातीं, फिर अलसाकर किसी पेड़ की छाया में बैठकर आँखें मीचकर धीरे-धीरे जुगाली करतीं।

कृष्ण पीतांबर बिछाकर लेट गया। बलराम और स्तोककृष्ण एक ओर लेट गए।

वृक्षों के पीछे मर्मर सुनाई दी। तेजस्वी और विशाल उदास-से आकर बैठ गए।

"उदास क्यों है विशाल?" कृष्ण ने पूछा।

"बड़ी ज़ोर की भूख लग रही है।" उसने माथे पर गिरे बालों को पीछे हटाकर कहा।

स्तोककृष्ण ने टोका, "वन में कंदमूल क्यों नहीं खा लेता?"

"भूख तो मुझे भी लग रही है।" कृष्ण ने सिर हिलाया। विशाल ने कहा, "भूख लग रही है तो चलो, ब्राह्मण यज्ञ कर रहे हैं। उनसे माँग लाया जाए।"

कृष्ण मुस्कराया।

स्तोककृष्ण ने कहा, "वे क्यों देंगे? वे कंस के आदमी हैं। मथुरा के दास ही समझो उन्हें। इस वर्ष तो नंदगोप ने भी उन्हें दूध नहीं दिया, कंस वैसे ही शत्रु हो रहा है। कर भी नहीं पहुँच सका है। वे देंगे?"

कृष्ण ने कहा, "मुझे पकड़वा दो, तो सबको जनम-भर खाना मिल जाएगा।"

स्तोककृष्ण ने कहा, "मैं तो पकड़वा दूँ, पर वह राधा भाभी तो मुझे जान से मार डालेगी, फिर!"

कृष्ण ने आँख से इशारा किया, "चुप रह, बलराम भी यहीं है।" पर वह क्यों मानता। बोला, "अब तो सुनन्दा के भी पंख निकले हैं, भैया! वही जो सुनन्द की लड़की है न! मुझसे क्या पूछती है एक दिन!"

"चुप रह।" कृष्ण ने कहा, "मैं कहता हूँ। बताऊँ तेरी?"

"न-न," उसने कहा। वह झेंप गया था।

कृष्ण ने कहा, "मतलब की बात होती थी। उस बीच में यह क्या बक गया तू! है किसी में साहस! जाएगा यज्ञ करने वालों के पास? महानगर में नवान्नप्राशन और इंद्रोत्सव होने वाले हैं। माँग लाओ जाकर!"

"तेरा नाम ले दें?" अंशु ने कहा, "कह दें, नंदगोप के विद्रोही पुत्र ने खाने को मंगाया है?"

"भले ही कह दो। पता तो चलेगा कि वे लोग हमारे बारे में क्या सोचते हैं!"

अंशु, श्रीदामा, गायों के पास रहे। बलराम वहीं सो गया। बाकी लोग चले गए। कृष्ण पड़ा-पड़ा ऊब गया। वह उठकर यमुना तट पर घूमने लगा।

चारों ओर अद्भुत सुंदरता छा रही थी। वृक्षों की सघन डालियों ने एक-दूसरे में गुँथकर ऐसी मीठी छाया कर रखी थी कि गर्मी का वहाँ नाम भी नहीं था। वायु

के शीतल स्पर्श ने सारी देह की जलन मिटा दी।

कृष्ण वहीं लेट गया और सोचने लगा। उसने आँखें बंद कर ली थीं।

सोचते-सोचते कृष्ण कब सो गया, यह वह नहीं जान सका। अचानक कहीं कोई पक्षी पुकार उठा और पंख फड़फड़ाकर उड़ा। पहले जामुन पर बैठा, फिर अश्वत्थ पर, फिर वट के सघन वृक्ष में खो गया। कृष्ण उठ बैठा। यमुना में मुँह धोया और जब लौटा तो देखा, विशाल और तेजस्वी कुछ कह रहे थे।

''आ, कृष्ण!'' बलराम ने कहा, ''ब्राह्मणों के पास यह लोग हो आए।''

''क्या हुआ?'' कृष्ण ने पूछा।

''हुआ क्या!'' विशाल ने कहा, ''हमने साष्टांग दण्डवत करके कहा, 'पृथ्वी के देवताओ! हमें नंदगोप के पुत्र कृष्ण ने भेजा है।' सब कहा और याचना की।''

''तो हुआ क्या?'' कृष्ण ने फिर पूछा।

''कुछ नहीं।'' तेजस्वी ने उत्तर दिया। ''वे बोले ही नहीं। कोई अरणी चलाता रहा, कोई मंत्र पढ़ता रहा। किन्तु बोला एक भी ब्राह्मण नहीं।''

''बोला ही नहीं!''

''नहीं।''

''क्यों?''

''तिरछी आँख से देखते और चुप हो जाते।''

''डरे हुए हैं वे। किसी ने तुम्हारा पीछा करने की तो चेष्टा नहीं की?''

''नहीं।''

''तब तो वे निस्संदेह मन से हमारी ओर हैं। उन्हें डर होगा कि कहीं कोई राजकुल का व्यक्ति वहाँ न आ जाए। एक काम करो।''

''क्या?''

''अबकी बार पत्नीशाला में जाओ।''

''वहाँ क्या राधा बैठी है?'' स्तोककृष्ण ने कहा।

सब हँस पड़े।

कृष्ण ने कहा, ''नहीं मानते, न जाओ।''

परन्तु सखाओं को चैन नहीं आया। वे मानते थे, कृष्ण उनका नेता था।

''वहाँ जाने से लाभ?'' विशाल ने पूछा।

''तुम जाकर पहले कहो तो।'' कृष्ण ने कहा, ''जानते हो, स्त्रियाँ कंस से अधिक घृणा करती हैं क्योंकि वह बलात्कार करता है।''

''चलो!'' तेजस्वी ने विशाल से कहा, ''यह मानता ही नहीं।''

उनके जाने पर बलराम ने कहा, ''कृष्ण! प्रलंब ने डरकर मरते वक्त बताया तो था कि उसे कंस ने भेजा था। पर वह सीधे खुलकर क्यों नहीं आता?''

कृष्ण ने कहा, ''डरता है।''

"क्यों?"

"पितृव्य सुभद्र कहते थे, वृष्णि और अंधक स्वयं मथुरा में आग सुलगा रहे हैं। वैसे पिता नंदगोप कहते थे कि कर न देने से वह गोकुल पर किसी दिन हठात् आक्रमण करेगा। हमें सावधान रहना चाहिए।"

"उसे मार क्यों न डाला जाए?" बलराम ने कहा।

"वह लोलुप विषयी है, भ्रातर! वह तो छल से जीवित है।" कृष्ण ने कहा, "पिता कहते थे, समय आने पर ही हम युद्ध करेंगे।"

कब तक वे बातें करते रहे, यह उन्हें ध्यान नहीं रहा। पर अब सूर्य झुकने लगा था और किरणें तिरछी होकर वृक्षों की घनी हरियाली को काफी कठिनता से ही पार करके धरती तक पहुँचती थीं। यमुना का कलकल निनाद सुनाई दे रहा था। वृक्षों पर अब भी पक्षी चहचहा उठते थे। धवा के वृक्षों के पास बकरियों की मिमियाहट सुनाई दे रही थी। कभी-कभी दूर न जाने कहाँ, कोई गौओं को पुकार उठता। वह स्वर मैदान और टीलों में गूँजता हुआ फैल जाता।

तेजस्वी दौड़ा-दौड़ा आ रहा था। उसके पैरों में स्फूर्ति थी। वह दूर ही से चिल्लाया, "कृष्ण! कृष्ण!!"

सब चौंककर सन्नद्ध हो गए।

"क्या हुआ?" स्तोककृष्ण ने कहा।

बलराम ने आश्चर्य से देखा कि ब्राह्मण पत्नियाँ अपने हाथों में भोजन के पात्र लिए विशाल के साथ चली आ रही हैं। उनके केशों पर फूल बँधे हैं, स्तनों पर पट्ट हैं और नाभि के नीचे अधोवासक हैं। उनके भव्य गौर शरीर, और गंभीर मुखों पर कुलीनता है। कुछ युवतियाँ हैं, कुछ वयस्का। कृष्ण गंभीर खड़ा रहा।

जिस समय वे पास आ गईं, कृष्ण ने हाथ जोड़कर आगे बढ़कर कहा, 'स्वागत! पूज्या यज्ञपत्नियो, 'स्वागत!!"

एक तरुणी ने बलराम को देखा और अनायास ही उसके मुख से दीर्घ निःश्वास निकला।

विशाल ने कहा, "देवी! यही कृष्ण है, नंदगोप का पुत्र! कंस का विद्रोही! तुम इसी के लिए भोजन लेकर स्वयं आई हो।" और उसने फिर कहा, "कृष्ण गोप! इनके पति, इनके यहाँ आने के विरुद्ध थे।"

"क्यों?" कृष्ण ने पूछा।

एक ब्राह्मण जिसकी नाक सीधी और अराल भ्रू के नीचे लंबे नीले नेत्र थे और जिसके पुष्ट स्तनों पर से फूलों के गजरे उसके नाभि प्रवेश को छिपाकर उसकी माँसल जंघाओं पर गिर रहे थे, उसने कहा, "भ्रातर! वे कंस से भयभीत हैं। हमने सुना है कि तुमने गोप नंद को कर देने से रोक दिया और समस्त ब्रज विद्रोही हो

उठा है!''

''यह सत्य है।'' कृष्ण ने कहा, ''पूज्या यज्ञपत्नियो! किन्तु क्या यज्ञनिष्ठ कुलीन ब्राह्मण भी कंस से भयभीत हैं?''

एक स्त्री ने भोजन-सामग्री धरती पर रखकर कहा, ''बैठकर बात करो देवी, मैं थक गई हूँ।''

उसके बैठते ही ध्यान आया। सब बैठ गए।

कृष्ण ने फिर उसी नीलकेशा से पूछा, ''देवी! क्या मथुरा में कंस के विरोधी नहीं हैं?''

जिस तरुणी ने बलराम को देखकर दीर्घ निःश्वास लिया था उसने बलराम को बंकिम दृष्टि से देखकर कहा, ''खाते चलो, कुमार! तुम दिन-रात कंस से लड़ने को तत्पर रहते हो, हमारी सेवा भी स्वीकार करो!''

''ओह, हाँ!'' कृष्ण ने कहा, ''मैं तो देवी! बचपन से ही गोकुल में खाने की चोरी के लिए प्रसिद्ध हूँ।'' वह हँसा और कहा, ''माथुर क्या आत्मसमर्पण ही जानते हैं?''

नीलनेत्रा ने कहा, ''जो विरोध करने योग्य हैं वे स्वार्थ में घिरे हैं।''

''उसके सैनिक बड़े क्रूर हैं।'' दूसरी स्त्री ने कहा, ''वे स्त्रियों का अपमान करते हैं।''

''स्त्रियों का अपमान!'' हठात् कृष्ण ने होंठ काट लिया और कहा, ''और क्या करते हैं तुम्हारे पुरुष?''

वह घुटनों के बल बैठ गया था। वह आवेश में था। उसके नेत्र स्थिर हो गए थे। भौंह कुछ खिंच गई थीं जैसे आकाश में उड़ती चील ने अपने पंख साध दिए थे। उसके स्वर में विक्षोभ था, एक दूर का आक्रोश था जो धीरे-धीरे घना होता जा रहा था।

''पहले विरोध किया था।'' नीलनेत्रा ने कहा, ''परन्तु क्षत्रिय कंस के साथ हो गए।''

''आपके पुरुष आंगिरस यज्ञ में हैं?'' कृष्ण ने पूछा।

''हाँ।''

''क्या आपके आने से उन पर विपत्ति नहीं आएगी?''

''वे हमारे कहने पर भी चलने को तत्पर नहीं हुए। तब हमने उन्हें छोड़ दिया। हम अब तुम्हारे ही साथ चलेंगी!''

सब स्तब्ध हो गए। क्षण भर नीरवता छाई रही।

विशाल अटका। पूछा, ''परन्तु यह हो कैसे सकता है?''

''हो सकता है।'' कृष्ण ने कहा, ''मैं आपकी सेवा में तत्पर हूँ।''

''कृष्ण! हम सुनती थीं कि कंस को जिसके कारण रातों को नींद नहीं आती,

वह विद्रोही कृष्ण बड़े विशाल हृदय का है। तू सचमुच जनरक्षक है।''

''परन्तु देवी!'' कृष्ण ने कहा, ''यदि सब अन्यायी का राज्य छोड़ जाएँगे तो विद्रोह करेगा कौन? तुमको लौटना चाहिए। अत्याचार की भुजाओं को तोड़ना होगा।''

नीलनेत्रा ने कहा, ''पर हम तो सब छोड़ आई हैं?''

अभी उसका वाक्य पूरा नहीं हुआ था कि एक ब्राह्मण कुमार भागा-भागा आया। गोपों और कृष्ण ने प्रणाम किया। उसने हाँफते हुए पुकारा, ''देवी कपिशा ने आत्महत्या कर ली।''

''क्यों?'' हठात् सब खड़े हो गए।

''वह आ नहीं सकी, उसके पति ने उसे रोका था। वह कंस का कृपापात्र था!''

सब चुप हो रहे। कुछ ने आँखें पोंछ लीं। तब कृष्ण ने कहा, ''ब्राह्मण पृथ्वी के देवता हैं। परन्तु वे अत्याचार से डर गए हैं। मैं उस अंधविश्वास का विरोध करूँगा जो इनको प्रश्रय देता है। ब्रज की पवित्र भूमि इन लोलुप ब्राह्मणों का प्रतिकार करेगी। किन्तु यज्ञपत्नियो! मैं तुम्हारे सामने सिर झुकाता हूँ। कुरुभूमि के ब्राह्मणों का दंभ तुममें नहीं है, तुम्हारे पुरुषों में है। कपिशा महान् थी। उसकी मृत्यु तुम्हें बुला रही है।''

कृष्ण का सिर उठा, ''तुम्हें जाकर अपने स्वामियों को साहस देना होगा। कंस यदि ब्राह्मणों पर हाथ उठाएगा तो मैं कल ही मथुरा के अंधकों और वृष्णि विद्रोहियों के साथ उसका सर्वनाश करने को प्राणों पर खेल जाऊँगा। उसका इतना साहस हो कैसे सकता है कि वह ब्राह्मण पर हाथ उठाए। तुम व्यर्थ डरती हो, देवी! संसार की कोई भी शक्ति अन्याय के बल पर सदैव जीवित नहीं रह सकती। यज्ञपूर्ण करो। आहुति के साथ हम मथुरा के पापियों को धूल में मिला देंगे। लौट जाओ यज्ञपत्नियो! ऐसा प्रचण्ड दुर्दमनीय स्वर उठाओ कि समस्त मथुरा धधक उठे और ब्राह्मण के समवेत गान में संहार की ऋचाएँ गूँजने लगें।''

नीलनेत्रा ने आगे बढ़कर कृष्ण के मस्तक को सूँघा और स्नेह से आशीर्वाद दिया, ''वत्स, तेरा कल्याण हो! तेरा भविष्य उज्जवल हो!''

और उसने पुकारा, ''बोलो! अत्याचारी कंस का...''

सबने पुकारा, ''सर्वनाश हो...''

वह फिर चिल्लाई, विद्रोही कृष्ण की...''

स्वर गूँजा, ''जय!''

और तब हठात् वन के भीतर से स्वर उठा, ''विद्रोही कृष्ण की...जय!'' देखते ही देखते सैकड़ों सन्नद्ध गोप और सशस्त्र गोपियों के झुण्ड वहाँ आ गए।

सब ओर उत्साह छा गया।

स्तोककृष्ण ने कहा, ''चलो देवियो! तुम्हें पहुँचा दें।''

नीलनेत्रा ने कहा, ''नहीं वत्स! अब हम भयभीत नहीं हैं। हम चली जाएँगी। कंस का शीघ्र ही नाश होगा।''

ग्वाल-बाल ने गर्जन किया, ''यज्ञपत्नियों की...जय!''

वे चली गईं। निर्भीक! उन्नतशिर! निर्द्वंद।

उनके जाने पर कृष्ण ने कहा, ''अब मथुरा की यज्ञशालाओं में वेदियों पर प्रतिहिंसा की लपटें धधक उठेंगी...''

अंधकार धीरे-धीरे घिरता आ रहा था। वृक्ष अब काले-काले दिखाई दे रहे थे। ग्वाल-बाल पुकार रहे थे—हीलै हीलै हीलै...यह गायों को लौटा लेने का इंगित था। गाएँ लौट चलीं। उनके भारी थन हिलते और गले में बँधी घंटियाँ बजतीं। कभी-कभी वह बछड़ों की याद करके रंभा उठतीं। कृष्ण की बाँसुरी बजने लगी थी।

जिस समय वे लौटे, बलराम चिंतित था।

''क्या सोचते हो, भ्राता?'' कृष्ण ने पूछा।

''यही कि यज्ञपत्नियों का क्या होगा?''

''कुछ नहीं। मथुरा भड़क उठेगी। देखते हो, जन यहाँ क्यों कंस के विरुद्ध हैं? उन्हें गोष्ठ (चरागाह) का बढ़ा हुआ कर देना पड़ता है। जानते ही हो, इस प्रदेश का जल चना और गेहूँ उपजा नहीं पाता। पानी मरमरा है। केवल यमुना तीर पर खेती होती है। और वह थोड़ा अन्न जो हम लोगों के लिए ही पूरा पड़ता है, कंस उसमें से षष्ठांश से भी अधिक ले जाता है। उसके बदले में हम दही दे सकते हैं। परन्तु ब्राह्मण इंद्र-पूजा के निमित्त सब ले जाते हैं और गोपों का विरोध करके कंस की सहायता करते हैं। मैं कहता हूँ गोवर्धन गिरि न हो, तो हम तो कभी के मर गए होते।''

''तो क्या तू ब्राह्मण द्वेषी है?''

''नहीं भ्राता! मैं ऐसा नहीं। मैं उनका सम्मान करता हूँ। परन्तु यादव प्रथम तो ब्राह्मणों को मानते नहीं, क्षत्रिय गर्व है उनमें; दूसरे, ब्राह्मण यहाँ कौरवों का-सा निरंकुश राज्य चाहते हैं। फिर बताओ, कहीं न कहीं तो उनका विरोध करना ही होगा।''

''पर कितना विरोध होगा, कितना नहीं?''

''बस इंद्र-पूजा का विरोध करेंगे।''

''और!''

''मैं पूछता हूँ, ब्राह्मण अब पुराने युग के-से परशुराम तो हैं नहीं? और यज्ञपत्नियों के अन्न का तू यही बदला देगा?''

''भ्राता! मैं यादवों में ब्राह्मणों को सम्मान दिलाऊँगा। अन्यथा क्षत्रिय मदांध हो जाएँगे।''

''तू वहाँ बोलने वाला कौन है?''

''हम कंस का विरोध करके उसे सत्ता से हटाएँगे तो क्या हमारी शक्ति कुछ नहीं होगी? मैं न सही, तुम तो रोहिणी के पुत्र हो! तुम्हारी बात तो मानी जाएगी!''

बलराम सोचने लगा।

''मैं ब्रज को चाहता हूँ, भ्राता!'' कृष्ण ने कहा, ''मैं इंद्र का विरोध करूँगा। इस एक इंद्र-विरोध से कंस की जड़ें कट जाएँगी।''

''तू समझता है, जन मान लेंगे?''

''वे तो मान लेंगे, भ्रातर! वे कंस के राज्य में दरिद्र हैं।''

''पहले क्या थे?''

''पहले नगर में दास थे, ग्राम-गोष्ठों में स्वतंत्रता थी। कर्मांतों की बात तो सब जगह एक-सी है।''

''नन्दगोप क्या कहेंगे? बलराम ने कहा।

''मैं वयोवृद्ध कुलिश को जो खड़ा कर दूँगा। वे ही कहेंगे कि प्राचीन काल में गोप इंद्र-पूजा नहीं करते थे। घूमते-फिरते थे। गोष्ठों में घूमते थे। पहले गोप शूद्र माने जाते थे। जब से गोपों ने गाएँ बढ़ा लीं, व्यापार बढ़ा लिया, वृष्णियों से स्त्रियों का संबंध किया, वे वैश्य कहलाने लगे। पहले गोपों में मुद्रा कहाँ चलती थी? सामान बदल लेते थे, परन्तु अब वृंदावन में हाट है।''

'गोप शूद्र थे, इसका प्रमाण है?'

''प्रमाण! अंशुमान बताता था कि प्राचीनकाल में ऋषि ऋष्यशृंग को वेश्याएँ भगा ले गई थीं। तब उनके क्रुद्ध पिता विभाण्डक की गोपों ने सेवा की थी। वे शूद्र बताए गए हैं। अब तो कई जगह यादव और गोपों का भेद ही पता नहीं चलता।''

कृष्ण उद्विग्न हो उठा था। उसे यशोदा की वह रहस्य की बात याद हो आई थी।

उस समय गायों के खुरों से उठी धूल आकाश के उतरते अंधकार में घुल-मिल गई थी। गाँव के दो-चार दीपक दिखाई दे रहे थे। कुछ कलकल नाद सुनाई दे रहा था। गाँव की स्त्रियाँ अपने पितयों और पुत्रों की प्रतीक्षा करती हुई नित्य की भाँति द्वार पर खड़ी थीं।

भ्रातृजाया भद्रवाहा ने अपने घर के सामने आते ही कृष्ण को टोका, ''सुनता है, देवर!''

''क्या, भाभी?'' कृष्ण पास गया।

''वृषभानु की राधा मिली थी।''

''अच्छा!''

''अरे वह क्या कहती थी, जानता है?''

''नहीं।''

"कहती थी, कृष्ण मुझे बड़ा अच्छा लगता है।"

"तुमने बुरा माना क्या?" कृष्ण ने मुस्कराकर पूछा।

"मैं क्यों ऐसा मानने लगी?" भद्रवाहा ने सिर हिलाकर कहा।

"तुम भी तो मेरे साथ चलने को कहती थीं?"

भद्रवाहा दबी नहीं। कहा, "तुझ जैसे चार के संग चलकर भी सुमुख से न छूट सकूँगी।"

कृष्ण ने पग उठाकर कहा, "धन्य है तुम्हारा साहस, भाभी! मैं तो चला।"

"क्यों, ले न चलेगा मुझे?" भद्रवाहा ने छेड़ा।

"मैंने हार मानी।" कृष्ण ने कहा।

जब वह चला गया, भद्रवाहा ने हाथ पकड़कर एक लड़की को बाहर खींचकर कहा, "सुना, क्या कह गया?"

चित्रगंधा ने लज्जा से सिर झुका लिया।

दूसरे दिन नंदगोप के द्वार पर एक यात्री बैठा था। गंभीर परन्तु चपल दृष्टि से इधर-उधर देख लेता था।

बलराम ने देख तो पूछा, "आर्य्य! मथुरा से आए हैं?"

"हाँ, वत्स!" उसने कहा।

"आर्य्य का सुभ नाम?"

"नंदगोप को ही बता सकूँगा।"

बलराम की उत्सुकता बढ़ी।

"अच्छा आर्य्य!" उसने उदासीनता प्रकट करके कहा, "प्रतीक्षा करें। जब वे आएँगे तो सूचना दे दी जाएगी।"

वह चलने को हुआ। आगंतुक ने कहा, "सुनो, कुमार!"

"कहें।" बलराम पास चला गया।

"तुम्हारा नाम?" उसने पूछा।

नंदगोप के आने पर ही बता सकूँगा।

आगंतुक हँसा। कहा, "बदला लेने का तो स्वभाव है। यह तो ठीक ही है। परशुराम में भी था।"

"मैं भी बलराम हूँ।" उसने हँसकर कहा।

"तो तुम रोहिणी के पुत्र हो?" आगंतुक ने पूछा।

बलराम को आश्चर्य हुआ। पूछ, "तुम कैसे जानते हो?"

"अरे मैं क्या नहीं जानता।" आगंतुक ने कहा, "मैं मथुरा से आया हूँ। मैं कंस के शासन में रहता हूँ, जहाँ साँस लेने की भी आज्ञा नहीं है। पर देखो, मैं कितना बलिष्ठ हूँ। है कुछ बल तुममें, देखूँ?" कहकर उसने पंजा बढ़ा दिया।

बलराम ने क्षण-भर देखकर कहा, "आप अतिथि हैं। हमें आपका सम्मान करना चाहिए।"

"अच्छा!" आगंतुक ने कहा, "तो तुमने यह तय कर भी लिया कि मैं हार गया हूँ? शायद हार कर तुम मेरा सम्मान अधिक कर सको।"

बलराम ने पंजा लड़ाया। आगंतुक को लगा कि उसका हाथ लोहे के पंजे में फँस गया है। उसने शक्ति का प्रयोग किया। पंजा टस से मस नहीं हुआ। उसने कहा, "अरे छोड़ो भी। मैं बहुत थक गया हूँ।"

बलराम हँसा। कहा, "कहिए तो वैद्य बुलवाऊँ?"

"क्यों?"

"कहीं हाथ में पीड़ा न हो गई हो!"

"अच्छा बात है, आने दो नंदगोप को। तुमको मैं डाँट लगवाऊँगा।" और वह हँस दिया।

बलराम भी हँसकर चला गया।

कुछ देर बाद अलिंद में दो आदमी बात करते हुए-से लगे। आगंतुक सुनने लगा।

"क्या कहते हैं वे?"

"वे तैयार हैं।"

"और?"

"आर्य्य शब्द का प्रयोग उन्हें कोई विशेष प्रिय नहीं।"

"तो फिर आधार क्या होगा?"

"जन तो कहते हैं कि वे सप्तसिंधु से आए थे।"

"कब?"

"यह तो नहीं मालूम। पर पहले वे उत्तर कुरु में थे।"

"वह तो बड़ी दूर सुमेरु के पास है न?"

"हाँ, कहते हैं, वहाँ धर्म ही धर्म था, लोभ नहीं था। मैथुन से नहीं, तब तो संकल्प से संतान होती थी।"

"अच्छा! तब तो जन नागरिक जीवन से हारा नहीं है?"

"नहीं, बल्कि हम मथुरा के पास रहकर जो वृष्णियों से निकट हैं, हम भी उनसे दूर-से हैं। जन तो वृषभ और गाय को पूजता है। वे तो गोवर्द्धन को आदर से देखते हैं।"

"हूँ, परन्तु फिर होगा क्या!"

"वही जो तू कहता था।"

"जन के पास क्या है, भ्रातर?"

"कच्चे, फूस के घर। पशु चराना, दूध पीना, बेचना, स्वच्छंद रहना। नाचना,

गाना। बस।''

"तब तो कंस के राज्य से वे निश्चय असंतुष्ट हैं।''

"मैंने सबको बुलाया है। वे आएँगे। नंदगोप के पुत्र ने बुलाया है, यह सुनकर तो वे प्रसन्न हो गए थे।''

"परन्तु विरोध तो होगा ही।''

"देखा जाएगा। अरे तनिक वारुणी मिल जाती तो प्यास मिट जाती।''

"अच्छा, मैं बाहर जाता हूँ।''

आगंतुक संभलकर बैठ गया।

उस समय मदिरा पीकर गोप और गोपिकाएँ आनंद-नृत्य करने लगे थे। वे चक्कर देते, झूमते। वेणु बज रही थी। तरुणियों के खुले स्तन नाचने में काँपते, पुरुषों के वक्ष फूल उठते। और कोई उधर नहीं देख रहा था। आगंतुक ने बड़े धड़कते हृदय से तरुणियों के खुले कुचों को देखा। मथुरा में वेश्या-दासी के अतिरिक्त यह दृश्य कहाँ था। उसे और भी आश्चर्य हुआ कि खुले वक्षों के प्रति वहाँ पुरुषों में कोई निर्बलता ही नहीं थी।

वह संभल गया।

उसके कंधे पर हाथ रखकर कृष्ण ने कहा, ''अतिथि! किसे पूछते हैं? नंदगोप को!''

"हाँ! आगंतुक ने कहा।

"मथुरा से आए हैं?''

"हां!''

"नन्दगोप आ गए हैं, कोई आवश्यक कार्य हो तो उन्हें सूचना दी जाए, अन्यथा कल प्रातःकाल...''

"नहीं, नहीं,'' आगंतुक ने कहा, ''मुझे अभी मिलना है।''

"क्यों?''

"संवाद गोपनीय है!''

"बहुत अच्छा। पहले यह निश्चित हो जाए कि तुम कंस के चर नहीं हो, तब तुम्हें नन्दगोप के पास पहुंचा दिया जाएगा क्योंकि फिर तो तुम्हारा पूर्ण स्वागत किया जाएगा।''

"तुम कौन हो?'' आगंतुक ने चिढ़कर पूछा।

"मेरा परिचय गोपनीय है।'' और कृष्ण मुस्कराया।

कृष्ण को चलते देखकर आगंतुक झुंझला उठा। उसने कहा, ''सुनो, सुनो!''

कृष्ण ठहर गया। पूछा, ''आज्ञा!''

"तुम कौन हो?''

"मैंने अभी निवेदन किया न, कि मेरा परिचय गोपनीय है?'' और वह यह

कह फिर धीरे से मुस्करा दिया।

आगंतुक खीझ उठा। उसने व्यथा और विस्मय से कहा, ''अच्छा स्वागत है!! मैं मथुरा से कितनी कठिनाई से आया हूं, पग-पग पर शत्रु का भय था। यहां आर्य्य वसुदेव संकट में हैं और तुम्हें उपहास सूझ रहा है!''

''अच्छा तो तुम्हें आर्य्य वसुदेव ने भेजा है?''

''नहीं, आर्य्य देवक ने।''

''एक ही बात है।'' कृष्ण ने कहा, ''तुमने पहले ही क्यों न कहा! क्या कह दूं नन्दगोप से, कि आर्य....''

वह रुका। आगंतुक ने कहा, ''श्रुतायुध आए हैं।''

कृष्ण ने कहा, ''आर्य श्रुतायुध आर्य्य देवक के पास से आर्य्य वसुदेव के विषय में नन्दगोप के लिए सूचना लाए हैं। और वसुदेव संकट में हैं? ठीक है न?''

''हां यही।'' श्रुतायुध ने कहा।

कृष्ण ठठाकर हंसा। कहा, ''किसने बनाया तुम्हें चर? तुम तो बड़े कच्चे हो। सब कह गए!''

आगंतुक ने खड्ग खींचकर कहा, ''मैं मथुरा के कंस को अपनी उंगलियों पर नचाता हूं, मूर्ख! तू कौन है?''

''मैं?'' तरुण कृष्ण ने कहा, ''मैं कंस को नचानेवालों का नट हूं।''

''ठहर तो जा!'' कहकर आगंतुक ने आक्रमण किया, किन्तु कृष्ण ने अपने को तीव्र गति से बचा लिया और नंगे हाथों ही उसने चपनल गति से बचकर एक ऐसा झटका दिया कि आगंतुक का खड्ग पृथ्वी पर गिर गया। तब कृष्ण ने उसे भुजाओं में कसकर कहा, ''स्वागत अतिथि! स्वागत!''

आगंतुक क्रोध से तिलमिला रहा था। उसने कहा, ''छोड़ दो मुझे, छोड़ दो...''

''मैं तुम्हारा मित्र हूँ, आर्य्य श्रुतायुध!''

''मैं कृष्ण हूँ, नंदगोप का पुत्र कृष्ण।''

''कृष्ण!'' श्रुतायुध ने आश्चर्य से दाँत फाड़ दिए और कहा, ''कृष्ण! तू!!''

और पागल-सा चिमट गया। कुछ देर बाद उसने कहा, ''आज मुझे विश्वास हो गया कि कंस का अंत निश्चय ही पास आ गया है।''

कुछ देर बाद उसके हाथों से जब कृष्ण छूटा तो श्रुतायुध ने कहा, ''तू बड़ा चतुर और धूर्त है रे, तूने मुझसे सब कहलवा लिया!''

वह झेंपा हुआ था।

''जाने दें, आर्य्य!'' कृष्ण ने कहा, ''भीतर चलें, नंदगोप भीतर है। उनसे मिल लें!''

वे मुड़े। तभी द्वार पर नंदगोप दिखाई दिए। बोले, ''अरे कृष्ण! कैसा युद्ध था, वत्स!''

''मेरा स्वागत हो रहा था!'' श्रुतायुध ने हँसकर कहा।

कृष्ण शरमा गया। नंदगोप हँसे और बोले, ''आर्य श्रुतायुध! अरे तुम कैसे आ गए?''

''मरकतमणि का भेद प्रकट हो गया।'' श्रुतायुध ने कहा।

नंदगोप के हाथ में फूलों का हार था, वह छूट गया। कृष्ण ने उसे गिरने के पहले ही पकड़ लिया।

श्रुतायुध ने वह तत्परता देखी तो प्रसन्न हुआ। सुभद्रा आ गई थी। गद भी आ गया था। नंदगोप सुस्थिर हो गया। उसने देखा तो कहा, ''अरे! तुमने भोजन किया, श्रुतायुध? कौन गद! अरे तुझे यशोदा कब से बुला रही है? अरे कोई है! सुवंश, इधर आ, देख! वे आकर अग्रहार ठहरे हुए हैं न, ऋषि देवहव्य, यज्ञ कराने, तू जाकर उनकी सेवा में रह। हाँ गद, अरे तू गया नहीं! आर्य। श्रुतायुध! तुम अभी तक खड़े ही हो! दुहितर सुभद्रा! विनय सीख! आसन बिछा। मैं आर्य! इतना व्यस्त था! इधर जन में विक्षोभ है। इंद्र की पूजा का विरोध हो रहा है...नहीं, वैसे वे ठीक ही कहते हैं...परन्तु मथुरा का स्वामी तो कंस है...मैं अपनी ओर से तो इंद्र-यज्ञ नहीं रोक सकता। देखो न! साल-भर हो गया...यहाँ जो यज्ञ हो रहा है न...यह यज्ञ भी...बस उसीको सब घूम-फिरकर पहुँच जाएगा...अरे हाँ, कृण! तू गया नहीं! शीघ्र जाकर मधुपर्क लेकर आ। गद गया कि नहीं? यशोदा उसकी बाट जोह रही है। सुवंश को भेज दे। तू तो कुछ काम ही नहीं करता...अरे मेरे बाद तू ही तो है, मूर्ख! हाँ आर्य वाह! दुहितर! आसन उलटा बिछा दिया...हहहह....'' नंदगोप हँसा। सुभद्रा झेंपी। श्रुतायुध ने उसे गोद में उठाकर प्यार किया। वह डर गई। नंदगोप ने कहा, ''अरे डरती है...पितृव्य हैं, पितृव्य...अरे कोई है...कृतक! अरी सुभद्रा...तू ही जाकर कह दे न! जा बेटी! अपनी रोहिणी से कहना, अच्छे-अच्छे व्यंजन बना कर भेजें...अरे कृष्ण...तू धीरे-धीरे क्यों जा रहा है...जल्दी-जल्दी जा न...तुझसे पाँव पुजवाने को क्या अतिथि खड़े ही रहेंगे...''

उसकी बातों ने सबको घेर लिया।

जिस समय कृष्ण लौटा, उसने देखा, पिता के नेत्रों में आँसू छलक आए हैं और श्रुतायुध कह रहा है, ''आर्य जयाश्व, अब कौन है वैसा! मुझे तो नहीं लगता। परन्तु एक बात हुई!''

नंदगोप ने कहा, ''क्या आर्य!''

श्रुतायुध ने कहा, ''आर्य अक्रूर पर अब कंस का विश्वास नहीं है।''

''तुम्हें कैसे मालूम?''

''मैंने उसे मागधचर नप्तक से बात करते सुना था। सुनो कृष्ण! इधर आओ! गुप्त घातक आने वाले हैं। मैं तुम्हें बताऊँ, पास आ जाओ...''

कृष्ण पास आ गया। मधुपर्क काम में लाया नहीं जा सका, वे भूल गए।

6

''वह एक भिन्न संसार है आर्य्य! मेरा जब कृष्ण से ऐसे परिचय हुआ, तो मैं विभोर हो उठा।'' श्रुतायुध ने आर्य्य देवक की ओर देखकर कहा। आर्य्या देवकी के नयनों में आँसू छलक आए थे और आर्य्य वसुदेव की नपी हुई तुला पर टंगी हुई-सी भ्रू के नीचे किञ्चित् कुञ्चित आँखें जैसे श्रुतायुध के एक-एक शब्द को साग्रह पी रही थीं।

''पर तुमने इतने दिन क्यों लगा दिए, श्रुतायुध?'' आर्य्य देवक ने कहा।

''इसका पहला कारण तो है भीषण जल-वर्षा।''

''वह क्यों?''

आर्य्या देवकी ने कहा, ''यहाँ के ब्राह्मण तो कहते थे कि वह इंद्र का कोप था।'' उसके स्वर में आशंका थी।

''ब्राह्मण का युग गया, देवी! वे अब अपनी रक्षा के लिए अनार्य्य पुरोहित वर्गों की भाँति एकतंत्र की सहायता करने लगे हैं। परन्तु अपने को ऊँचा समझते हैं। गणों में क्षत्रिय अनार्य्यों के द्रोह में उनका भी द्रोह करते हैं। कृष्ण की बात ठीक लगती है। आर्य्य-अनार्य्य का भेद नहीं, वह वर्ण तो चार मानता है। ब्राह्मण, क्षत्रिय भी तो भिन्न गण-गोत्रों में बँटे हुए हैं। कृष्ण कहता है। एक बड़ा राष्ट्र हो, न वहाँ ब्राह्मण गर्व हो, न क्षत्रिय गर्व! शासन राजा का हो, परन्तु पुराने समय का-सा हो, जब समिति निर्णय करती थी, निरंकुशता नहीं हो। और भी वह कुछ कहता था आत्मा के विषय में, परन्तु समझा नहीं सका था, क्योंकि शिक्षा तो उसे ठीक से नहीं मिली है न! अभी तो जो कुछ है, उसने स्वयं ही इधर-उधर से सुन-सुनाकर सोचा है।''

''यह जाने दो!'' देवकी ने कहा, ''मुझे वही सुनाओ। अच्छा तुम मिले, तो फिर क्या हुआ?''

''देवी!'' श्रुतायुध ने मग्न होकर कहा।

''देवी!''

नंदगोप के सामने बैठी यशोदा ने अपने स्नेह-सिक्त स्वर से पुकारा, ''कृष्ण!''

''आई अंब!'' कहती हुई सुभद्रा पास आ गई।

यशोदा ने पूछा, ''दुहिते! कृष्ण कहाँ है?''

''मातर, तो भ्रातर बलराम के साथ बाहर गोपों से बातें कर रहे हैं!'' सुभद्रा ने उत्तर दिया।

धीरे-धीरे वृद्ध तरुण गोप-गोपियों से नंदगोप के घर के सामने का मैदान भर गया। यमुना-तीर के कृषकों ने अन्न की ढेरी लगा दी। माली फूल ले आए। पटकारों

ने नए वस्त्र रख दिए। गोपों ने दूध-दही के पात्र इकट्ठे कर दिए। सुंदर कलशों को सजाकर रख दिया गया। नागजातीय मित्रों ने मंगल हेतु अपनी ओर से द्वार पर आम्रपल्लवों के बंदनवार और कदली-वृक्ष के तोरण बना दिए। बाहर तरुणियाँ बैलों के सींगों पर गोरोचन लगा रही थीं और वृद्धाएँ घरों के द्वारों पर, भीतों पर सुंदर-सुंदर चित्राकृतियाँ बना रही थीं।

ब्राह्मणों ने बीच में स्थान ग्रहण किया और वेदध्वनि होने लगी। ब्राह्मणों का समवेत स्वर उठने लगा। उस गंभीर इंद्र-स्तुति के साथ वे यज्ञवेदी पर काष्ठ रखकर अरणी रगड़ने लगे। ब्राह्मण गा रहे थे—हे इंद्र! जब सोमलता के हेतु एक पर्वत श्रेणी से यजमान दूसरी पर्वत श्रेणी पर जाता है, और अनेक कर्म अपने शीश पर उठाता है, तब हे इंद्र! तू उसका मनोरथ जानता है और इच्छित वर्षण के लिए उत्सुक होकर, तू मरुद्गण के साथ, यज्ञ-स्थल आने को प्रस्तुत होता है। अपने केशर संयुक्त पुष्टांग और पराक्रमी दोनों तरंगों को रथ में नियोजित कर और तदनंतर हमारी स्तुति सुनने को शीघ्र आ!

और स्वर उठा—

एहि स्तोमां अभि

स्वराभि गृणीह्यारुव

ब्रह्म च नौ वसी,

सचेंद्र यज्ञं च वर्धय

और घी अग्नि पर जलने लगा।

ठीक इसी समय बाहर गोपजन का स्वर सुनाई दिया, ''रोक दो, यह यज्ञ रोक दो...''

उस कोलाहल को सुनकर वेद-पाठ में व्याघात पड़ गया, जैसे आँधी आने के समय वेद-ध्वनि बंद हो जाती है। दीर्घ और श्वेत दाढ़ी वाले ऋषि देवहव्य अपने अभिमानी मस्तक को उठाकर बंकिम भ्रू करके देखने लगे। कोलाहल बढ़ रहा था—''हम इंद्र-पूजा नहीं चाहते, रोक दो, यह यज्ञ रोक दो।''

ऋषि देवहव्य क्रोध से उठ खड़े हुए। उन्हें उठते देखकर नंदगोप घबराया-सा उठ खड़ा हुआ और वयोवृद्ध कुलिश के नेत्र ठिठक गए।

''यह क्या है नंदगोप!'' ऋषि ने कठोर स्वर से पूछा।

गोप भीतर घुस आए। उन्होंने कहा, ''यह इंद्र-पूजा करने से हमें क्या फायदा? हम इंद्र की उपासना नहीं चाहते।''

नंदगोप ने भयभीत स्वर से कहा, ''गोपजन सुनें! यह क्या कहा जाता है?''

फल्गु गोप ने अपने बालदार कंधे हिलाकर कहा, ''क्या नंद! तू घबरा रहा है? तू भी गोप है, मैं भी गोप हूँ। क्या तू हमें अपनी बात करने से रोक रहा है?''

नंद ने दृढ़ता से देखा और कहा, ''मैं जन का पितर हूँ। निर्णय देना मेरा

ही कर्तव्य है फल्गु!''

''है, किन्तु जन की स्वीकृति से।'' फल्गु ने कहा।

''अवश्य!'' जन पुकार उठे। स्वर घहराकर गूँज उठा।

फल्गु ने कहा, ''बलाक गोप और वल्गा गोपी का पुत्र मैं फल्गुगोप, जन के नाम पर, पिता नंदगोप से पूछता हूँ कि हम यह यज्ञ क्यों करें? इसकी आड़ में कंस हमसे दुगुना कर वसूल करता है।''

ऋषि देवहव्य ने कठोर दृष्टि से देखकर कहा, ''यह तो देवताओं का अपमान है गोपजन! राजा आते हैं चले जाते हैं किन्तु यज्ञ की ज्वाला सनातन और शाश्वत है।''

उस समय कृष्ण ने नितांत नम्रता से हाथ जोड़कर कहा, ''आर्य्यश्रेष्ठ! पृथ्वी के देवता हैं। ज्ञानी हैं। परन्तु जन पूछता है कि यह परंपरा शासन के सामने सिर क्यों झुकाती है?''

नंदगोप ने आँखें फाड़कर देखा और कहा, ''कृष्ण! पुत्र!!''

कृष्ण ने कहा, ''नहीं पिता! आप आधिकारिक हैं और मैं जन का प्रतिनिधि हूँ। मैं पूछता हूँ तो कृष्ण नहीं, एक गोप पूछता है। आप यदि उत्तर देंगे तो नंदगोप नहीं, एक गोप पितर उत्तर देगा। मैं नंदगोप और यशोदागोपी का पुत्र कृष्णगोप आज जन की सर्वसम्मति से आधिकारिक नंदगोप से पूछता हूँ कि इस यज्ञ से हमें क्या लाभ है और इसका फल क्या है?''

''कृष्णगोप!'' नंद ने गंभीर स्वर से कहा, ''यह इंद्रयज्ञ है। इसका फल है गोप प्रजा के लिए कल्याण-वृष्टि! इंद्र मेघों का स्वामी है।''

देवहव्य ने घूरकर कहा, ''हम उसी वज्रधर इंद्र को आवाहन देते हैं, गोपजन सुनें! जो सामग्रियाँ यज्ञ में लाई जाती हैं वे सब इंद्र द्वारा बरसाए जल से ही जन्म लेती हैं या फलती-फूलती हैं। यज्ञावशेष के अन्न से त्रिवर्ग की सिद्धि के लिए प्रजा जीवन-निर्वाह करती है।''

कृष्ण ने स्वर उठाकर कहा, ''प्राणी अपने कर्म से उत्पन्न होता है और मर जाता है, ऐसा ऋषियों ने कहा है। यदि कर्म से फल मिलता तो इंद्र की क्या आवश्यकता है?''

''कुलांगार!'' देवहव्य गरजे, ''यज्ञ भी एक कर्म ही है!''

वयोवृद्ध गोप कुलिश ने आगे बढ़कर कहा, ''किन्तु कर्म की यह व्यवस्था तो समयानुकूल बदलने वाली हो गई। इसमें सनातन और शाश्वत क्या रहा? कृष्ण ने ठीक पूछा है। मैं वृद्ध हूँ और इसका साक्षी हूँ कि प्राचीन काल में गोपों में यह मर्यादा नहीं थी।''

ऋषि देवहव्य ने कहा, ''कर्म का नियंत्रण देवता करते हैं, जानते हो?''

कृष्ण ने कहा, ''और देवताओं का नियंत्रण कौन करता है?''

''ब्रह्म करता है।''

''ब्रह्म कहाँ है देव?'' कृष्ण ने पूछा।

''वह यज्ञ में है।''

''और कहीं नहीं है?''

''वह सर्वत्र है!'' देवहव्य चिल्ला उठे, ''तभी देवता भी अपने पितर अग्निष्वात्ताओं को बलि देते हैं।''

नंदगोप सकते की-सी हालत में था। यशोदा ने सुना—भद्रवाहा ने राधा और रंगवेणी से कहा, ''सुना!''

रंगवेणी समझ नहीं रही थी। परन्तु उसने चित्रगंधा को पास खींच लिया। उसके लिए तो जो कृष्ण करे सो ही ठीक था। भद्रवाहा ने देखा, राधा विभोर हो रही थी। यशोदा के नेत्रों में गौरव, भय, ममता सब घुल गए थे। उसका पुत्र बोल रहा था। वह अपने पति को ही पराजित होते हुए देख रही थी। आज वही बोल रहा है, जो कल उन्हें मिट्टी खा जाने पर मुँह खोलकर दिखाने को विवश किया जाता था।

कृष्ण ने पुकारकर कहा, ''मैं पूछता हूँ कि जब इंद्र स्वयं अंत नहीं है, माध्यम है, और माध्यम एक नहीं है, अनेक हैं, तब हम जो वर्णाश्रम का प्रतिपालन करते हैं, हम इंद्र की ही उपासना क्यों करें? सब कहते हैं कि वर्णाश्रम के अनुकूल कार्य करो और यह भी वही कहते हैं कि जिसके द्वारा जीविका सरलता और सुगमता से चलती है, वही उसका इष्ट देवता है, तो मैं पूछता हूँ कि हम जीविका चलाने वाले देवता को छोड़कर किसी दूसरे की उपासना क्यों करें?''

निस्तब्धता छा गई। तब कृष्ण ने क्रुद्ध देवहव्य की ओर न देखकर भीड़ से कहा, ''जब आधिकारिक स्तब्ध है, जब ऋषि ब्राह्मण मौनी हैं, जब वृद्धगण नतशिर हैं तब मैं जन से कहता हूँ कि वह निर्णय दे।''

जन ने निर्णय दिया, ''नहीं करेंगे!''

और तरुण हर्ष से चिल्लाए—''जनार्दन कृष्ण की...जय!''

बार-बार जयजयकार होने लगा जो वृन्दावन, यमुना और गोकुल पर प्रचण्ड रव से गूंजने लगा।

कृष्ण ने हाथ उठाकर अपने दूसरे हाथ से माथे पर झूलती लट पीछे हटा दी और अपनी सुदृढ़ माँसपेसियों को फड़फड़ाते हुए कहा, ''गोपजन सुनें! ब्राह्मण लोग वेद के अध्ययन-अध्यापन द्वारा, क्षत्रिय पृथ्वीपालन करके, वैश्य वार्त्तावृत्ति से और शूद्र इन तीनों की सेवा में लगकर, पृथ्वी पर निर्वाह करते हैं। वैश्यों की चार वार्त्तावृत्ति हैं—कृषि, वाणिज्य, गोरक्षा और ब्याज। हम गोप केवल गोपालन करते हैं। बाकी सब यहाँ नगण्य-सा है। हम नगरों में नहीं रहते, न हम राजा हैं, बल्कि हम तो अब भी घूमते-फिरते रहते हैं। वन और पर्वत हमारे घर हैं। वे ही हमारे अन्नदाता हैं, वे ही हमारे देवता हैं। हम गोवर्द्धन पर्वत की पूजा करेंगे! ब्राह्मण हमारे पूज्य हैं।

आज वे ही पवित्र उद्घोष से हमारे गिरिराज की पूजा करें।''

और कृष्ण ने स्वर और भी उठाकर कहा, ''गोपजन! समस्त सामग्री गिरिराज पर चढ़ाने के लिए ले चलो। आज चाण्डाल, पतित, दलित और दोनों को भरपूर दान दिया जाए। आओ? हम गौ, अग्नि, ब्राह्मण और गिरिराज की प्रदक्षिणा करें, क्योंकि यही हमारे चार देवता हैं।''

ऋषि देवहव्य अवाक् रह गए। ब्राह्मणों ने समवेत स्वर से कहा, ''ठीक है! यही होगा। इस प्रकार कंस को अब कुछ नहीं मिलेगा। शूरसेन प्रजा अब शीघ्र ही मुक्त हो जाएगी।''

कृष्ण ने प्रणाम किया। बलराम ने अनेक गौएँ हाँकने वाले गोपों को इंगित किया। गौएँ पास आ गईं। बलराम ने कहा, ''पृथ्वी के देवताओ! यह भेंट स्वीकार करें।''

ब्राह्मण मुस्करा दिए। कृष्ण ने कहा, ''चलो! हम गिरिराज गोवर्द्धन की प्रदक्षिणा करें। बोलो! जन की...जय।''

जयजयकार से दिगंतों को प्रतिध्वनित करते हुए रंगीन वस्त्रों से सुसज्जित गोप और गोपियाँ गिरिराज गोवर्द्धन की प्रदक्षिणा के लिए निकल पड़े। कुछ लोग गाड़ियों पर चढ़े हुए थे। गोपियाँ गीत गाती चली आ रही थीं। जन में अपूर्व उत्साह था। कुछ ही देर में तरुण और तरुणियाँ आपस में होड़ लगाकर दल बाँधकर नृत्य करने लगे। उनकी करतालों से पर्वत गूँजने लगा और वृद्धों, तरुणों, बालकों के प्रचण्ड जयनिनाद से ब्रज की भूमि विक्षुब्ध हो उठी।

पर्वत पर उगी घास पर माता यशोदा और कुलवधुओं ने सासों के चरण छूकर, मंगल गीत गाते हुए गायों का दूध छिड़का। नंदगोप और वयस्क लोग दीनों, दुखियों और चाण्डालों तक को दान देने लगे। उस दिन भेद नहीं रहा। मथुरा से भागे दासों को और अन्य सताए हुए प्राणियों को ब्रज के बालक अपने हाथ से भोजन कराने लगे।

चारों और आनंद ही आनंद फूट पड़ रहा था। गोप बालक और बालिकाएँ ऋषि-ब्राह्मणों की अखण्ड सेवा कर रहे थे। गोवर्द्धन गिरिराज पर ब्राह्मण कंस के विनाश को अभयंकर मंत्रोच्चारण कर रहे थे और सशस्त्र गोपजन उनकी रक्षा के लिए अपने भीषण शस्त्रों को खड़खड़ाते हुए प्रहरी बनकर सन्नद्ध खड़े थे। ग्राम-ग्राम से, वन-वन से जयजयकार करती हुई भीड़ें उमड़ी चली आती थीं और बार-बार तरुण और तरुणियाँ चिल्लाते थे—जनार्दन कृष्ण की...जय!

कौन थक रहा है, कोई नहीं जान सका। एक महान नृत्य, एक महान संगीत की भाँति वह ऊर्जस्वित परिश्रम समवेत रूप से आनंद को बढ़ाता ही चला जा रहा था।

उस समय कृष्ण एक वृक्ष के नीचे बैठ गया। आज उसका नाम हवा में तैर

रहा था। तभी धीरे से किसी ने बगल में बैठकर कहा, ''जनार्दन!''

''कौन?'' कहकर कृष्ण ने मुड़कर देखा। राधा थी। उसके गोरे कपोल पर लालिमा तमतमा रही थी। कंधों पर उत्तरीय डाले थी। उसके स्तन श्वासों के साथ उठते-गिरते थे। यह कृष्ण को विभोर स्नेह से देख रही थी।

''राधा!'' कृष्ण ने कहा, ''तू प्रदक्षिणा दे आई?''

''नहीं जनार्दन!''

''क्यों?'' कृष्ण ने चौंककर पूछा।

''मैं तो अपने देवता की प्रदक्षिणा करूँगी, कृष्ण!'' और उसने उसकी प्रदक्षिणा करके उसके पाँवों पर सिर रखकर प्रणाम किया। कृष्ण ने उसे भुजाओं में भर लिया।

श्रुतायुध की कहानी टूट गई थी। आर्य्या देवकी के मुख से निकला, ''अरे! तो क्या वह इतना बड़ा हो गया है!!''

''देवी!'' श्रुतायुध चौंक उठा। सब हँस दिए।

देवक ने कहा, ''श्रुतायुध! इस विषय को छोड़कर आगे कह न?''

श्रुतायुध ने कहा, ''उफ! मैं तो भूल ही गया था। गुरुजन हैं आप लोग उसके! क्षमा करें! पर आर्य्ये! वह क्या अब भी बच्चा है, जो आप यों चौंकती हैं?''

देवकी लज्जा, ममता और संकोच से मुस्करा गई। इतना पराक्रमी है वह कृष्ण, पर वह उसे बच्चा ही समझ रही थी। व्यथा आई कि देख कहाँ है! आँखें भर आईं। पोंछ लीं।

वसुदेव ने कहा, ''पर फिर यहाँ सुना था कि इंद्रदेव ने क्रोध भी किया था?''

श्रुतायुध ने कहा, ''आर्य्य! वह तो प्रलय था। पर अचानक ही मेघ उठ आए!''

''अरे!'' आर्य्य देवक ने कहा।

श्रुतायुध कहने लगा, ''आर्य्य!''

''आर्य्य! वहाँ के ब्राह्मण डरकर दान की गाएँ वापस करने लगे कि वज्रधर इंद्र कुपित हो गया! उसने सांवर्त्तक मेघों को प्रलय मचाने को भेज दिया।'' वह हँसा और उसने स्फुरित स्वर से कहा, ''आर्य्य!''

''प्रचण्ड मूसलाधार वर्षा होने लगी! ओले गिरने लगे। बिजली के कड़कड़ाने से पहाड़ दरककर कठोर चीत्कार करने लगे। महावनों के झूमते हुए विशालकाय वृक्ष काँपते हुए चटचटाकर भहराने लगे। बिजली बार-बार कौंधती, अंधा बना देती और तुमुल निनाद करके अशनिपात धरणी को फाड़ने लगा। उस समय ब्राह्मणों ने कहा, 'यह कृष्ण का उत्पात है। एक-एक कोना पानी से भर गया है।' आर्य्ये! उस समय मूसलाधार जल ऐसे गिर रहा था जैसे आकाश से पानी के स्तंभ गिर रहे हों। उस समय कराल और घनघोर गगन में कभी इंद्र का अट्टहास सुनाई देता, कभी लगता कि ऐरावत भागता हुआ चिंघाड़ रहा है और उसके पाँवों में लटकती हुई सोने की शृंखला कभी-कभी बिजली बनकर चमक उठती है। ऐसा लगता था जैसे सारे मरुद्गल

आकाश में घिर आए थे और ब्रजभूमि को सदा-सर्वदा को डुबा देने के लिए धक-धक-धक-धक करके भेरी निनाद कर रहे थे। जब कभी प्रचण्ड जलराशि किसी जगह से धरती को फाड़कर धावा करती थी तब लगता था कि आज इंद्र वारुण शंख बज रहा था। आज उसने मेघों का सर्वतोभद्र व्यूह रच दिया था। उस समय घरों के गिरने से उस प्रचण्ड वर्षा में हाहाकार गूँजकर नेपथ्य को टूक-टूक करने लगता था। यमुना का गंभीर प्रवाह, उत्ताल तरंगों को सहस्रफण सर्प की भाँति लपलपाता हुआ, दूर-दूर तक के वन-ग्राम को डुबाने लगा था।

“मैंने अपनी आँखों से वह दृश्य देखा।

“ब्राह्मणों ने गाएँ लाकर नंदगोप के सामने खड़ी कर दीं। वे चिल्लाए, ‘बोल कृष्ण! कहाँ है तेरा गर्व! कहाँ है तेरा अहंकार!’

“उस समय कृष्ण ने आगे बढ़कर कहा, ‘आज मैं वयोवृद्ध गोपों से शपथ देकर पूछता हूँ कि क्या जीवन में ऐसी अकाल वर्षा वे पहली बार देख रहे हैं?’ ”

आर्य्य देवक ने आँखें फाड़कर देखा। देवकी ने अवाक्‌-रुद्धश्वास होकर हथेली पर मुँह रख लिया। वसुदेव के मुख पर जिज्ञासा और गर्व की रेखा खिंच गई।

श्रुतायुध ने कहा, “आर्य्य!”

“तब वयोवृद्ध कुलिश आगे आया और उसने पुकारकर कहा, ‘गोपजन सुनें! ब्राह्मण प्रवर सुनें! इंद्र की उपासना करके भी प्रलय आया है, और उसकी यज्ञवेदी में असंख्य आहुतियाँ देने पर भी दुर्भिक्ष पड़े हैं। प्राचीनकाल में भी दुर्भिक्ष पड़ते थे। एक बार तो ऋषिश्रेष्ठ विश्वामित्र को भूख से आर्त्त होकर एक चाण्डाल का मरा हुआ कुत्ता खाना पड़ गया था। अतिवृष्टि, अकालवृष्टि, अनावृष्टि! मैंने तीनों को अनेक बार देखा है।”

“तब कृष्ण ने उन्नद्ध स्वर में कहा, ‘गोपजन सुने! प्राचीनकाल में गोपजन में इंद्रोपासना नहीं थी। फिर यह यज्ञ-परंपरा प्रारंभ हुई। किन्तु उस यज्ञ के फलस्वरूप कंस का अधिकार हुआ। यदि इंद्र देवता उपासना और बलि का भूखा है तो हम आज विद्रोही हैं। हमें एक ऐसा दयालु देवता चाहिए जो हमारा पालन कर सके। हम अंधविश्वास को लेकर देवता नहीं बनाएँगे। हम जन को धोखा नहीं देंगे। यदि हमारे पाप-पुण्य के फल से यह वर्षा हो रही है तो इंद्र इसमें क्या करता है।”

“गोपजन व्याकुल थे। भूखी गाएँ रंभा रही थीं। पृथ्वी जलमग्न हो गई थी। सारी घास डूब गई थी। गाएँ भूखी ही ठंड से काँप रही थीं। बच्चे रो रहे थे। स्त्रियाँ उन काँपते हुए बच्चों को छाती से लगाए थरथरा रही थीं। उस समय गाएँ बहने लगीं। जल की खड़ी झड़ी में उड़ते हुए फेनों से समस्त अंतराल दूध-सा दिखाई देता था।

“उस समय राधा, भद्रवाहा, चित्रगंधा और रंगवेणी चिल्ला उठीं। गोपियाँ रोने

लगीं। राधा चिल्लाई, 'कृष्ण! यमुना में गोप बहे जा रहे हैं, डूब रहे हैं।' ''

श्रुतायुध ने आँखें फाड़कर कहा, ''वह समय देखने योग्य था, आर्य्य! राधा की पुकार गूँज उठी। कृष्ण ने उन्नतशिर आगे बढ़कर चिल्लाकर ललकारा, कौन है जो मेरे साथ आज पवित्र ब्रजमेदिनी का ऋण चुकाने को आगे आता है।'

''आर्य्य! मैंने देखा, यशोदा ने पुकारा, 'पुत्र! कृष्ण, आगे बढ़!'

''उस पुकार को सुनकर रोहिणी चिल्लाई, 'बलराम! दुर्मद! अरे मेरे दूध की लाज रखने वालो! कृष्ण जा रहा है।''

''और ब्रज की वीर ललनाएँ अपने-अपने पुत्रों और पतियों को ललकारने लगीं।'

''राधा चिल्लाई, 'इंद्र कंस है।' ''

''तुमुल कोलाहल होने लगा।''

श्रुतायुध ने साँस खींचकर कहा, ''और तब कमर में रस्सी बाँधकर, किनारे के एक विशाल वृक्ष से उसका छोर कसकर बाँधते हुए कृष्ण उस प्रचण्ड जलधारा में कूद पड़ा। तरंगों ने उसे उठाकर फेंका। तब वह भीम शक्ति से फिर ऊपर निकल आया और दोनों हाथों से जल पर थपेड़ा मारता हुआ गरजा, 'जय! गोपजन की जय!'

''उस समय नंदगोप, बलराम, सुहृद, सुभद्र, सारंग, वृषभानु, सुधीर, प्रचण्ड, सुषेण, केशी, दुर्मद, एक साथ अनेक वयस्क और तरुण गोप वज्रघोष करते हुए गर्जनवती महानदी में कूद पड़े और कुछ ही देर में वे रस्सी पकड़कर जल पर लहरों से लड़ते हुए दिखाई दिए। वे यमुना में बहते हुए प्राणियों को उबारने लगे।

''वे किनारों पर छोड़ते तो जल में भीगती तरुणियाँ घायलों को उठा ले आतीं और वयस्का तथा माताएँ उनकी सेवा में लग जातीं। उस सन्नद्ध संघर्ष में बालक-बालिकाएँ युवक और युवतियों की भाँति जागरूक से काम करने लगे और वृद्ध तरुण हो गए। वयोवृद्ध कुलिश ने रोते हुए कहा, 'ब्रजभूमि के निवासियो! तुम धन्य हो। आज तुम्हें देखकर यह वृद्ध कुलिश भी धन्य हो गया!'

''तब आकाश में दुर्दमनीय प्रचण्ड निर्घोष स्फूर्तिवंत होकर त्र्यंबक के विध्वंस नृत्यवेला में उठते डमरू निनाद की भाँति गूंजने लगा, और पृथ्वी पर जल घोर निनाद करके हिंसों के झुण्ड की भाँति लपकने लगा। उस समय कृष्ण ने असीम साहस से किनारे पर कूदकर शंख फूँका। जब वह हरहराता शब्द यमुना को कुचलकर बढ़ने लगा तो जन वज्रनाद करने लगा—जनार्दन कृष्ण की...जय, जनार्दन कृष्ण की...जय।''

आर्य्या देवकी विभोर होकर रोने लगीं। वसुदेव अवाक् था। देवक ने काँपते और गद्गद कण्ठ से कहा, ''फिर?''

''आर्य्य! श्रुतायुध ने डबडबाई आँखों से कहा, ''तब कृष्ण ने कहा, 'गोपजन सुनें! मैं आवाहन देता हूँ। चलो हम लोग गिरिराज गोबर्द्धन की कंदराओं में छिपकर

वज्रधर इंद्र के अहंकार को सदा के लिए मिटा दें।'

"कीचड़ में लथपथ नंद, यशोदा, बलराम, राधा, भद्रवाहा, रंगवेणी, चित्रगंधा और वे सब अब आगे बढ़े। किसी के सिर से रक्त बह रहा था, किसी के घुटने छिल गए थे। परन्तु वह एक लगन थी, एक ध्येय था, और देखते ही देखते वे घुटनों-घुटनों पानी में गायों को हाँकते, सामानों से लदी गाड़ियों को खींचते, गोबर्द्धन की ओर चल पड़े और उस समय गाड़ी खींचती स्त्रियाँ, बोझे से लदे पुरुष, गायों को हाँकते वृद्ध, छोटे-छोटे सामान उठाए बालक-बालिकाएँ, एक अपूर्व उत्साह से भरे हुए थे। सबसे बड़ी गाड़ी को कृष्ण, बलराम, गद, राधा, चित्रांगधा, पुरुविश्रुत, हंस श्रीदामा, स्तोककृष्ण, अर्जुन, वरूथप और हेमांगद खींच रहे थे।

"उस समय कृष्ण ने स्फुरित वेग से स्वर छेड़ा, वह गाने लगा, 'हम अजेय हैं। हम अपराजित हैं। देवाधिदेव वज्रधर इंद्र हमारे देवता गिरिराज गोवर्द्धन के पाँव धोने आया है, ब्रज के वीर नर-नारियो! आओ! हम गिरिराज की वंदना करें।'

"वह स्वर अब जन-जन के कण्ठ से उठने लगा। धरती और आकाश के बीच में जल-धारा गिर-गिरकर साँस को रोकने की चेष्टा कर रही थी। पर्वत के ऊपर से मोटी-मोटी धारा बही आ रही थी। नीचे मैदान का जल उन्मत्त वन-ग्राम को लबालब डुबोकर वक्ष फुलाता जा रहा था, परन्तु वह कृष्ण का उद्दाम संगीत आज मृत्यु के वक्ष पर जीवन का अमर जयनाद बनकर गूँजने लगा था। सहस्रों कण्ठों से उठता हुआ वह गीत धीरे-धीरे आकाश की तुमुल रोर को दबाने लगा और जब वे कंदराओं में पहुँच गए तब उनका गर्जन इतना प्रचण्ड हो उठा कि आकाश, पृथ्वी, पर्वत, जल और अंतराल सबको ललकारते हुए वह मृत्युंजय संगीत साहस से गरजने लगा—हम अजेय हैं, हम अपराजित हैं...''

आर्या देवकी के नयनों से आँसुओं की धारा बह रही थी। देवक के नेत्रों में पानी भर आया था। वसुदेव आज लगता था, पीड़ित हो गया था श्रुतायुध गद्गद-सा विभोर हो गया था।

"आर्य!" श्रुतायुध ने कुछ देर बाद कहा, "और वे जीत गए। इंद्र का अहंकार धूल में मिल गया; फिर पवित्र ब्रज वसुंधरा विजयिनी-सी निकल आई। गोपों ने कंदराओं से निकलकर जयजयकार किया और वे कृष्ण को कंधों पर धरकर लौट आए।

"फिर कृष्ण ने कहा, 'वीरो! फिर ग्राम बसेगा, फिर हमारे घरों में बच्चों की किलकारियाँ गूँजेंगी। फिर माताओं के कंकण दूध बिलोते समय झंकृत हो उठेंगे। फिर ब्राह्मणों के पवित्र मंत्रोच्चारण सुनकर गाएँ बछड़ों की ओर स्नेह से दूध टपकाती हुई चलेंगी, फिर इन्हीं वनों और पर्वतों में ग्वालबालों की बाँसुरी गूँजेंगी...

"आर्य! वह नवनिर्माण प्रारंभ हुआ। कृष्ण ने मिट्टी खोदी। राधा ढोने लगी। बलराम ने पत्थर जमाया। नंदगोप कुएँ से पानी खींचने लगा। माता यशोदा जल

भरने लगी और देखते ही देखते ब्रजग्राम जीवित होने लगा। राहों पर बच्चे और बछड़े छलाँग लगाने लगे। कृष्ण ने एक-एक का घर देखा। ग्राम बाहर जाकर वनवासियों और चाण्डालों के घर बनवाए और जब ब्रजगोपियाँ गाने लगीं—वह कौन है जिसने वज्रधर इंद्र का अहंकार मिटा दिया! आओ ब्रज के वीरो! सुनो! वह मृत्युञ्जय कृष्ण है।

"जब वह बच्चा था तब पूतना बालघातिनी उसे मारने आई थी, और वह बालक फिर भी नहीं मरा था। उसे शकटासुर और तृणावर्त्त भी नहीं मार सके। अरे कहाँ तक कहें कि वह कितना प्रचण्ड है। वह जनार्दन कृष्ण है।

"वह तो साँवला-सा वीर है, वह हमारी आँखों का तारा है, वह ब्रज के वीरों का नायक है, वह यशोदा का लाल है, वह हमारा वेणुवादक कृष्ण है! वह ब्रजराज नंदगोप का उत्तराधिकारी हमारे जीवन का सहारा है!

"यह कहकर नए ब्रज के निवासी कृष्ण से लिपटने लगे। वृद्धाओं ने स्नेह से दही, चावल और जल आदि से उसका मंगल तिलक किया और वृद्धों के आशीर्वाद गूँजने लगे। यशोदा पुत्र को कण्ठ से लगाकर रोने लगी। रोहिणी और आर्य्य वसुदेव की जितनी पत्नियाँ थीं, उन्होंने अन्य ब्रजनारियों की भाँति कृष्ण के चरणों पर अपने-अपने पुत्रों को समर्पित कर दिया। भद्रवाहा और राधा आदि भाभियों के पति भी कहने लगे कि कृष्ण का अभिषेक करो। वह हमारा नायक है।'

"नंदगोप रोता हुआ बाहर आया। वह हर्ष से पागल हो गया था। वह जिसे देखता उसी के गले लग जाता। और...यशोदा...मैं कैसे कहूँ आर्य्य..."

हर्ष से श्रुतायुध का गला अवरुद्ध हो गया। देवक, देवकी और वसुदेव स्नेह-विह्वल होकर विभोर हो गए।

जब कुछ देर बाद सुस्थिर हुए तो देवक ने पूछा, "तो कृष्ण अब ब्रजराज हो गया श्रुतायुध!"

"देव!" श्रुतायुध ने कहा, "गोपों ने उसे गोविंद कहकर पुकारा।"

"मैं अभागिनी नहीं हूँ पिता! मैं कितनी महिमान्वित हूँ स्वामी!" देवकी ने रोते हुए कहा, "उस दिन तुम उसे ब्रज छोड़ने लगे थे। तुम्हारी वीरता के कारण ही तो वह कितना वीर है।"

वसुदेव मुस्करा दिया। देवकी ने फिर कहा, "हम तो तेरे लिए कुछ न कर सके कृष्ण! किन्तु तू तो स्वयं ही उठकर खड़ा हो गया मेरे पुत्र! ब्रजराज! गोविंद!!"

देवकी ने विह्वल होकर कहा, "श्रुतायुध, फिर क्या हुआ?"

श्रुतायुध ने कहा, "देवी! एक दिन कार्तिक शुक्ल एकादशी का व्रत करके नंदगोप यमुना-स्नान को चला गया। वहाँ किसी असुर ने पकड़ना चाहा। युद्ध होने लगा।

तीनों चौंक उठे!

''वह कंस का आदमी था देवी! कृष्ण को पहुँचते देखा तो भाग गया। नंदगोप डूब रहा था। तब कृष्ण उसे जल में से उबार लाया।''

''तो अभी कंस का प्रयत्न चल रहा है वहाँ?'' देवक ने कहा।

''आर्य! उस समय कृष्ण ने प्रतिज्ञा की कि वह कंस का सर्वनाश करेगा।'' श्रुतायुध ने कहा, ''और तब गोप शस्त्र इकट्ठे करने लगे। उसके बाद आनंद प्रारंभ हो गया। रात्रि की निस्तब्धता में व्रजराज की बाँसुरी बज उठी। व्रज की युवतियाँ और युवक, जो जैसा था, वैसे ही भाग निकला। और जब आकाश में पूर्णचंद्र निकला था, महारास होने लगा। देवी, मैं कवि नहीं हूँ। कहते हैं कुरुक्षेत्र में द्वैपायन कृष्ण है जिसने वेदों का विभाजन किया है, वह भी संभवतः उस विभोर आनंद, उस प्रेमोन्मत दशा, उस गोपिका गीत, उस महारास, उस आनंद भ्रमण का वर्णन नहीं कर सकेगा, मैं तो कर ही क्या सकता हूँ!''

''उसे वे लोग बहुत चाहते हैं?'' वसुदेव ने पूछा।

''देव!'' श्रुतायुध ने कहा, ''वह पूर्णचंद्र, वह यमुनातट, वह समवेत संगीत की तान पर बजते गोप-गोपियों के करताल, आहा...रणरणायित किंकिणी पर प्रतिध्वनित होते कंकण, यशोदा का विभोर आनंद...''

श्रुतायुध ने आँखें मींच लीं। वह जैसे अभी तक उस आनंद को देख रहा था।

देवकी ने कहा, ''यशोदा, तू धन्य है जिसने उसे दूध पिलाकर पाला है। यशोदे! तू ही उसकी माँ है, जा, आज से तू ही उसकी जननी भी है! तैंने उसे इतना महान तो बना दिया! यदि तू उसे न पालती तो क्या आज वह व्रजराज गोविंद होता? रानी! तूने एक बंदिनी के निर्वासित पुत्र को अपना पति हटाकर राजा बना दिया! देवी! तू धन्य है।'' देवकी ने ग्लपयित कंठ से कहा, ''स्वामी! नंदगोप कितना विशाल हृदय है! कितना स्नेह है उसके हृदय में। हम-तुम क्या उसका आनंद छीन लेंगे? कभी नहीं, कभी नहीं।''

देवकी ने आँचल में मुँह छिपा लिया। देवक उसके सिर पर स्नेह से हाथ फेरने लगे।

कुछ देर बाद देवकी ने कहा, ''फिर क्या हुआ श्रुतायुध?''

''देवी!'' श्रुतायुध ने कहा, ''एक दिन राधा ने कृष्ण को कदंबकुञ्ज में...''

''रहने दो, रहने दो!'' आर्य देवक ने उठते हुए कहा, ''अब फिर सुनेंगे...''

देवकी का मुख हर्ष और लज्जा से लाल हो गया। वसुदेव ने मुँह फेर लिया। श्रुतायुध ने हकलाकर कहा, ''देव! मुझे भी कुछ नहीं मालूम...मैंने उन्हें केवल उधर जाते हुए देखा था, और मैं कुछ नहीं जानता...''

वे सब खड़े हो गए।

उसी समय द्वार पर कोई भागता हुआ दिखाई दिया। वह घायल और लहूलुहान

था। सब चौंक उठे। वह आकर देवकी के चरणों पर गिर गया।

"कौन?" आर्य्य देवक ने चौंककर पूछा, "चर सुद्युम्न! तेरी यह दशा..."

देवकी दौड़कर जल लाई। चर को होश आया। उसने कहा, "देव! जल्दी करें। व्रज में गोपों ने कृष्ण के साथ विद्रोह का झण्डा उठा दिया है। उन्होंने नंदगोप पर आक्रमण करनेवाले कंस के मित्र सुदर्शन नाग को मार डाला है। उन्होंने शंखचूड़ यज्ञ का वध कर दिया। कंस ने बहुत ही क्रुद्ध होकर अरिष्टासुर को भेजा था। उस दिन वहाँ आनंदोत्सव था। कृष्ण ने उसको वहाँ गुप्तघात के लिए छिपा हुआ देखकर ललकारा और भीम पराक्रम से उसे जान से मार दिया।

"अरिष्ट को!" देवक ने चौंककर पूछा, "वह तो बड़ा बलिष्ठ था।"

"देव! उसे तो कृष्ण ने सहज ही मार डाला...उसके बाद केशी और व्योमासुर भी वहीं मार डाले गए।"

सुद्युम्न ने रक्त उगला। देवकी ने रक्त पोंछा और पानी पिलाया। सुद्युम्न चैतन्य हुआ। उसने कहा, "देव कंस ने आर्य्य अक्रूर को कृष्ण और नंदगोप की ससम्मान ले आने को वृंदावन भेजा है।"

"अक्रूर को?" श्रुतायुध को नप्तक की बात याद आई।

"देव?" सुद्युम्न ने फिर कहा, "उसने आर्य्य अक्रूर को शपथ दी थी कि वह कृष्ण और नंदगोप से मित्रता करेगा, उनकी सब बातें मान लेगा..."

सुद्युम्न हाँफने लगा। देवकी ने फिर उसके मुँह से निकलता रक्त पोंछा। पानी डाला। उसने फिर कहा, "वह छल था, वह कृष्ण, अक्रूर और नंदगोप को यहाँ छल से घेरकर मार डालेगा..."

"फिर?" वसुदेव ने आतुर होकर कहा, "कहीं अक्रूर भूल कर बैठा तो?"

"नहीं देव!" सुद्युम्न ने कहा, "मैंने वंशऋण चुका दिया। मैंने आगे जाकर आर्य्य अक्रूर को कंस का छल बता दिया। वे कह गए हैं कि कृष्ण को नहीं लाएँगे, पर जाना तो होगा ही...परन्तु...आह....." वह कराहा, "लौटते में मुझे कंस के चर प्रोषक ने देख लिया...और सैनिकों ने मुझे मार डालना चाहा...मैं किसी तरह... बचकर...आया हूँ...आर्य्य वसुदेव और देवकी...तुरन्त...यहाँ...से..."

उसका सिर लुढ़क गया।

सबने आदर से सिर झुका लिया।

वसुदेव ने अपना खड्ग निकाल लिया। देवक का खड्ग निकल आया। श्रुतायुध का खड्ग आगे उठ गया। सबने उसका अंतिम अभिवादन किया।

ठीक इसी समय चारों ओर असंख्य मागध सैनिक टूट पड़े। उन्होंने श्रुतायुध, देवकी और वसुदेव को बंदी बना लिया। वे चले गए।

कंस की प्रतिहिंसा का फिर उग्र रूप उठ खड़ा हुआ था।

देवक ने देखा तो वह अकेले रह गए थे। और सुद्युम्न का शव पाँवों पर पड़ा

था। उन्होंने झुककर उसे अपने उत्तरीय से ढक दिया।

बाहर मागध सैनिक शस्त्रों को खड़खड़ाते गरज रहे थे—महाराजाधिराज कंस की जय...

देवक ने सुना तो उसके मुँह से फूट पड़ा, ''जनार्दन कृष्ण! आज फिर तेरी माता और तेरे पिता बंदीगृह चले गए हैं...''

7

एक रथ पर महारानी प्राप्ति बैठी थी। दूसरे रथ पर महारानी अस्ति दोनों हाथों में सिर धरे लेटी थी। आज उन दोनों के बाल खुले हुए थे। मागध सेना का गुल्म आगे और पीछे चल रहा था।

अस्ति पूछने लगी, ''पाणिमान्!''

सारथि पाणिमान् नाग मुड़कर कह उठा, ''देवी!''

''अभी भोगवती कितनी दूर है?''

''देवी, दो योजन है।''

वह साँस खींचकर चुप हो गई।

चर प्रोषक और बृहत्सेन, पीछे घोड़ों पर आ रहे थे। चर वीरुध अब थका-सा हाथी चला रहा था। चर नप्तक एक रथ में घायल होकर पड़ा था।

वे सब थक गए थे। चर कौस्तुभ बोला, ''अरे भूख से दम निकल रहा है...अभी भोगवती तक दो योजन और चलना है...''

मागध सैनिक विकट कह उठा, ''कुछ भी हो, अपना मगध तो मिलेगा ही। वहाँ गंगा में खूब स्नान करूँगा।''

नाटकेय कहने लगा, ''पहुँच जाएँ तब है। राह में ही कितने आदमी नहीं मर गए?''

अस्ति के वस्त्र फटे हुए थे। प्राप्ति रो रही थी।

भोगवती अभी दूर थी। भोगवती आ जाए तो वे सब गंगा-मार्ग से मगध पहुँच जाएँगे। फिर वहाँ से तो राजसी भोग से गिरिब्रज पहुँचेंगे। लेकिन रास्ते में ही जो सैनिक मर रहे थे! अस्ति की राजनीति आज हिरन हो गई थी।

चर प्रोषक क्या कहे! वह सोचना नहीं चाहता परन्तु उसे हवा में से एक गंभीर गर्जन सुनाई देता है। वही तो अक्रूर के पीछे-पीछे छिपकर गया था! और उसे याद आने लगा।

अक्रूर जब रथ पर चला और कंस की बात याद करने लगा था तब वह कितना प्रसन्न था! किन्तु तभी सुद्युम्न ने भंडा फोड़ दिया था! और उसके बाद अक्रूर ने विषधर सर्प की भाँति फूत्कार किया था!

उस समय व्रजभूमि में आनंदोत्सव समाप्त हो चुका था। कृष्ण और बलराम गाएँ दुहने के स्थान पर नंदगोप के साथ काम कर रहे थे। अक्रूर का रथ देखकर राधा चिल्लाई थी, "सावधान! कंस का आदमी आ रहा है।"

रंगवेणी, चित्रगंधा दौड़कर कृष्ण की ओर चल पड़ी थीं, भद्रवाहा ने यशोदा को बताया था : राह पर सुबल, अर्जुन, देवप्रस्थ, सुधीर, हस्त, गद, ध्रुव और अनेक तरुणों ने रथ को घेर लिया था और उसके अगल-बगल और पीछे चलने लगे थे।

एक कोलाहल मच उठा था!

उस समय बलराम चिल्लाया था :

'यादव गण की जय! गोपजन की जय! अंधक कंस का सर्वनाश हो!' की भयानक पुकार ब्रज के कण-कण से गूँजने लगी थी।

अक्रूर निस्तब्ध रथ पर खड़ा था। वह राजनीतिज्ञ था, किन्तु जन-जन का वह विभोर उत्साह देखकर उसका हृदय गद्गद हो गया था। उसने स्नेह से भर आई आँखों को पोंछ लिया था।

जब वह रथ से उतरा तब नंद, यशोदा, रंगवेणी, चित्रगंधा, बलराम और सब ही एकत्र हो गए। कृष्ण देखता रहा। नंद के मुँह से निकला, "महामात्य अक्रूर! आप!!"

"हाँ, मैं ही हूँ नंदगोप," अक्रूर ने उठते हुए स्वर से कहा, "मैं आज शरण में आया हूँ। मुझे कंस ने इसलिए भेजा था कि मैं नंदगोप, कृष्ण और बलराम को समझा-बुझाकर मथुरा पहुँचा दूँ। कंस ने मुझसे कहा था कि वह संधि चाहता है। वह सब दुखों को मिटा देगा। मैं उस पर विश्वास करके चला था, नंदगोप। मैंने सोचा था कि रक्तपात से तो यही अच्छा रहेगा। किन्तु मुझे मार्ग में एक चर सुद्युम्न ने बताया कि वह छल से तुम लोगों की हत्या करने का षड्यंत्र बना रहा था। मैं तुम्हें ले जाने नहीं आया हूँ। मैं..."

कृष्ण ने कहा, "स्वागत है महामात्य अक्रूर! आप हमारे पितृव्य लगते हैं। व्रज आपका स्वागत करता है।"

अक्रूर विह्वल हो गया था। उसने कहा था, "कृष्ण! तू धन्य है! जैसे एक दिन रावण के भाई विभीषण पर महावीर राम ने विश्वास किया था, वैसे ही आज तूने मेरा विश्वास किया है, निस्संदेह तू आर्या देवकी का ही पुत्र है।"

देवकी!!

कृष्ण पीछे हट गया, जैसे उसे धक्का लगा हो। वह सहज ही विश्वास नहीं कर सका था। उसने देखा, गोपी रंगवेणी अपने पिता सारंग के पास खड़ी आश्चर्य से देख रही थी। सुनन्द की पुत्री सुनन्दा, वृषभानु की पुत्री राधा, प्रचण्ड की दुहिता चित्रगंधा के नेत्र फटे-से थे। वसुदेव की गोपी स्त्रियाँ कौशल्या, रत्ना, पौरवी, रोहिणी, भद्रा, मदिरा, रोचना स्तब्ध खड़ी थीं। देवक-पुत्रियाँ, वसुदेव की पत्नियाँ—धृतदेवा,

शांतिदेवा, उपदेवा, श्रीदेवा, देवरक्षिता, सहदेवा आगे बढ़ आई थीं। गोपजनों में स्तोककृष्ण, अंशु, श्रीदामा सुबल, अर्जन, विशाल, ऋषभ, तेजस्वी, देवप्रस्थ और वरूथप विचलित हो गए थे। उस समय केशी से लेकर सुभद्रा तक, वसुदेव के लगभग उनहत्तर पुत्र और एक पुत्री, एक स्वर में कृष्ण से बोल उठे थे–''भ्रातर!''

कृष्ण फिर भी निस्तब्ध था। वह बलराम को देख रहा था। फिर उसने मुड़कर नंद की ओर देखा, जिसकी आँखों में पानी भर आया था। और यशोदा अचेतन-सी खड़ी हुई थी! तब जैसे बछड़ा डकराकर धेनु के पाँवों में छिप जाता है, कृष्ण यशोदा के पाँवों से लिपट गया और उसने अत्यन्त विचलित स्वर से कहा ''नहीं अंब! मैं तुम्हारा पुत्र हूँ। मैं आर्य्या देवकी का पुत्र नहीं हूँ। तुम बोलती क्यों नहीं?''

यशोदा चुप खड़ी रही। तब रोहिणी ने कहा था, ''कृष्ण! तू रो रहा है?''

हठात् यशोदा ने स्वर उठाकर कहा, ''पुत्र! तू मेरा ही पुत्र है। तू किसका पुत्र नहीं है? परन्तु यह सत्य है कि तेरी जननी आर्य्या देवकी ही हैं।''

उस समय एक व्यक्ति ने बढ़कर कहा, ''और जानता है! मैं तुझे मथुरा का अंतिम संवाद देता हूँ। आज वह फिर कंस के कारागार में बंदिनी है, कृष्ण! तेरा पिता वसुदेव भी कारागार में है।''

नंदगोप चेतन हो गया। उसने कहा, ''कौन? चर कल्पवर्ष! वे फिर बंदीगृह में हैं?''

रोहिणी ने कहा, ''बलराम! तू भी देवकी का पुत्र है। मैं ही तुझे पुरुष-वेश धारण करके मथुरा के बंदीगृह से निकालकर लाई थी।''

बलराम धरती पर बैठ गया। कृष्ण माता यशोदा के पाँव पकड़कर रोने लगा। यशोदा पागल-सी रोने लगी। सबकी आँखें भीग गईं। उस समय हठात् कृष्ण खड़ा हो गया। उसने गरजते हुए स्वर से कहा, ''महामात्य अक्रूर! यशोदा मेरी माता है। यह सब मेरी माता हैं। यह ब्रज की धरती मेरी माता है। इस ममता से भी ऊपर मेरा कर्त्तव्य है। देवकी मेरी जननी है, परन्तु देवकी जैसी सैकड़ों माताएँ मथुरा में मेरी प्रतीक्षा कर रही हैं। आज तक मैं मोह-निद्रा में था। माँ!'' उसने यशोदा से कहा, ''तुमने मुझसे क्यों छिपाया? पिता नंदगोप! रोहिणी! अरे, तुम सब जब इस सत्य को जानते थे, तुमने मुझे क्यों नहीं बताया? तुम डरते थे कि मैं तुम्हें भूल जाऊँगा? छोड़ जाऊँगा! परन्तु मेरे लिए जन कुल से ऊपर है। मैं केवल इसलिए जीवित रहना चाहता हूँ कि इस संसार में सुख आ सके। गोपजन सुनें! तुमने और गोपियों ने, कभी मुझसे अलगाव नहीं किया। आज मैं तुमसे एक बात कहता हूँ। यह सत्य है कि मैंने कभी इतनी कृतज्ञता नहीं पाई कि मैं तुम्हारे इस दुर्लभ स्नेह का बदला चुका सकूँ, क्योंकि स्नेह का बदला इस संसार में है ही नहीं। जिस पृथ्वी माता पर मैं खेला हूँ, जिस यशोदा माता ने मुझे पाला है, जिन गोपी माताओं ने मुझे चोरी-चोरी मक्खन खिलाया है, आज मैं अपनी जननी आर्य्या देवकी को उनसे ऊपर नहीं रखता!

मेरे लिए आर्य्य वसुदेव और नंदगोप समान हैं, बंधुओ! जैसा बलराम मेरा भाई है, वैसे ही श्रीदामा मेरा भाई है। परन्तु मैं तुमसे एक भीख माँगता हूँ।

"आर्य्या देवकी और आर्य्य वसुदेव, गणाधिपति उग्रसेन मथुरा के कारागृह में बंद हैं। उनको मुक्त करने के लिए मैं जा रहा हूँ। मैं वहाँ जाकर प्राण दे दूँगा, परन्तु हारकर लौटूँगा नहीं। तुममें से कौन चलता है मेरे साथ?"

सब ठठाकर हँस पड़े। यशोदा ने कहा, "पुत्र कौन नहीं जाएगा वहाँ? तू समझता है तू ही मेरा पुत्र है? अरे, यह जो समस्त गोपजन हैं, यह जो वसुदेव के पुत्र हैं, तू समझता है यह मेरे पुत्र नहीं हैं, यह मेरी आज्ञा का उल्लंघन कर सकते हैं? पागल! देख! यह देखता है, कौन है! नंदगोप! अरे तू जा! देख इस नंदगोप से तो पूछ! यह क्या करेगा?"

राधा ने कहा, "माता! हम क्या वीरों की पुत्रियाँ नहीं हैं? हमने क्या वीर माताओं का दूध नहीं पिया है? हम क्या अपने पतियों को युद्ध में जाने से रोकेंगी?"

वयोवृद्ध कुलिश आगे बढ़ आया। उसने चिल्लाकर कहा, "उठो! गोपजन! उठो! अत्याचार दुर्धर्ष हो गया है। यह कुल के स्नेह फिर होते रहेंगे। पहले स्वतंत्रता का आवाहन करो।"

यशोदा को चित्रगंधा ने शंख दिया। यशोदा ने नंदगोप को। नंदगोप ने शंख फूंका। तरुणों और वयस्कों के हाथों में शस्त्र खड़खड़ाने लगे। युवतियों ने भाले संभाल लिए।

कृष्ण गरजा, "बलराम! भ्रातर!"

बलराम ने पुकारा, "जनार्दन!"

कृष्ण ने ललकार कर कहा, "विप्लव की भेरी बजने दो। हम मथुरा पर आक्रमण करेंगे।"

उस समय स्त्री और पुरुषों का साहस अदम्य हो चुका था। कृष्ण गरज रहा था, "गोपजन सुनें! आज हम मागधों से मथुरा और व्रज को स्वतंत्र करने के लिए उठे हुए तूफान की तरह गरजकर उठे हैं। सावधान! सारी ममता से ऊपर सत्य है!"

भद्रवाहा ने ललकारा, "देवर! आज तू देख तो सही!"

और फिर सब एक भीड़ हो गए। और वह भीड़ गरजती हुई बढ़ने लगी। चारों ओर से जयध्वनि उठ रही थी—"यशोदा पुत्र कृष्ण की जय!" "देवकी पुत्र कृष्ण की जय!" "गण की जय!" उस घोर नाद पर प्रतिध्वनि करके दूर-दूर से गोप-गोपियों का स्वर सुनाई देने लगा।

महामात्य अक्रूर विभोर हो गया।

बलराम के हाथों में झण्डा फहराने लगा।

कृष्ण ने कहा, "महामात्य अक्रूर! आप जाकर कंस को सूचना दें कि कृष्ण, बलराम और नंदगोप ने निमंत्रण स्वीकार कर लिया है। वे अवश्य आ रहे हैं।"

बलराम ने कहा, ''किन्तु क्या कंस को यह सूचना ही नहीं मिलेगी कि आप विद्रोहियों से मिल गए हैं? वह आपको अकेला जानकर पकड़ नहीं लेगा?''

अक्रूर हँसा। उसने रथ पर खड़े होकर कहा, ''वत्स! महामात्य अक्रूर को तो कंस कभी का मार डालता, परन्तु वह मथुरा के नागरिकों को तो नहीं मार सकता। किसका साहस है कि मुझे मथुरा में पकड़ सके! कंस तो क्या जरासंध भी यह दुस्साहस नहीं कर सकता। मैं मथुरा के बाहर तुम्हारी प्रतीक्षा करूँगा।''

अक्रूर ने घोड़े दौड़ा दिए।

तब माता यशोदा ने कहा, ''कृष्ण! तुम सब जाओ। मैं यहीं रहूँगी!''

''क्यों अंब?'' कृष्ण ने पूछा।

''वत्स!'' यशोदा ने कहा, ''आज तक यही परंपरा रही है कि स्त्रियाँ यहीं रहकर पशुओं की सेवा करती हैं, और पुरुष लड़ते हैं।''

कृष्ण कुछ कह नहीं सका।

जब भीड़ मथुरा की ओर चली, तब स्त्रियाँ एकबारगी व्याकुल हो उठीं। राधा, रंगवेणी, चित्रगंधा और भद्रवाहा की आँखों में आँसू आ गए।

''मैं फिर आऊँगा!'' कृष्ण ने कहा, ''रोती क्यों हो?''

परन्तु यशोदा ने कहा, ''अरे! रुक जाओ! ठहर जाओ सब!''

सब रुक गए। यशोदा ने कहा ''पुत्र! रथों से उतर जाओ!''

उसकी आज्ञा सुनकर कई रथ खाली हो गए।

तब यशोदा ने कहा, ''मैं आज्ञा देती हूँ कि कौशल्या, इला, पौरवी, रोहिणी, भद्रा, मदिरा, रोचना, धृतदेवा, शांतिदेवा, उपदेवा, श्रीदेवा, देवरक्षिता, सहदेवा इन रथों पर चढ़ें और मथुरा में वसुदेव की यह निर्वासित स्त्रियां, अपने पुत्रों के साथ फिर अपने नगर में प्रवेश करें।''

स्त्रियाँ रोने लगीं। वे यशोदा से लिपटतीं, उसके पाँव छूतीं, पर अंत में उन्हें जाना ही पड़ा।

रथ फिर चलने लगे।

'मैं आऊँगा, अंब!'' कृष्ण ने पुकारा।

यशोदा मुस्करा दी। उसकी आँखें भर आईं। राधा, रंगवेणी, सुधीरा, चित्रगंधा, सुनंदा, संभद्रा, गोपी तो विह्वल होकर रोती हुई पथ पर लेट गई थीं, परन्तु भद्रवाहा ने सुना, माता यशोदा कह रही थीं, ''पुत्र! जब तू विप्लव का नायक बनकर जा रहा हो तो क्या अब तू स्वतंत्र है? इंद्र भले ही वह न आ सके! परन्तु उसकी कीर्ति से दिगंत काँपने लगें...''

भद्रवाहा ने झुककर उसके चरणों पर सिर रख दिया। उस समय भी जाती हुई भीड़ का जय-जयकार 'जनार्दन कृष्ण की जय!' सुनकर उदास-सी वृंदावन की वीथियाँ स्फुरित हो उठती थीं। महावन जैसे उस वंशीनाद को सुनने के लिए व्याकुल

हो उठा था। गाएँ रंभा उठी थीं।

यशोदा ने एक छोटे-से बछड़े को उठाकर छाती से चिपकाकर चूम लिया और वह तब फूट-फूटकर रो पड़ी। कुछ भी हो, आज उसका पुत्र चला गया था...

उस समय पितामही भीतर से निकल आई। उसने कहा, "यशोदे! गोकुल में जिसका जन्मोत्सव किया था वह कहाँ गया? वह मेरा दुलारा कहाँ गया..."

और अँधी वृद्धा ने कहा, "अरी यशोदे! मैं कितनी अभागिन हूँ कि आज मैं देख भी नहीं सकी...वह आया था तब मैं उसे नहलाती थी, वह घुटनों पर चलता था तब कैसा प्यारा लगता था...वह बछड़ों की पूँछ पकड़कर भागता था, और चुपचाप मेरे पाँव को अपने नन्हे-नन्हे दाँतों से काट खाता था...मैं उसे जाते समय देख भी नहीं सकी? अरी यशोदे! जब वह गोकुल से वृंदावन आया तब तो हम यहाँ आ गए, पर अब, वह कहाँ चला गया है...मुझसे आकर बोला, 'आसीस दे, पितामही, मैं जा रहा हूँ...' मैंने कहा, 'जा बेटा, विजयी होकर आ...' "

यशोदा उत्तर नहीं दे सकी। वह उसकी गोद में मुँह छिपाकर रोने लगी। पर वृद्धा ने कहा, "रो नहीं यशोदे...वह वहाँ रह नहीं सकेगा...गोकुल और वृंदावन की यह धरती किसी को भूलती नहीं। इसके यह हरे-भरे पहाड़, यह यमुना, यह झूलते हुए कदंब..."

तब दूर होता हुआ एक नाद सुनाई दिया, "जनार्दन कृष्ण की जय..."

हवा पर तैरता हुआ स्वर आ गया था, कृष्ण जा रहा था, पर वृंदावन की हवा अभी माता की स्मृति से पीछे खिंची चली आती थी...

कुछ देर बाद सब चौंक उठे। बाहर कोलाहल था। देखा, गोपियाँ मद-विह्वल-सी रोती हुई-सी रासक्रीड़ा में नाच रही हैं और बीच में राधा कृष्ण का रूप धारण करके बाँसुरी बजा रही है...

अंधी पितामही ने पुकारा, "अरे, यह कौन बाँसुरी बजा रहा है, मेरा कृष्ण लौट आया क्या?"

किन्तु यशोदा नहीं बता सकी। वह विस्फारित नेत्रों से देख रही थी। रास चलता रहा और अंत में राधा मूर्च्छित होकर गिर गई। परन्तु गोपियाँ फिर भी नाचती रहीं।

चर प्रोषक का ध्यान टूट गया। कोई स्त्री जोर से रो उठी, जैसे उसकी वेदना घुट-घुटकर निकल रही थी। वह महारानी प्राप्ति थी, जिसका पुत्र विप्लव में मारा गया था, यात्रा का भीषण कष्ट था, जरासंध की पुत्री ने दुःख भला उठाया ही कब था और उस पर पुत्र की मृत्यु का शोक...

प्रोषक ने कहा, "महारानी धैर्य धारण करें।"

अस्ति ने कुछ कहना चाहा परन्तु वह कहना चाहकर भी चुप हो गई। जैसे

बोलने की इच्छा ही नहीं रही थी। पुत्र के लिए रोती स्त्री को देखकर उसके भीतर वेदना जाग उठी थी। वह निस्संतान थी। व्यर्थ ही तो उसने स्त्री-देह को धारण किया! घोर अतृप्ति को पराजय ने और भी तीव्र कर दिया। उसने कहा था, ''पाणिमान!''

''देवी!'' सारथि ने मुड़कर कहा।

''प्यास लग रही है। जल ले आ।''

सारथि ने रथ रोका। पुकारा, ''अरे नंदि!''

नंदि दास था।

''आज्ञा!'' नंदि ने कहा, ''देवी!''

सारथि ने इंगित किया। दास जल का पात्र लाया। चमड़े के चषक में से महारानी ने पानी पिया।

वे फिर चलने लगे। प्राप्ति रो रही थी।

चर वीरुध ने देखा तो उदासी गहरा गई। उसको याद आ रहा था कि रातों-रात क्या से क्या हो गया था!

उस समय वीरुध राजमार्ग से प्रासाद की ओर जा रहा था। कंस प्रासाद के बाहर आकर अस्ति महारानी के साथ रथ पर चढ़कर राजपण्य की ओर चला आ रहा था। महामात्य अक्रूर का रथ बड़ी तेजी से भागा चला आ रहा था। वीरुध ने भी घोड़ा दौड़ा दिया।

कंस को बाहर देखकर महामात्य अक्रूर ने अपना रथ रोक लिया। और नागरिकों के बीच में ही उसने कहा, ''महाराज! मैंने आपकी आज्ञा का पालन कर दिया है। कृष्ण, बलराम और नंदगोप आपका प्रेम-निमंत्रण स्वीकार करके मथुरा की ओर आ रहे हैं।

कंस चौंक उठा था। उसने घूरकर कहा, ''अमात्य अक्रूर!''

वह डाँट थी। कंस ने गुप्त रूप से भेजा था और अक्रूर सबके सामने कह रहा था!

महारानी अस्ति ने काटकर कहा, ''यह तो हर्ष का विषय है, अक्रूर! क्या वे अब विद्रोही नहीं रहे?''

''देवी!'' अक्रूर ने कहा, ''मैंने आज्ञा का पालन कर दिया है। इसके अतिरिक्त मैं कुछ भी नहीं कह सकता।

''तो क्या तुम भी विद्रोही हो गए हो, अमात्य!'' कंस ने गरजकर पूछा।

नागरिक पास आ गए। मागध सैनिकों के शस्त्र खड़खड़ाए।

अक्रूर ने हँसकर कहा, ''महाराज! आपकी आज्ञा का मैंने पालन कर दिया है। आप उसे चाहते थे, मैं निमंत्रण दे आया हूँ। कृष्ण आ रहा है, जनार्दन गोविंद कृष्ण आ रहा है...''

''जनार्दन गोविंद! जनार्दन गोविंद! कृष्ण! कृष्ण आ रहा है?'' भीड़ में मर्मर सुनाई दिया।

''पकड़ लो इसे।'' कंस विक्षुब्ध-सा चिल्लाया, ''सैनिको! यह विद्रोही है!''

मागध सैनिक आगे बढ़े परन्तु हठात् खड्ग चमकने लगे और यादव सैनिकों ने अक्रूर के रथ के चारों ओर रक्षार्थ व्यूह बना लिया और भाले तानकर खड़े हो गए।

नागरिक चिल्लाए, ''जनार्दन कृष्ण की...जय!''

''जनार्दन कृष्ण की...जय।''

अक्रूर के सारथि ने रथ मोड़ लिया और यादव सैनिकों से घिरा हुआ वह अपने प्रासाद की ओर चला गया।

कंस देखता रहा। उसकी आँखों से आग बरस रही थी। महारानी अस्ति ने आज्ञा दी, ''पाणिमान! प्रासाद की ओर!''

''जो आज्ञा देवी?'' कहकर सारथि ने घोड़े हाँक दिए। मागध सैनिकों से घिरे हुए वे चल पड़े।

नागरिक अब चिल्लाने लगे, ''जनार्दन कृष्ण की...जय! जनार्दन कृष्ण की...जय!''

चर वीरुध काँप गया। उसने फिर सोचा। वही दृश्य उसकी आँखों के सामने आ गया था।

प्रासाद के विशाल प्रकोष्ठ में आज मंत्रणा हो रही थी। कंस के भाई आए थे।

सुनामा, न्यग्रोध और कंक बैठे थे। सुहू शंकु, राष्ट्रपाल और सृष्टि खड़े थे। तुष्टिमान द्वार के पास था।

महारानी अस्ति गंभीर थी। महाराज कंस सिंहासन पर आसीन था।

शंकु कह रहा था, ''किन्तु आर्य्य, मैंने एक बहुत बुरी बात सुनी है।''

''क्या है वह?'' कंस ने कहा।

''देव! देवकी के भाई देववान, उपदेव, सुदेव और देववर्द्धन आज ही मथुरा में लौट आए हैं और वृष्णि और अंधकों में आग भड़का रहे हैं।''

कंस ने कहा, ''किन्तु मैं अंधक हूँ शंकु! तुम यह क्यों भूल जाते हो? कृतवर्मा का पिता हृदिक कहाँ है?''

''देव!'' सुनामा ने कहा, ''वह विद्रोहियों से मिल गया है।''

''तो क्या?'' अस्ति ने पूछा, ''इस प्रासाद और बंदीगृह के अतिरिक्त सब ही विद्रोहियों से मिल गए हैं?''

''देवी!'' न्यग्रोध ने कहा, ''मथुरा की आधी प्रजा उमड़कर कृष्ण की विद्रोही सेना का स्वागत करने चली गई है।''

''हूँ।'' कंस ने कहा, ''और नगर की सेना क्या कर रही है? वह तो तुम्हारे

अधीन थी न, राष्ट्रपाल!''

"देव!'' राष्ट्रपाल ने कहा, "तीन चौथाई सैनिक भाग गए हैं। मैंने रोकने की चेष्टा की, परन्तु वे रुके नहीं।''

"धिक्कार है तुम्हें!'' कंस गरजा, "तुम्हारे अन्न पर पले हुए सेवक भी तुमसे रोके नहीं गए?''

"देव अस्ति ने ठंडे स्वर से कहा, "उत्तेजित होने का समय नहीं है। जब महामात्य अक्रूर जैसे व्यक्ति उधर मिल गए हैं, तब इसमें आश्चर्य ही क्या है?''

कंस उठा। सब उठ पड़े।

हठात् चर ने कहा, "देवी! आपकी आज्ञा का पालन हुआ।''

"वह क्या देवी?'' कंस ने बैठकर पूछा।

सब बैठ गए।

अस्ति मुस्कराई। उसने कहा, "आर्य्य! जब प्रजा विप्लव करती है, तब राजा को बल और छल दोनों से काम लेना चाहिए।''

कंस उद्विग्न हो उठा। बोला, "इसका अर्थ?''

अस्ति ने कहा, "चर! जाओ! ले आओ।''

चर गया। कुछ देर में ही वह चाणूर, मुष्टिक, शल और तोशल नामक मल्लों को ले आया। उन्होंने आकर प्रणाम किया।

"चाणूर!'' तुष्टिमान कह उठा।

"देव!'' महारानी अस्ति ने कहा, "मागध चाणूर को मैं इसी दिन के लिए मगध से लेकर आई थी।''

"मैं समझा नहीं!'' कंस ने कहा।

"देव! आप उद्विग्न हैं।'' महारानी ने कहा, "आप घोषणा कर दें कि नगर में शांति रखो। आप कृष्ण से युद्ध तो नहीं कर सकते? युद्ध तो दो समान व्यक्तियों में होता है। वह विद्रोही है। आपके एक दास का पुत्र है। आप महाराजाधिराज हैं। दोनों में घोर अंतर है। आज आप उससे युद्ध करेंगे तो वाल्हीक से लेकर प्राग्ज्योतिष तक दासों से महाराज लड़ने लगेंगे और यह अनर्थकारी हो जाएगा। हमारे इस युद्ध का असंख्य राष्ट्रों के भविष्य पर प्रभाव पड़ेगा। इस समय जातियों का भेद भूलकर सिंधु से ब्रह्मपुत्र लौहित्य तक ही विशाल शक्तिशाली राजा है। भोजराज कंस! वह मगधराज ब्राह्दथ जरासंध है। कुरु, प्राग्ज्योतिष और शौरसेन में भी साम्राज्य उठ रहे हैं। हमें जो कुछ करना है वह सोचकर करना है। यह युद्ध मूलतः एकतंत्र और गणतंत्र का युद्ध है इसलिए मैं प्रार्थना करती हूँ कि आप युद्ध न करके छल का अवलंबन लें।''

"मैं प्रस्तुत हूँ देवी!'' कंस ने कहा, "परन्तु अब तो मथुरा घिर गई है। अब मैं करूँ भी तो क्या?''

''देव! अभी बहुत कुछ है।'' अस्ति ने मुस्कराकर कहा, ''आप उठिए। रंगशाला में कल मल्लयुद्ध की घोषणा करा दें। गंगा और सिंधु के बीच में यह पुरानी परंपरा है कि जो वीर मल्लयुद्ध नहीं कर सकता, जो वीर रंगशाला में अपने पराक्रम प्रमाणित नहीं कर सकता, वह प्रजा का शासक होने के योग्य नहीं है। कल कृष्ण आकर चाणूर से युद्ध करे। रंगशाला में प्रजा को आने दो। अंतिम दांव है। देखें चूलकोका यक्षी का प्रसाद किधर जाता है! यदि अबकी बार हम जीतते हैं तो शत्रुओं की खालें खिंचवाकर मैं उनसे एक भेरी मढ़वाकर मणिभद्र यज्ञ के चैत्य में भिजवा दूँगी जहाँ गिरिव्रज की प्रजा नित्य उनपर पड़ती चोटों को सुन सके।''

महारानी चुप हो गई। कंस को साहस आया। वह क्षण-भर चुप रहा उसने कहा, ''देवी! ठीक कहती है।''

फिर उसने मुड़कर कहा, ''सृष्टि!''

''आर्य्य!'' उसने झुककर कहा।

''कुलवधुएँ कहाँ हैं?''

''देव! वे मागध सैनिकों में सुरक्षित हैं।''

''देव!'' चर ने कहा, ''मथुरा की यादवियाँ शस्त्र धारण करके सन्नद्ध हैं। किसी भी समय आक्रमण हो सकता है। अब कुलवधुओं के प्राणों के बच जाने का भी कोई निश्चय नहीं है।''

अस्ति काँप गई। परन्तु फिर भी सुस्थिर बनी रही। उसने अपनी भंगिमा को बिगड़ने नहीं दिया।

अस्ति ने कुछ रुककर कहा, ''भयभीत न हो, चर! कुलवधुएँ अपनी रक्षा आप ही कर लेंगी।''

''देव!'' चर ने कहा, ''सुना था कि यादव स्त्रियों ने प्रतिहिंसा में कहा था कि प्रजा के पुरुषों को प्रेरित करेंगी कि जैसे उनपर बलात्कार किए गए हैं, वैसे ही कुलवधुओं से भी किए जाएँ...''

कंस गरजा, ''यह असंभव!!''

चर ने महारानी के इंगित पर कहना जारी रखा, ''परन्तु सुना है कृष्ण ने आज्ञा दी है कि किसी स्त्री का अपमान नहीं किया जाए।''

''वह आज्ञा देने वाला होता कौन है?'' सृष्टि ने कहा।

कंस ने फिर कहा, ''तुष्टिमान!''

तुष्टिमान पास आया। पूछा, ''महाराज!''

''मण्डलेश्वरों को संवाद दिया था। क्या उत्तर आया?''

''देव, कुछ आ गए हैं, कुछ आ रहे हैं।''

''वे सब किसकी ओर हैं?''

''देव, वे अधिकांश शत्रु की ओर हैं।''

''नीच!'' कंस ने होंठ काटा, ''मैंने इसीलिए इन्हें इतना अधिकार दिया था! समय पलटने पर सब ही शत्रु की ओर हो गए?''

इसी समय एक मागध दौड़ता हुआ हाँफता हुआ आया और पुकार उठा—''महाराज!''

सब खड़े हो गए।

मागध ने कहा, ''देव, सर्वनाश हो गया।''

''क्या हुआ?'' कंस ने पूछा।

''देव, शत्रु ने नगर-द्वार तोड़ डाले।''

कंस ने सुना और उसके हाथ में खड्ग चमकने लगा। परन्तु महारानी अस्ति ने बढ़कर कहा, ''आर्य्य न्यग्रोध! नगर में रंगशाला के मल्लयुद्ध की घोषणा करा दें। परसों ठीक रहेगा। तब तक स्पष्ट भी हो जाएगा कि मण्डलेश्वर किधर हैं, वाहिनी किधर है, नगर-रक्षक किसकी ओर हैं। और हम भी अपनी रक्षा कर सकेंगे।''

सभा विसर्जित हो गई।

चर वीरुध हाथी पर झुक गया, जैसे लेट गया हो। वह और नहीं सोच सका। हाथी झूमता हुआ धीरे-धीरे चल रहा था। उसके गले का घण्टा अब भी बज उठता था।

परन्तु चर कौस्तुभ की स्मृतियाँ दूसरी ही थीं। वह नगर भाग में था। उसने तो तूफान देखा था। और वह चाहता तो था कि सबको एक बार मन में समेट लेता किन्तु वह क्या कोई सहज बात थी! सारी मथुरा का विप्लव-निनाद अभी भी उसके कानों में गूँज रहा था। कितना भयानक, कितना रणलोलुप था वह सब!

''पितृव्य!'' कृष्ण ने कहा था, ''आर्य्या पितामही गांदिनी को हमारा प्रणाम पहुँचाएँ।''

अक्रूर के जाने पर देखा, वहाँ ग्राम-ग्राम के लोग एकत्र हो उठे थे। संध्या की ढलती छायाओं में अनेक उल्काओं के प्रकाश में वे सब मथुरा के बाहर ठहर गए थे।

पूरी रात विक्षुब्ध जयनिनादों से थर्राती रही।

गोपों के झुण्ड खाना पकाने लगे। आज नंदगोप स्वयं प्रबंध कर रहा था।

एक व्यक्ति आया।

''कौन?'' कृष्ण ने कहा।

''मैं हूँ, चर कल्पवर्ष!''

सब एकत्र हो गए।

''क्या संवाद है?'' स्तोककृष्ण ने पूछा।

''कंस ने घोषणा कराई है कि वह नंदगोप और उसके पुत्र का रंगशाला में स्वागत करेगा। वहाँ उसके मल्ल चाणूर और तोशल आदि से युद्ध करना होगा।

वह नहीं चाहता कि अकारण रक्तपात हो। वह नंदगोप और कृष्ण को अपना मण्डलेश्वर बनाना चाहता है।''

नंदगोप ने कहा, ''तो क्या मैं कर ले आऊँ? ब्रज का गोरस एकत्र कराऊँ?''

''कराना ही होगा!'' रंगवेणी के पिता सारंग ने कहा, ''अभी वह महाराजा है। जब तक वह सिंहासन पर है तब तक हमें नियम से ही जाना होगा।''

कृष्ण चुपचाप सोचता रहा।

''परन्तु,'' नंदगोप ने कहा, ''चाणूर से युद्ध! कृष्ण और बलराम करेंगे?'' वह काँप उठा।

बलराम ने कहा, ''भयभीत न हों, पिता! हम करेंगे और जीतेंगे।''

परन्तु अब उतनी शीघ्र वे लोग स्फुरित नहीं हुए।

कृष्ण ने कहा, ''कल मैं इसका निश्चय करूँगा स्वयं। आप प्रजा का प्रबंध करें।''

चर कौस्तुभ ने ग्रीवा खुजाई। देखा, कोई कीड़ा काट रहा था।

नाटकेय ने कहा, ''क्या हुआ?''

''कुछ नहीं।'' चर ने कहा, ''कोई कीड़ा काट रहा था!''

''कीड़ा!''

महारानी अस्ति ने सुना तो धीरे से दुहराया, ''वही तो अब तक काट रहा है, अभी तक काट रहा है...पाणिमान!...''

''देवी!'' सारथि मुड़ा।

''राजमार्ग से हम कितनी दूर हैं!''

''कुछ ही दूर समझें देवी।''

''फिर भोगवती में नागों का कोई समाचार मिला है? इधर सुनते हैं वासुकि वंश मागधियों का विरोधी हो गया है?''

''हाँ, देवी!''

''फिर तू उधर ही क्यों जा रहा है?''

''देवी, हम रात को पहुँचेंगे। अंधेरे ही चल देंगे। वे लोग क्या जानें हम कौन हैं? कोई क्या समझ सकता है कि जरासंध की पुत्रियाँ इस रूप में होंगी?''

अस्ति चुप हो गई। रथ के पहियों की घरर-घरर सुनाई दे रही थी। पाणिमान कह रहा था, ''देवी!''

''क्या है?''

''महारानी प्राप्ति सो गई लगती हैं!''

''सो जाने दे उसे। वह व्याकुल हो गई है।''

''देवी! आपको क्या दुख है?''

अस्ति ने दीर्घ श्वास लिया। उत्तर नहीं दिया। वे फिर बढ़ने लगे।

चर कौस्तुभ फिर सोचने लगा।

जब कृष्ण अपने गोपों के साथ नगर-द्वार तोड़कर भीतर घुसा तो भीड़ भीतर घुस चली। मथुरा के लोगों ने भीषण जय-जयकार किया। तमाम राज्य-सैनिक जान से मार डाले गए। सशस्त्र यादवियाँ पथ पर आ गईं और उन्होंने कृष्ण को तिलक किया।

परन्तु गोप चकित थे। नगर-प्राचीर में वे विशाल गोपुर, वे जटिल स्फटिक मणि, सुवर्ण के फाटक, सुंदर-सुंदर तोरण, उन्हें आश्चर्य में डालने लगे। नगर का बाह्य प्राचीर भीतर से ताम्र और लौह से सुदृढ़ है! किन्तु जब मनुष्य उठता है तब वह धरा रह जाता है! मनुष्य बल सर्वोच्च शक्ति है!"

भीड़ें झूमती हुई महानगर में घूमने लगीं। नगर बंद नहीं था। दूकानें खुली थीं और दूकानदार भीड़ों पर खील बरसा रहे थे। स्त्रियाँ वातायनों से फूल बरसा रही थीं। उपवनों में वेश्याएँ स्वागत-गीत गा रही थीं। चतुष्पथों, अट्टालिकाओं और प्रजासभा-भवन के आगे भीड़ जमा थी।

मागध सैनिकों से जगह-जगह प्रजा का युद्ध होता था। चारों ओर हलचल मच रही थी। जय-जयकार के अतिरिक्त कुछ भी नहीं सुनाई देता था।

उस समय विशाल चौक में भीड़ रुक गई। कृष्ण ने बोलना प्रारंभ किया। वह देर तक गरजता रहा। उसने कंस के अत्याचार और प्रजा के कष्टों का वर्णन किया। भीड़ें हुँकारने लगीं, वृद्ध यादव बाहर आ गए और ब्राह्मण, क्षत्रिय और वेश्यों ने दही, अक्षत, जलपात्र, पुष्पहार, चंदन तथा भेंट की सामग्रियों से कृष्ण और बलराम का स्वागत किया। स्त्रियों ने उनका लावण्य देखा तो देखती रह गईं।

अपने कई भाई-बंदों पर लादी लदवाए हुए सामने से मार्ग पर कंस का धोबी चला आ रहा था। कृष्ण ने कहा, "रजक! कहाँ ले जाते हो यह वस्त्र!"

कंस का उद्दण्ड धोबी हँसा और कहा, "अरे दो दिन के खेल हैं ग्वालो! नई मागध सेना आकर सबको कुचल देगी।"

भीड़ चिल्लाई, "चुप रह, कुत्ते! नीच?"

"तो!" उसने कृष्ण की ओर व्यंग्य से देखकर कहा, "गाँवों और वनों में रहनेवाले वन्यक! तुम यह महाराज के राजस वस्त्र पहनोगे?"

कृष्ण ने पटाक चाँटा मारा और वस्त्र छीन लिए। भीड़ ने धोबी को उछालकर ऐसे पछाड़ दिया, जैसे घाट के पत्थर पर धो दिया हो। बाकी धोबी कपड़े छोड़कर भाग गए।

भीड़ हँसी और वे सब कपड़े बाँटकर पहनने लगे।

उस समय कृष्ण और बलराम की शोभा देखने योग्य थी। कृष्ण ने कहा, "विद्रोहियो! यह कंस का नहीं था, प्रजा का था! प्रजा ही आज सब कुछ छीन लेगी।"

उसी समय दूकानों से दूकानदार सामान ले-लेकर उतर आए। उनके प्रमुख ने कहा, "विद्रोहियो! स्वागत है। आज हम तुम्हारा अभिनंदन करते हैं।"

फिर तो श्रीदामा घबरा गया। दर्जी ने रंगबिरंगे कपड़े अपने हाथ से कृष्ण बलराम को पहनाए और भीड़ को भी बाँटे। सुदामा माली के फूलों और गजरों से तो सारा हाट गंधायित हो गया।

तभी मागधों ने आक्रमण किया। युद्ध प्रारंभ हो गया। कृष्ण ने उछलकर अश्वारोही नायक का सिर खड्ग से दो टुकड़े कर दिया। रक्त की फुहार से छाती भीग गई। बलराम ने उसका घोड़ा काट दिया। मागध भाग निकले। प्रजा के लोग उनका पीछा करते रहे।

फिर जयनाद उठा।

चर कौस्तुभ ने देखा। उसपर एक थकान-सी आ गई थी। परन्तु अभी क्या था? मंजिल तो बहुत दूर थी। कब पहुँचेंगे? और फिर ध्यान आने लगा।

राजमार्ग पर अंगराम और उबटन लिए राजसैरंध्री कुब्जा जा रही थी।

कृष्ण ने उसे टोक दिया। सब कुब्जा को देखकर हँसने लगे। परन्तु कृष्ण नहीं हँसा। उसने कहा, "सुंदरी! तुम कौन हो? यह अंगराग तुम किसके लगाओगी?"

कृष्ण के मुख से यह शब्द सुनकर आज कुब्जा तनकर ऐसे खड़ी हुई कि क्षणभर, ऐसा लगा, जैसे वह सचमुच कुब्जा नहीं, सुंदरी है! परन्तु त्रिवक्रा कुब्जा का वह रूप फिर बदल गया।

"तुम! तुम विद्रोही कृष्ण हो?" कुब्जा ने कहा।

"मैं ही हूँ।" कृष्ण ने कहा।

कुब्जा ने कहा, "तब तुम ही हमारे राजा हो, कृष्ण! अब अत्याचार का अंत हो जाएगा। मुझपर सब हँसते हैं। तुम नहीं हँसे, वनमाली! तुम दुखियों का सम्मान करना जानते हो! तुम मेरे स्वामी हो!" वह गद्गद होकर बोली, "देख रही हूँ, सारी मथुरा अकारण ही पागल नहीं हो उठी है। तुम सचमुच महान हो। आज से मैं कंस की सैरंध्री नहीं, तुम्हारी सेविका हूँ।" उसने कृष्ण के शरीर पर पीला अंगराग लगाया, फिर बलराम के भव्य गौर अंगों पर लाल अंगराग लगाने लगी।

फिर उसने धीरे से कहा, "कृष्ण!"

उसने लज्जा से आँखें झुका लीं और कहा, "मैं कुब्जा हूँ, परन्तु युवती हूँ। मुझे यौवन का फल दो। मेरे घर चलो।"

कृष्ण हँस दिया। कहा, "सुंदरी! मैं तो यात्री हूँ। अभी नहीं। देखो, मथुरा नगर धधक रहा है।

कुब्जा ने कहा, "आर्य! मैं भी इस भीषण अग्नि में विद्रोह की एक ज्वाला ही हूँ।"

चर कौस्तुभ फिर डर गया। यह क्या था सब! क्या था वह उन्माद। फिर तुमुल निनाद हुआ। असंख्य खड्ग आकाश की ओर उठ गए और जय-जयकार उठ रहा था। चारों ओर भीषण कोलाहल था।

एक शब्द था, ''जनार्दन की जय!''

उस समय कृष्ण व्यापारियों से सम्मानित होकर रंगशाला में धनुष-यज्ञ के स्थान पर पहुँच गया। चारों ओर से उसे देखने के लिए भीड़ टूट पड़ रही थी।

अत्यन्त मूल्यवान धनुष बहुमूल्य अलंकारों से सुसज्जित रखा था। वेदी के चारों ओर राजसैनिक थे। वे असुर जातीय थे। संघर्ष होने लगा। परन्तु भीड़ ने उन्हें घेर लिया। कृष्ण ने वेदी पर चढ़कर उस भीषण धनुष को बल लगाकर उठा लिया और उस बलिष्ठ गोप ने, जो अपने सौंदर्य के कारण कोमल-सा लगता था, उस धनुष को चढ़ाकर एकदम तोड़कर पटक दिया। आश्चर्य से भीड़ चिल्लाने लगी। उस अपार पौरुष को देखकर स्त्रियों की छाती हुमकने लगी। बच्चे चिल्लाने लगे, ''विद्रोही कृष्ण की जय, जय...और जय...''

केवल जय...

असुर प्रहरी क्रुद्ध हो उठे थे। नायक चिल्लाया, ''पकड़ लो इसे। जाने न पाए...''

तब भीड़ ने उन असुर प्रहरियों को वहीं समाप्त कर दिया और राजप्रासाद के एक घोड़े पर धनुष के टूटे टुकड़ों को बाँधकर जोर से कशाघात किया। घोड़ा स्वभाव के अनुसार प्रासाद की ओर भाग चला। वह कंस के लिए प्रजा का संदेश था...

चर कौस्तुभ फिर सिर की भनभनाहट से उद्विग्न हो गया। उसे लगता था जैसे उसमें जयध्वनि की गूँज के अतिरिक्त अब कुछ भी बाकी नहीं रहा है। वह करे भी तो क्या?

नाटकेय ने कहा, ''कौस्तुभ!''

''क्या है!'' उसने चौंककर पूछा।

''तुम क्या सो रहे हो? मैं समझा तुम घोड़े से गिर जाओगे?''

''नहीं नाटकेय!'' कौस्तुभ ने कहा, ''वह दूसरा तुरंग था, उसपर धनुष के टुकड़े थे...''

वह सब चौंक उठे। कौस्तुभ सचमुच चक्कर खाकर गिर गया। सब ठहर गए। कौस्तुभ को पानी पिलाया गया और चर नप्तक के साथ रथ में लिटा दिया गया। कौस्तुभ ने अर्द्धचेतना में धीरे से कहा, ''महाराज! विद्रोही पास आ रहे हैं...''

महारानी अस्ति सोने का यत्न कर रही थी किन्तु डर लगता था। वह भूलना चाहती थी परन्तु बार-बार याद आने लगता था।

रात हो गई थी।

मथुरा में भयानक कोलाहल हो रहा था। सारे नगर में विद्रोह की आग लगी

हुई थी। अंधकार छा रहा था। ठौर-ठौर पर मागधों और यादवों में हत्याकाण्ड होता। मागध घिर गए थे। मण्डलेश्वरों में कई लोग विद्रोहियों से मिल गए थे। भीड़ों के ठट्ठ गरजते थे–"कंस का सर्वनाश हो...जनार्दन कृष्ण की जय..."

एकांत कक्ष में अस्ति कंस के साथ सो रही थी। द्वार पर उसने कठोर और भयानक मागध असुरों को प्रहरी बनाकर खड़ा कर रखा था...

बाहर हवा साँय-साँय करती थी, जिसके झोंको से कभी-कभी दीपशिखा वातायनों से आती हवा के झटके खाकर काँप उठती थी, जैसे रात भी हवा की तरह ही काँप रही थी। सामने लगा दर्पण कभी-कभी उजाले में चमक उठता था। वातायन में से तारे झलमला रहे थे...

कंस चिल्लाकर उठ बैठा था। वह पसीने से तरबतर था।

"क्या हुआ महाराज!" अस्ति काँप उठी थी।

कंस हाँफ रहा था। उसने कहा था, "अस्ति...अस्ति...मेरा सिर कहाँ है...मैं स्वप्न देख रहा था..."

"क्या देख रहे थे, स्वामी?" अस्ति ने पूछा था।

"मैंने जल और दर्पण में देखा था...मेरी परछाँही तो पड़ती है, परन्तु सिर नहीं दिखाई देता...

कंस उठकर प्रकोष्ठ में घूमने लगा था। अस्ति का चीते का बच्चा गुर्राने लगा था...

कंस चिल्लाया था, "...वही है, वही है..."

"कौन है!" अस्ति ने उठकर कहा था...

"कोई नहीं है, कोई नहीं है..."

बाहर भीषण जयध्वनि सुनाई दी थी, "कंस का सर्वनाश हो..."

"जनार्दन कृष्ण की जय!"

"यादव गण की जय!"

कंस ने कानों में उंगली घुसा ली थीं, जैसे वह इसको सुनना नहीं चाहता था...

परन्तु कुछ देर बाद चिल्ला उठा था, "देवी! मेरे कान बंद हैं किन्तु मुझे प्राणों का घूं-घूं शब्द सुनाई नहीं देता...देखो, देखो...भित्ति पर मेरी छाया पड़ रही है। परन्तु उसमें छेद हो गया है..."

अस्ति ने उसे पकड़ लिया था। झकझोर दिया था।

"सो जाओ, आर्य्य!" अस्ति ने कहा, "तुम डर गए हो।"

"तुम नहीं डरीं, देवी!"

"नहीं!" अस्ति ने कहा, परन्तु वह भय से रो उठी थी। कंस ने उसे छाती से चिपका लिया था। और वे फिर सोने लगे थे। कुछ ही देर में कंस के कण्ठ से भयानक चीत्कार निकला। अस्ति पसीने से भीग गई। उसने कंस को जगा दिया था। कंस ने कहा था, "मैं कहाँ हूँ...नरक...भयानक नरक..."

''नहीं आर्य्य!'' अस्ति ने कहा, ''आप प्रासाद में हैं...''

''ठीक है।'' कंस ने कुछ स्वस्थ होकर कहा था, ''मेरे गले पर प्रेत चढ़ रहे थे...वे मुझे गधे पर ले जा रहे थे...फिर वे मुझे विष पिलाने लगे...''

वह काँप उठा। फिर कहा, ''फिर मैंने देखा, मेरा सारा शरीर तेल से तर है, गले में जपाकुसुम की रक्तवर्ण माला पड़ी है और मैं बिलकुल नग्न कहीं चला जा रहा हूँ, तभी सामने से एक सिर आकर हँसने लगा। वह शमठ का सिर था। उसने कहा, 'पापी! तेरे कारण मैं अंधतमिस्र में पड़ा हूँ। मेरी देह को वे कुत्ते...भयानक कुत्ते नोच-नोचकर खा रहे हैं...' ''

अस्ति भयभीत-सी बैठी रही थी। कंस ने आँखों के सामने उंगली की आड़ की, और कहा, ''देवी, आज दो बत्तियाँ क्यों जल रही हैं...''

महारानी ने कंस का हाथ खींचकर कहा था, ''अब देखो, अब तो एक ही है...''

''नहीं, देवी...दो ही हैं...''

अस्ति चिल्लाकर मूर्च्छित हो गई थी।

अस्ति को पसीना आ गया।

पाणिमान ने कहा, ''देवी! क्या हुआ? आपने चीत्कार क्यों किया?''

''मैंने?'' अस्ति ने पूछा, ''आज तो नहीं किया। मैं तो उस रात हठात् ही डर गई थी...''

पाणिमान चुप रहा। उसने व्यथा से सिर झुका लिया। उसे लगा, महारानी विक्षिप्त हो गई थीं।

चर नप्तक ने पूछा, ''कौन?''

सैनिक विकट ने कहा, ''कुछ नहीं चर कौस्तुभ मूर्च्छित हो गया है।''

''ओह!'' कहकर नप्तक ने आँखें मीच लीं। उसे याद आने लगा।

विराट नगर का राजा अपने सामने शेरों और आदमियों का संघर्ष कराता था, जिसमें असंख्य लोगों की भीड़ इकट्ठी होकर उस बर्बर आनंद को देखती थी।*

---

*जैसे यूनान और रोम में राजा लोग ग्लेडियेटर लड़ाते थे, वैसे ही बहुत प्राचीनकाल में यह भारत में भी था। विराट राजा के यहाँ भीम को ऐसी ही लड़ाइयाँ लड़नी पड़ती थीं। रंगशाला में वीरता दिखाना तो प्रचलित ही था। कर्ण और अर्जुन को भी दिखानी पड़ी थी। कंस के यहा भी यह चाणूर आदि एक प्रकार के ग्लेडियेटर ही थे। इस प्रकार के युद्ध में प्रतिद्वंद्वी योद्धा जान से मारने को स्वतंत्र थे। कंस के योद्धा भयानक थे। वह युग शारीरिक शक्ति का था। रोम से भारत के दो भेद लगते हैं। वहाँ ग्लेडियेटर नंगे और खड्ग लेकर लड़ते थे। यहाँ ऐसा नहीं लगता। परस्पर चुनौती पर लड़ना तो आवश्यक था। भीम से जरासंध को लड़ना पड़ा था। परन्तु जब रोम में यह सब हो रहा था, तब तक भारत इन बर्बरताओं को छोड़कर बहुत सुसभ्य हो चुका था।

देखते ही देखते रंगभूमि भर गई। मण्डलेश्वर के बीच में कंस आकर बैठ गया। आज सभा में डर के मारे प्राप्ति नहीं आई थी। मागध सैनिक सन्नद्ध खड़े थे। असंख्य भीड़ चारों ओर आ गई थी। भेरी बजने लगी थी। कोलाहल हो रहा था। नंदगोप सारा कर अर्पित करके एक ओर बैठा था। भीड़ में आबाल वृद्ध नर-नारी उपस्थित थे। महारानी अस्ति गंभीर बैठी थी।

अखाड़े में तेल से भीगी मिट्टी के एक ओर एक मागध असुर खड़ा था।

अस्ति ने धीरे से नप्तक से कहा, "कृष्ण कौन-सा है?"

"देवी, अभी आया नहीं है।"

"भूल न जाना।"

"नहीं देवी।"

नप्तक सीधा खड़ा हो गया। अस्ति ने उसे आज्ञा दी थी कि जिस समय कृष्ण और बलराम आने लगें तो पीलुक अंकुश मारकर मदिरा से मत्ता कुवलयापीड़ हाथी को क्रुद्ध करके उनपर दौड़ा देना। वे मर ही जाएँगे। नप्तक ने प्रबंध कर दिया था। इस समय रक्षकों ने भीड़ को रस्से बाँधकर रोक रखा था। जगह-जगह सैनिक खड़े थे।

कंस ने अपने ऊँचे सिंहासन से देखा। चामरग्राहिणी हाथ डुलाने लगी। अगरुधूम उड़ने लगा।

नप्तक ने कंस के पीछे से देखा, दुंदुभी बजने लगी थी। हठात् भीड़ चिल्लाई और फिर घोर कोलाहल मच उठा।

नप्तक ने ऊँचे स्थान से देखा कि हठात् रंगभूमि के द्वार पर कुवलयापीड़ चिंघाड़ उठा और झपटा। कृष्ण और बलराम भागे। हाथी पागल हो रहा था। भीड़ स्तब्ध हो गई। और हाथी ने बलराम के पाँव को सूँड़ में लपेट ही लिया था कि कृष्ण ने उसे वेग से खींच लिया और हाथी आगे बढ़ा। कृष्ण बलराम के कंधे पर चढ़कर कूदा और लोगों ने आश्चर्य से देखा कि पलुक धरती पर आ गिरा। और कृष्ण ने अंकुश लेकर हाथी के मस्तक पर भीषण आघात करना शुरू किया। हाथी पीड़ा और क्रोध से भागने लगा। वह चिंघाड़ने लगा। कृष्ण ने उसकी आँखों में अंकुश घुसाकर उसे अंधा कर दिया, फिर उसके मर्म में अंकुश बार-बार मारने लगा।

लोग स्तब्ध खड़े थे। स्त्रियों के कण्ठ में प्राण आ गए थे। सबकी आँखें फटी पड़ रही थीं। और हाथी झपटा परन्तु अंधा हाथी भाग नहीं सका। उसने एक ओर खड़े सैनिकों को कुचल दिया...

और देखते ही देखते हाथी बुरी तरह चिंघाड़कर गिर गया। कृष्ण कूद पड़ा। बलराम ने उसे छाती से लगा लिया। फिर भीषण जयनिनाद के बीच कृष्ण ने एक मरे हुए सैनिक का खड्ग लेकर हाथी को काटा और उधर बलराम जुट गया।

जयनिनाद से रंगभूमि काँपने लगी। उस अद्भुत कर्म को देखकर वृद्ध विचलित

हो गए। स्त्रियाँ जोर-जोर से कंस को गालियाँ देने लगीं। महारानी अस्ति ने देखा तो नप्तक से कुछ कह कर चुपचाप रंगभूमि से दासियों के साथ उठकर चली गई। कंस ने देखा तो घबरा उठा। परन्तु वह बैठा रहा।

दुंदुभि और बजने लगी। जिस समय कृष्ण और बलराम ने हाथी के दाँत कंधों पर रखकर रंगभूमि के बीच लहूलुहान होकर प्रवेश किया तो उनके प्रशस्त दृढ़ वक्ष, स्फुरित माँसपेशियाँ और भयानक रूप देखकर लोलुप और कामी कंस मन ही मन थर्रा उठा।

तब नंदगोप ने खड़े होकर कहा, "महाराज कंस सुनें! मैंने अपने दोनों पुत्रों को लाकर उपस्थित कर दिया है।"

कंस ने कहा, "हम तुमसे प्रसन्न हैं नंदगोप! हम अपनी प्रजा का कल्याण चाहते हैं। हमने सुना है कि तुम्हारे पुत्र विद्रोही हैं। उन्होंने मथुरा की प्रजा को कष्ट दिया है। किन्तु हम उन्हें क्षमा कर देंगे। किन्तु उससे पहले उन्हें अपने बल से हमारा मनोरंजन करना होगा। हम चाहते हैं कि बलराम से मुष्टिक और कृष्ण से चाणूर का मल्लयुद्ध हो। बहुत दिनों से मथुरा की प्रजा ने ऐसा खेल नहीं देखा है।"

सबने चौंककर देखा कि महामात्य अक्रूर न जाने कब आकर अपने आसन पर बैठ गया था। उसने उठकर कहा, "महाराज कंस का न्याय आज मथुरा की समस्त प्रजा सुने। कृष्ण और बलराम तरुण हैं। मुष्टिक और चाणूर उनके समवयस्क नहीं हैं। फिर सभासद कहें कि क्या यह युद्ध न्याय-युद्ध होगा?"

प्रजा हरहरा उठी। सभासदों में से कंक ने उठकर कहा, "अमात्य प्रवर! महाराज का वचन आज्ञा है। गायों-बैलों को हाँकने वाले ये गोप जंगली हैं। इनको नागरिकों का-सा नहीं समझना चाहिए।"

अक्रूर बैठ गया। स्त्रियाँ चिल्लाई, "कंक धूर्त्त है। कंस का नाश हो।"

कंस तनकर बैठ गया। सैनिक चिल्लाए, "सावधान!"

मागध चिल्लाए, "महाराज कंस की जय!"

परंतु तब सहस्रों की भीड़ ने जयध्वनि की, "जनार्दन कृष्ण की जय! वसुदेव पुत्र बलराम की जय!"

उस कोलाहल को रुकने में देर लग गई। तब कृष्ण ने अखाड़े में बलराम के साथ कसे हुए लंगोट पहनकर प्रवेश किया। उन दोनों ने मल्लों की भाँति अपने बाल कसकर बाँध लिए थे। उनके शरीर की एक-एक पेशी दिखाई दे रही थी। वह प्रशस्त वक्ष, वह सुदृढ़ जंघाएँ देखकर युवतियों का हृदय कसमसाने लगा। पुरुषों ने गर्जन किया, "कृष्ण! बढ़ो!"

कृष्ण ने उपस्थित भीड़ को प्रणाम किया, तब हजारों नर-नारी उसे हाथ जोड़कर करुणा और आवेश से चिल्लाने लगे!

नप्तक कराह उठा। दृश्य फिर याद आने लगा।

भयानक मल्लयुद्ध होने लगा। स्त्रियाँ चिल्लाई, "यह सम आयु वालों का युद्ध नहीं है। अन्याय है।"

नंदगोप चिल्लाया, "डरो नहीं! डरो नहीं! देखते चलो! देखते चलो!" भेरी-घोष बंद हो रहा था।

कभी चाणूर धकेलता, कभी कृष्ण। कभी बलराम मुष्टिक से घुटना मारता, कभी मुष्टिक कंधे पर जोर से मारता।

उस तुमुल संघर्ष को देखकर कंस के रोंगटे खड़े हो गए।

वयोवृद्ध कुलिश ने चिल्लाकर कहा, "महाराज कंस! देख! आज व्रज का पानी देख!"

और उस समय लोगों ने आश्चर्य से देखा कि कृष्ण ने वायुवेग से आक्रमण किया और चाणूर की दोनों भुजाएँ अकड़कर अंतरिक्ष में वेग से कई बार घुमाकर उसे जोर से धरती पर दे मारा। चाणूर मर गया। उस भयानक मृत्यु को देखकर मुष्टिक घबरा गया। बलराम ने उसे उठाकर पटका। उसके मुँह से रक्त बह निकला और वह सदा के लिए गिर पड़ा।

आकाश आनंद और जयध्वनि से विदीर्ण होने लगा। स्त्रियों को वस्त्रों का ध्यान नहीं रहा। मथुरा नगर की प्राचीन प्राचीरें उस तुमुल निनाद से काँपने लगीं। इंद्रध्वजों के समान टूटे हुए चाणूर और मुष्टिक के शवों को दास खींच ले गए।

कृष्ण और बलराम अपने दृढ़ वक्षों को ठोंक-ठोंककर बजाने लगे। यह देखकर बालक हर्ष से चिल्लाने लगे। वयोवृद्ध कुलिश ने रोते हुए नंदगोप को गले से लगा लिया।

कंस पथराई आँखों से देखता रहा। अक्रूर हाथ उठाकर खड़ा हो गया। सब चुप हो गए। तब अक्रूर ने कहा, "महाराज कंस! कृष्ण और बलराम विजयी हुए हैं।"

तब कंक चिल्लाया, "नहीं। परंपरा के अनुसार अभी युद्ध समाप्त नहीं हुआ। अभी महाराज के योद्धा बाकी हैं।"

इससे पूर्व कि वह बात समाप्त करे अखाड़े में कूट, शल और तोशल आ गए थे।

भीड़ धिक्कारने लगी।

"यह अन्याय है। पाप है।" लोग चिल्लाने लगे, "कृष्ण और बलराम पहले ही थक गए हैं...!"

परन्तु वयोवृद्ध कुलिश ने स्वर बहुत ऊँचा उठाकर कहा, "मथुरा के नागरिको! धैर्य धरो! यह अठारह वर्ष का बलराम और सोलह वर्ष का कृष्ण पहाड़ों में पले हैं और मैंने ही इन्हें छः-छः वर्ष की आयु से मल्ल युद्ध करना सिखाया है। परंपरा

को अपनी सीमा तक खिंचने दो।''

शंख बज उठा। बलराम और कूट भिड़े। कृष्ण का शल से युद्ध होने लगा। लोगों ने आश्चर्य से देखा कि कूट को बलराम ने उठाकर इतनी जोर से फेंका कि वह बीच में पेट से फट गया और लोगों के संभलने से पहले ही शल लोगों को मरा हुआ दीखा। उस समय कृष्ण खड़ा ही हुआ था, लोग चिल्लाने भी नहीं पाए थे कि कंस का इशारा पाकर बेईमानी से तोशल झपटा और उसने धोखे से कृष्ण को मार डालने की चेष्टा की। किन्तु विपुल वेग से चक्कर दे गया और निमिष-भर में लोगों ने देखा कि तोशल के मुख से रक्त निकल रहा था और वह निश्चेष्ट पड़ा था।

कंस के बचे हुए मल्ल भयभीत होकर भागने लगे।

कंस क्रोध से गरजा, ''मारो! सैनिको! इन लड़को को पकड़ लो। गोपों को लूट लो। नंद को बंदीग्रह में डाल दो! वसुदेव, देवकी और उग्रसेन की हत्या कर दो...''

परन्तु तब तक कृष्ण और बलराम मंच की ओर आने लगे। भीड़ गरजी। ज़ोर का रेला आया और सहस्रों स्त्री-पुरुषों ने ज़ोर लगाया। रस्सा टूट गया। सैनिक भिंच गए। नप्तक घायल होकर भागने लगा।

उसके बाद कहते हैं कृष्ण ने बाज की तरह झपटकर कंस को बाल पकड़कर दबा लिया और उसके भाइयों से जब बलराम लड़ रहा था, कृष्ण ने कंस के टुकड़े-टुकड़े कर दिए। अक्रूर का खड्ग मागध नायकों के सिर को काटने लगा। भीषण रक्तपात होने लगा।

नप्तक ने चिल्लाकर कहा, ''पानी...''

सब थर्रा गए...

अस्ति ने चौंककर कहा, ''क्या हुआ, पाणिमान्!''

''देवी! नप्तक भयार्त्त-सा चिल्ला उठा है।''

''क्यों?''

''नहीं जानता, देवी!''

''पाणिमान्! हमारा कोई पीछा तो नहीं कर रहा है?''

''नहीं देवी!'' आप भयभीत न हों। हम अपने प्राण देकर आपकी रक्षा करेंगे।''

''ओह!'' अस्ति ने कहा और फिर आँखें मूँद लीं।

घोड़े फिर बढ़ने लगे। हाथी का घंटा बज रहा था।

नप्तक ने कहा, ''मैं कहाँ हूँ?''

कौस्तुभ ने कहा, ''अरे मैं रथ में कैसे आ गया?''

''तुम मूर्च्छित हो गए थे।'' बंदीगृह का आधिकारिक बृहत्सेन सांत्वना के स्वर में बोला।

कौस्तुभ ने उत्तर नहीं दिया।

सैनिक विकट ने अपने घोड़े की लगाम ढीली कर दी थी और आकाश की ओर देख रहा था। उसे वह भयानक दृश्य याद आ रहे थे!

वह घबरा गया था। जिस समय कृष्ण ने कंस का वध किया उस समय घोर युद्ध प्रारंभ हो गया था, माधव सेना भीषण युद्ध कर रही थी। महारानी के दो गुल्म प्रासाद की रक्षा कर रहे थे। शीघ्र ही कंक, सुनामा, न्यग्रोध, शंकु, सुहु, राष्ट्रपाल, सृष्टि, तुष्टिमान और कंस के सहायक रंगभूमि में मारे गए।

कंस का पुत्र भागा। एक यादव बालक ने उसे पकड़ लिया और कहा, ''भागता कहाँ है, मूर्ख! तेरे पिता ने मेरे पिता को मारा था। आज मैं तुझे मारूँगा।''

दोनों भिड़ गए। विकट प्रयत्न करके भी भीड़ में पास नहीं जा सका था। यादव बालक ने कंस के पुत्र के पेट में लात दी और फिर गला घोंटकर उसे मार डाला।

कुलवधुएँ भागने लगीं, रोने लगीं किन्तु यादवियों ने उनकी हत्या कर दी। रंगभूमि में रक्त ही रक्त फैल गया था।

कृष्ण खड़ा हो गया और चिल्लाया, ''महानगर के वीरो! सुनो! सुनो!''

भीड़ रुकने लगी।

बलराम और नंदगोप कृष्ण के पास आ गए।

उस समय उन दोनों योद्धाओं के शरीर पर मिट्टी लगी हुई थी। बलराम का गोरा शरीर मटमैला हो गया था। रक्त के बिंदु उसके बदन पर लगे हुए थे। वयोवृद्ध कुलिश ने कहा, ''मथुरा के वीरो! कंस मारा गया! मथुरा मुक्त हो गई।''

मरे हुए कंस के रक्त से सिंहासन भीग गया था। नंदगोप ने कहा, ''मथुरा के नागरिको! आर्य्य पट्ट आज अत्याचारी के रक्त से धुल गया है।''

तब भीड़ ने गर्जन किया, ''जनार्दन कृष्ण की जय!!''

''नंदगोप की जय!''

कोलाहल थम गया। दास कंस केशव को उठाने लगे। कंस कुल की बची हुई स्त्रियाँ छाती पीट-पीटकर रोने लगीं। यादवियाँ प्रसन्न होकर नृत्य करने लगीं और उनके हाथों के खड्ग आपस में टकराकर लय-गति से झनझनाने लगे।

सैनिक विकट चिहुँक उठा।

तब वह किसी तरह भीड़ में घुस गया था और उसने कंस के मृत पुत्र को हाथों पर उठा लिया था और भाग चला था। उस समय उस पर किसी का भी ध्यान नहीं था।

मथुरा के लोग आपस में गले मिल रहे थे। यादवियों ने कृष्ण और बलराम को घेर लिया था और तरुणियाँ साधुवाद देने के बहाने उनके शरीरों को दबाती थीं

और मोह-भरे नेत्रों से देखकर मुस्कराने लगती थीं।

आर्य्य अक्रूर और नंदगोप अब भविष्य के बारे में बातें कर रहे थे।

''सैनिक विकट!'' नाटकेय ने पुकारा।

''क्या है?''

''जानते हो, हम कब तक पहुँच जाएँगे?''

''अभी एक प्रहर और लगेगा शायद।''

''ओह!'' नाटकेय ने हताश होकर कहा। उसे लगा, वह चल नहीं सकेगा। घोड़े पर चढ़े-चढ़े कमर में दर्द होने लगा था। उसको भी क्या मुसीबत झेलनी नहीं पड़ी थी?

तरुणियाँ मदमत्त हो रही थीं। मथुरा के पथों पर पुरुषों के झुण्ड मदिरा पी-पीकर झूम रहे थे। वेश्याएँ अधनंगी-सी मार्गों पर नृत्य करने लगीं।

गोप अब आनंदमग्न होकर उनके चारों ओर करतल ध्वनि करते नाच रहे थे। उन्होंने कब महानगर में इतना सम्मान पाया था।

तभी वरूथप गोप को एक अट्टालिका के कोने पर एक यादवी ने पकड़ लिया।

''क्या है?'' उसने कहा।

''तुम गोप हो?'' उसने पूछा।

''हाँ।''

''तुमने मेरी मथुरा को स्वतंत्र किया है, गोप?''

''हाँ, सुंदरी!''

''तुमने मुझे सुंदरी कहा, गोप! तुम्हें मेरी सुंदरता भाई है?''

वरूथप ने लंबा साँस खींचा।

''तो आओ! मेरे साथ आओ!'' यादवी वरूथप को अट्टालिका के वृक्षों की ओर खींच ले गई।

नाटकेय भागने लगा था।

प्रासाद की ओर भीड़ जा रही थी। उस भीड़ में अधिकांश यादव थे। वे महारानी अस्ति और प्राप्ति को पकड़ने के लिए बढ़ रहे थे।

किन्तु नाटकेय ने देखा कि सशस्त्र मागध गुल्म तत्पर खड़ा था। उस गुल्म में उत्तर के पार्वत्य योद्धा, नाग, असुर, वानर, राक्षस और कलिंग सब थे।

दोनों ओर से व्यूह रचना हो गई।

और फिर युद्ध छिड़ गया।

नाटकेय काँप उठा। घबराहट में उसने अपने घोड़े को ऐड़ लगा दी। घोड़ा

हिनहिना कर भागा। सब चौंक उठे। विकट चिल्लाया, ''कहाँ जाते हो?''

बड़ी मुश्किल से नाटकेय ने घोड़ा रोका और फिर लौटकर साथ-साथ चलने लगा।

''क्या हुआ था!'' पाणिमान ने पूछा।

''कुछ नहीं।'' नाटकेय ने कहा। ''मुझे याद आ गया था।''

''क्या?''

''कि मैं यादव सेना देखकर भाग रहा हूँ।''

पाणिमान वैसे तो हँस देता, किन्तु इस समय वह हँसा नहीं। उसने परिस्थिति की गंभीरता को समझा। कहा, ''वे तो दूर छूट गए, नाटकेय! अब वे यहाँ नहीं हैं।''

''जानता हूँ।'' नाटकेय ने कहा, ''भूल हो गई थी। महारानी तो क्रुद्ध नहीं हैं?''

''नहीं, वे तो सो रही हैं।''

''सो नहीं रही हूँ।'' अस्ति ने कहा, ''मेरे सारे शरीर का इतनी लंबी यात्रा से जोड़-जोड़ दुख रहा है।''

''देवी!'' नाटकेय ने कहा, ''भोगवती की नापित कन्याएँ ले आऊँगा। वे आपके शरीर पर ऐसा तैलमर्दन करेंगी कि सारी पीड़ा दूर हो जाएगी।''

''तू क्या सोच रहा था?''

''देवी! उन्होंने मेरे सामने ही महाराज का शयनागार जला दिया था। महाराज के मागध व्यापारियों का बाजार लूट लिया था।''

लुटेरे गोप थे?''

''नहीं, देवी, यादव थे। वे कहते थे, मागधों को इस धन पर क्या अधिकार है। यह तो शौरसेन देश का धन है।''

''दास-पुत्रों का अहंकार ही तो फूट निकला था, सैनिक!'' अस्ति ने होंठ काटकर कहा।

''देवी, अच्छा हुआ हम भाग आए।''

''न आते तो क्या होता? मार ही न डालते?''

''नहीं देवी! वे आपका अपमान करते।''

अस्ति का मुख घृणा से काला पड़ गया।

बोली, ''वे मेरे शव को ही छू पाते। तू समझता है, वे दास मुझसे बलात्कार कर सकते थे?''

नाटकेय डर गया। कहा, ''नहीं देवी! हम प्राण दे देते!''

अस्ति को क्रोध था। कम नहीं हुआ था। कहा, ''प्राप्ति! तू रो रही है?''

''हाँ देवी!'' पाणिमान ने कहा।

''मूर्ख है। एक बालक मर गया है तो रो रही है। विधवा होने का उसे कोई शोक ही नहीं। ऐसी रोती है जैसे वह मगध चलकर फिर किसी से गर्भ धारण नहीं कर सकती? मगध में क्या कुलीनों से नियोग नहीं हो सकता?''

''क्यों नहीं हो सकता, देवी।'' पाणिमान ने कहा।

अस्ति ने कहा, ''नप्तक का क्या हाल है?''

''ठीक है देवी!'' पाणिमान ने उत्तर दिया।

''और कौस्तुभ!''

''वह अब फिर हाथी पर चढ़ गया है।''

''अभी कितनी देर है, सारथि!''

''देवी, दूर नहीं है।''

''मैं पूछती हूँ, पाणिमान्! यादवियों को गर्व किसका है? वे गायों की भाँति रमण करती हैं।''

''देवी, मगध की कुलीनता की वे तुलना नहीं कर सकतीं।''

''कहते हैं मद्र और सौवीर के गणों में तो घोर अनाचार है।''

''हाँ देवी!'' सारथि ने कहा।

''मगध में कुलीन नारियाँ ऐसे काम नहीं करतीं। यहाँ तो कोई आनंद ही नहीं था!''

''हाँ महारानी! और मागधों को तो शत्रु समझते थे।''

अस्ति ने कहा, ''धीरे चला, सारथि! रथ हिलने से मेरा शरीर दुखता है।''

''जो आज्ञा, देवी।'' पाणिमान ने कहा और रथ धीमा कर दिया।

किन्तु पाणिमान का मस्तिष्क अब उलझने लगा था। वह सोचने लगा, यदि मैं उस समय बुद्धि से काम न लेता तो क्या होता, क्या इनमें से कोई बचकर आ सकता था?

'कंस मर गया! कंस मर गया!' केवल यही पुकार गूँज रही थी। अस्ति चुपचाप स्तब्ध सी दूर क्षितिज की ओर देख रही थी। दास-दासियों में भगदड़ मच गई थी। जिसके हाथ में जो पड़ता था, लेकर भागा जा रहा था। चारों ओर आतंक छा रहा था।

पाणिमान ने कहा था, ''देवी!''

अस्ति जैसे पत्थर की हो गई थी। उसका उत्तरीय गिर गया था! स्तन खुल गए थे। पाणिमान ने झपटकर उसके शरीर पर द्रापि डाल दी थी।

''देवी! महारानी!'' पाणिमान ने उसके कंधे झकझोरकर कहा था।

वह चौंक उठी थी। पूछा, ''क्या हाल है, वत्स?''

''देवी! शत्रु आ रहा है।''

तभी विकट आ गया था। उसके हाथों पर पुत्र का शव देखकर महारानी प्राप्ति

कुररी की भाँति क्रंदन करने लगी थी। अंत में पाणिमान ने उस शव को बलपूर्वक छीनकर फेंक दिया था। प्राप्ति दारुण वेदना से पृथ्वी पर सिर पटक रही थी।

सैनिक नाटकेय ने घबराकर प्रवेश किया था।

“क्या संवाद है?” पाणिमान ने पूछा था।

“भयानक?” वह कुछ नहीं कह सका था।

उस समय वीरुध, नप्तक और प्रोषक भागे हुए आए थे। पाणिमान ने कहा था, “नाटकेय! बाहर क्या हो रहा है?”

“मागध गुल्म लड़ रहे हैं।”

“दोनों?”

“हाँ।”

“तो एक गुल्मनायक से कहो कि प्रासाद के पीछे आ जाए।”

“फिर?”

“मैं स्वयं रथ लेकर आता हूँ। बाकी रथों और घोड़ों का प्रबंध करो।”

“क्या करोगे?”

“मूर्ख! अब मगध भागना होगा।”

उन्होंने ज़बर्दस्ती महारानी प्राप्ति को रथ में बिठा लिया था। अस्ति पागल-सी बैठ गई थी। रथ वेग से भाग चले थे। और कुछ ही देर में वे मथुरा से गुल्म के साथ भाग आए थे।

केवल बंदीगृह का आधिकारिक बृहत्सेन बाद में आया था, घोड़ा दौड़ाता हुआ। वह महारानियों के भागने का वृत्तांत नहीं जानता था। वह समझ रहा था सब मारे गए। वह अकेला ही मगध जा रहा था। किन्तु फिर वे साथ-साथ चलने लगे थे।

यक्षी चूलकोका की दया थी अन्यथा क्या वे बच सकते थे?

मार्ग में एक यादवों की टोली ने आक्रमण किया था। उस समय युद्ध हुआ था। अस्ति के वस्त्र उसी समय फाड़ दिए थे। परन्तु गुल्म ने महारानी को घेरकर रक्षा कर ली थी।

यादव भाग गए थे। और फिर वे चल पड़े थे।

अब वे बहुत दूर आ गए थे...बहुत दूर...

पाणिमान अधिक नहीं सोच सका। प्राप्ति ने जागकर कहा, “मेरा पुत्र कहाँ है?”

“मगध गया है, देवी!” पाणिमान ने कहा, “सम्राट फिर आपका पुत्र लौटा देंगे। आप शोक न करें।”

किन्तु माता का हृदय फटने लगा। उस आर्त्त क्रंदन को सुनकर अस्ति रोने लगी। कहा, “भगिनी! व्याकुल न हो! तू फिर गर्भवती होगी। फिर तेरे पुत्र हो जाएगा! रो नहीं भगिनी!”

सेना का गुल्म अधीर हो उठा। नाटकेय ने कहा, ''कितने बर्बर हैं ये यादव? बालक की भी हत्या कर दी। कोई अनजान बालक की भी हत्या करता होगा! नृशंश!! पशु!!!''

महारानी अस्ति थर्रा गई। कंस ने देवकी के पुत्रों का जब वध किया था, तब वह उसके निर्बल क्षणों में उसे भड़काया करती थीं और प्राप्ति उन बालकों की मृत्यु का वर्णन सुनकर ठठाकर हँसती थी और मदिरा ढालने लगती थी...

बंदीगृह का आधिकारिक बृहत्सेन नाटकेय की बात सुनकर हिल उठा। वह बाद में शूरसेन देश में आया था। उसने वह समय तो नहीं देखा था जब देवकी के पुत्रों की कंस ने हत्या की थी, परन्तु उसने सुना अवश्य था। और भागने के पहले जो दृश्य देखा था वह उसे याद आने लगा...

''आर्य्य उद्धव!'' अक्रूर ने कहा, ''श्रीकृष्ण!''

उसने परिचय कराया। दोनों ने परस्पर अभिवादन किया।

कृष्ण ने कहा, ''साधु! आपसे परिचय प्राप्त हुआ। आर्य्य अक्रूर कहते थे कि आप अभी अवंतीपुर से ज्ञानार्जन करके लौटे हैं?''

''जनार्दन!'' उद्धव ने कहा, ''जैसा सुना था वैसा ही पाया।''

''देव!'' एक दास ने कहा, ''जल प्रस्तुत है! आप स्नान कर लें।''

कृष्ण हँसा। उसने नंदगोप की ओर देखकर कहा, ''पिता! यहाँ तो स्नान के लिए यमुना नहीं मिलेगी? वह उच्छृंखला यदि तुझे फिर वापस मिल जाए।''

''शीघ्रता करें।'' आर्य्य अक्रूर ने कहा, ''बाकी सब होता रहेगा! प्रजा कृष्ण के दर्शन के लिए उत्सुक है।''

''मैं यों ही चलूँगा।'' कृष्ण ने बलराम की ओर देखकर कहा, ''भ्रातर! तुम स्नान करोगे?''

''नहीं, प्रथम कार्य है दूसरों को प्रतीक्षा में न रखना!'' बलराम ने कहा।

वे कंस के प्रासाद में ऊँची वेदी पर जा खड़े हुए। कृष्ण और बलराम। वही रंगभूमि के धूलि सने शरीर। कसकर बंधे हुए बाल। प्रजा ने देखा, तो फिर जय-जयकार होने लगा।

''यादवजन सुनें!'' अक्रूर ने चिल्लाकर कहा, ''सुनें! सुनें!''

सब निस्तब्ध हो गए।

उसने कहा, ''आर्य्य! आप बोलें!''

कृष्ण की ओर हजारों आँखें टंग गईं। कृष्ण की आँखों ने देखा। वहाँ महापंडित उपस्थित थे। स्त्रियाँ एकटक देख रही थीं। प्रजा चिल्लाई, ''जनार्दन कृष्ण की...जय!''

कृष्ण विचलित हो उठा।

जब नीरवता लौट आई, कृष्ण ने कहा, ''यादवजन और गोपजन! बंधुजन सुनें। मैं एक गोप हूँ। मैं गायों में और पहाड़ों में पला हूँ। नागरिक जीवन से अभी परिचित नहीं हूँ। मैंने किसी गुरु से दीक्षा पाकर योग्य शिक्षा भी नहीं पाई है। मैं एक साधारण मनुष्य हूँ।''

महापंडित श्री कुण्ड ने कहा, ''आह! क्या विनम्रता है। कृष्ण, तू धन्य है।''

कृष्ण ने फिर कहा, और अबकी बार उसका स्वर विचलित था, ''सिंधु से लौहित्य तक आज राष्ट्रों में एक हलचल हो रही है। प्रजा सब जगह कुचली जा रही है। निरंकुश साम्राज्य उठ रहे हैं, जहाँ मनुष्य का कोई मूल्य नहीं है, कोई स्वतंत्रता नहीं है। मैंने भी राजकुल में जनम लिया है। आर्या देवकी और आर्य वसुदेव मेरे माता-पिता हैं। अभी मुझे ज्ञात हुआ है कि भाद्रपद की कृष्णपक्षीय अष्टमी को उन्होंने मुझे लेकर भीषण प्रभंजन में यमुना पार करके गोकुल पहुँचाया था। भाग्य से मैं जीवित हूँ। जीवित हूँ, क्योंकि मुझे माता यशोदा और नंदगोप ने अपने पुत्र की भाँति पाला है। नागरिको! मैं वन और ग्राम का वासी हूँ। इतना ही जानता हूँ कि मनुष्य के दुख के लिए मैंने संघर्ष किया है। अत्याचारी कंस ने गोकुल और मथुरा के पास रहनेवाली समस्त नाग, असुर, राक्षस आदि अनार्य निरंकुश बस्तियों को अपनी ओर मिलाकर, गोपों और यादवों को जरासंध की मागध सेना की सहायता से कुचल देना चाहा था। किन्तु हम नहीं दब सके क्योंकि हम स्वतंत्रता के लिए बलिदान देना चाहते थे, उसीके लिए आर्य वसुदेव ने एक के बाद एक अपने पुत्रों के रक्त से स्वतंत्रता की वेदी पर पड़े हुए अत्याचारी के पगचिह्नों को धोखा दिया था।''

कृष्ण का स्वर काँप गया। भीड़ चिल्लाई, ''आर्य वसुदेव की जय...! आर्या देवकी की...जय!''

कृष्ण फिर कहने लगा, ''राष्ट्र स्वतंत्र हुआ। मथुरा के वीर यादव फिर अपना गण सँभालें। और मुझे तब ही प्रसन्नता होगी, जब हम गोपों को अपने गोकुल में शांति से गाएँ चराने का काम मिलेगा, गुप्त घातक हमारी हत्या करने को नहीं आएँगे बंधुगण! मेरा हृदय भरा हुआ है, परन्तु जो सब मैं कहना चाहता हूँ, वह कह नहीं पा रहा हूँ। मेरे पास उतने शब्द नहीं हैं, मैं कह चुका हूँ कि मैं इतना शिक्षित नहीं हूँ कि अपने भीतर की हलचल प्रगट कर सकूँ। आपकी मथुरा आपके पास है, और अत्याचारी मर चुका है। मुझे आज्ञा और आशीर्वाद दें। यदि फिर कभी आवश्यकता हो तो मेरी सेवाएँ उपस्थित हैं। मुझे गोकुल से बुलवा लें। मैं आपके लिए कभी मना नहीं कर सकूँगा।''

अक्रूर चौंका। उसने यादव श्रेष्ठ सत्राजित की ओर देखा, फिर भूरिश्रवा की ओर देखा। किशोर सात्यकि आगे बढ़ आया। हृदिक के पुत्र कृतवर्मा से पूछा, ''क्या कहा?''

कृतवर्मा ने कहा, ''कृष्ण गोकुल को लौटना चाहता है।''

''नहीं।'' भीड़ चिल्लाई, ''कृष्ण नहीं जाएगा। कृष्ण गोकुल का नहीं है, मथुरा का है। हम गोकुल को अपार धन देंगे, किन्तु कृष्ण को नहीं जाने देंगे।''

उस कोलाहल को रुकने में बड़ी देर लगी। रह-रहकर पुरुष और नारियाँ चिल्लाते, ''नहीं, कृष्ण! तू नहीं जाएगा।''

हृदयों में से फूटती वह वाणी सुनकर नंदगोप का अंतस् आनंद से विह्वल हो उठा। कृष्ण ने स्वर उठाकर कहा, ''बंधुजन सुनें! धन की बात कहकर आपने मेरी माता यशोदा, पिता नंदगोप और व्रज की विशालहृदय गोप-गोपियों का अपमान कर दिया है। मेरा रोम-रोम उनके स्नेह से निर्मित हुआ है, नागरिको! मैं उन्हें नहीं भूल सकता! मैं उनका हूँ। वे मेरे हैं।''

नंदगोप ने विह्वल होकर कृष्ण को उसी समय कण्ठ से लगा लिया और कहा, ''पुत्र!''

लोग विचलित हो गए। तब भीड़ चिल्लाई, ''नंद! नंदगोप! हम तुझसे भीख माँगते हैं। अपने दोनों पुत्र हमें भीख दे दे! हम जानते हैं यह तेरा महान त्याग है...पर आज गण के लिए हमें हमारे मुक्तिदूत दे दे, जनार्दन को भेंट कर दे...''

नंदगोप ने आँसू बहाते हुए उस अपार जनसमुदाय के हठ को सुना। एक बालक दौड़कर आया और उसने रोते हुए कहा, ''दे दे नंदगोप! कृष्ण और बलराम को दे दे! उन्होंने मेरी माता और पिता की हत्या का बदला लिया है।''

उसने नंदगोप के चरण पकड़ लिए और फिर कृष्ण के पाँवों से लिपट कर रोने लगा, ''तुम नहीं जाओगे कृष्ण...तुम नहीं जाओगे।''

स्त्रियाँ चिल्लाने लगीं, ''हमारा यदुनंदन हमें दे जा, गोप! हमें हमारा रक्षक वापस दे जा, नंदगोप!''

नंदगोप हर्ष से पागल हो उठा। उसने हाथ उठाकर कहा, ''यदु, अंधक, वृष्णि, मधु, दशार्ह, कुकुर, भोज और सात्वत वंशों के यादवो! गोपजनो! बंधुओ! मैं हार गया हूँ। मेरा हृदय काँप रहा है, नागरिको! यशोदा और गोप-गोपीजन जब सुनेंगे कि कृष्ण और बलराम लौटकर नहीं आए तब वे व्याकुल हो-होकर रो उठेंगे। परन्तु कुल और ग्राम से ऊपर राज्य है। यदि राज्य में सुव्यवस्था नहीं है तो कुल-ग्राम में कभी भी शांति नहीं है। थोड़े से व्यक्तिगत स्वार्थों में पड़ जाने से यादव और गोपों के कितने ही कुलों को कंस के अत्याचारों के सामने अपने पुत्रों और पुत्रियों के रुधिर से अपनी सत्ता और स्वतंत्रता का मूल्य चुकाना पड़ा था। मैं सुना रहा हूँ कि आज राष्ट्र कृष्ण और बलराम को माँग रहा है। आज प्रजा माँग रही है। बंधुगण! इससे बढ़कर गौरव मेरे लिए इस जीवन में और क्या हो सकता है? जन और गण स्वयं देवताओं की वेदी है। मैं दुखी हूँ, परन्तु मेरा सुख मेरे दुख से बहुत बड़ा है, बंधुजन! जब यशोदा, गोप और गोपियाँ सुनेंगी कि मैंने कृष्ण और बलराम को राज्य के लिए दान कर दिया है, तब भले ही आँसुओं से उनकी दृष्टि रुंध जाएँ, परन्तु

वक्ष आनंद से फूल जाएँगे और स्वाभिमान और गौरव से उनके ललाट आलोकित हो उठेंगे। मथुरा के नागरिक और नागरिकाओ! मेरे यह पुत्र तुम्हारे ही हैं...तुम्हारे ही हैं...''

लोगों ने नंदगोप को आनंद और हर्ष से कंधों पर उठाकर भीषण जय-जयकार किया।

जब नंद लौटा तो वह मुस्करा रहा था।

कृष्ण ने कहा, ''पिता!''

कृष्ण के नेत्र भर आए थे। बलराम स्तब्ध खड़ा था। परन्तु नंद ने हँसकर कहा, ''पुत्र! तुम गण के पुत्र हो। मेरे नहीं।''

कृष्ण और बलराम ने झुककर नंद की चरण-धूलि माथे पर लगाई। कृष्ण ने कहा, ''पिता! माता यशोदा, रंगवेणी, राधा, भ्रातजाया, भद्रवाहा, पितामही, चित्रगंधा, इन सबसे कहना कि मैं उन्हें भूल नहीं सकूँगा।''

''पुत्र!'' नंदगोप ने मुस्कराकर कहा, ''तुझे भूलना होगा! तुझे अपने-आप को भी भूल जाना होगा। मैं केवल 15 ग्रामों का स्वामी था, उसीमें मुझे अपने लिए समय नहीं मिलता था, फिर तू तो मथुरा के गण का माँगा हुआ है?''

वह हट गया। उसका हृदय ममता और कर्त्तव्य की दुहरी चोटों से व्याकुल हो गया था, क्या-क्या घुमड़न नहीं थी। परन्तु वह पिता था! और पुत्र का कल्याण आज उसके स्नेह को मर्यादा के बंधनों में बाँध रहा था।

कृष्ण स्तब्ध खड़ा रहा। कुछ देर बाद उसने कहा, ''बंधुजन! मैं तुम्हारा हूँ, बलराम तुम्हारा है...''

उस समय लोग किसी भी भाँति नहीं रुके। वे टूट पड़े और कृष्ण और बलराम को उठाकर ले चले। जय-जयकार करते हुए विराट जुलूस बंदीगृह की ओर चल पड़ा...

दौड़कर गुप्तद्वार से बृहत्सेन भीतर घुसा और काँप उठा। तब आशंका से विह्वल होकर बंदीगृह की कठोर और दुर्दमनीय प्राचीर पर से आधिकारिक बृहत्सेन ने देखा कि अपार जनसमूह सशस्त्र होकर बंदीगृह की ओर उमड़ा चला आ रहा है। वह थर-थर काँपने लगा। गूढ़ पुरुष प्रमाथ ने सिंहद्वार बंद करवा लिया था।

उसने कहा, बृहत्सेन!''

''क्या है प्रमाथ!''

''अब क्या होगा?''

''सेना का क्या हुआ?''

''सब भाग-भूग गए।''

''बंदीगृह में कौन-कौन हैं?''

''प्रहरी भी नहीं है।''

"यादव और क्या करेंगे? शत्रु से मिल गए।"

"मागधों का क्या हुआ?"

"वे प्राणभय से भाग गए।"

"तो क्या केवल हम ही शेष हैं?"

"द्वार पर तीन व्यक्ति और हैं।"

"किन्तु प्रजा तो द्वार तोड़ देगी।"

"निश्चय तोड़ देगी।"

"फिर?"

बंदीगृह घिर गया था। बलराम ने चिल्लाकर कहा, "द्वार खोलो! द्वार खोल दो।"

"अब मरे।" कहकर प्रमाथ ने बृहत्सेन की ओर देखा।

"हम द्वार तोड़ देंगे!" कृष्ण गरजा।

भीड़ गरजी, "हम द्वार तोड़ देंगे। खोलो, शीघ्र खोलो?"

बृहत्सेन ने कहा, "अरे बाप रे..."

"क्या हुआ?" प्रमाथ ने पूछा...

"उन्होंने नीचे प्राणभय से द्वार खोल दिया...भागो प्रमाथ..."

बृहत्सेन भागा। उसने मुड़कर भी नहीं देखा कि प्रमाथ का क्या हुआ। वह भागकर एक गुप्त सीढ़ी से छिपकर भीतर उतर गया और फिर एक अंधकारमय प्रकोष्ठ में पहुँचा जिसमें चारों ओर दुहरे वातायन थे। उन वातायनों से तीनों ओर के प्रकोष्ठ दिखाई देते थे। एक वातायन बाहर के खुले स्थान को दिखाता था। यह प्रकोष्ठ इसीलिए बनाया गया था कि आपत्ति काल में अधिकारिक अपनी रक्षा कर सके। सब इसके बारे में जानते भी नहीं थे।

बृहत्सेन ने देखा—भीड़ भीतर अर्राकर घुसने लगी। वह गण का गीत गा रही थी, "स्वराज्य ही जीवन है,[1] वह ही वसुंधरा को वीर भोग्या बनाता है, हम इसीलिए सिंहों की भाँति उन्नतशिर गर्जन करते हैं।"

कृष्ण का स्वर उठने लगा। उसने अपनी ओर से जोड़ा, "हम मर्यादा के लिए रक्त देने से नहीं डरते, हम शृंखलाओं को खण्ड-खण्ड कर जीवन की महिमा का सर्जन करते हैं।"

लोगों ने दुहराया और फिर उन्होंने समवेत धीर-मंथर-गंभीर ध्वनि से गाया, "हम मृत्युञ्जय हैं क्योंकि हमारी संतान घावा और पृथ्वी के बीच ऊर्जस्वित गौरव का वाहन करती है, और अभयंकर संगीत दिशा-दिशा में प्रवाहित करती है..."

गीत थम गया। कृष्ण ने गरजकर कहा, "यादव वीरो! गण की...जय!"

---

1 यह गीत ऋग्वेद के 'स्वराज्य' की भावना के आधार पर लिखा गया है, आधुनिक नहीं है।

उस समय कृष्ण ने एक सैनिक का खड्ग लेकर आकाश की ओर उठा और कहा, ''गणाधिपति उग्रसेन की...जय!''

वृद्ध बंदी गणाधिपति उग्रसेन प्रकोष्ठ के जंगले के पास आ गया। कृष्ण ने द्वार पर खड्ग से आघात किया। लोगों ने देखते ही देखते द्वार तोड़ दिया। जिस समय भीतर से मैले कपड़े पहने वृद्ध उग्रसेन निकला, प्रजा रोने लगी। उसने बार-बार उग्रसेन का नाम लेकर जयध्वनि की। वृद्ध की आँखें आँसुओं से धुंधली हो गईं। उसने काँपते हुए कण्ठ से कहा, ''कौन? आज मैं यह क्या सुन रहा हूँ? कंस कहाँ है? वह कुलांगार कहाँ है?''

कृष्ण ने बढ़कर कहा, ''गणाधिपति उग्रसेन! अत्याचारी कंस को मथुरा की प्रजा ने एक साथ उठकर विध्वस्त कर दिया है। मागधों की निरंकुशता समाप्त हो गई है।''

उस समय भीड़ में बलराम के पीछे वसुदेव और देवकी खड़े दिखाई दिए। किन्तु कृष्ण नहीं देख सका। वह कहता रहा, ''आर्य! गण का संस्थागार आपकी प्रतीक्षा कर रहा है, मथुरा और व्रज की प्रजा आपकी ओर प्रतीक्षित नेत्रों से देख रही है।''

''तु...तुम...कौन हो वत्स!'' उग्रसेन ने काँपते हुए स्वर से पूछा।

''मैं,'' कृष्ण ने कहा, ''नंदगोप और यशोदा गोपी का पालित पुत्र, आर्य वसुदेव और आर्या देवकी का औरस पुत्र कृष्ण हूँ।''

''कृष्ण! देवकी पुत्र!! दौहित्र!!!'' वृद्ध ने रोते हुए कहा और आगे बढ़े परन्तु तभी हर्ष और उन्माद से पागल आर्या देवकी झपटीं और कृष्ण से चिपटकर चिल्ला उठीं, ''कृष्ण! मेरा लाल!! मेरा पुत्र!!!''

उसने रोते हुए कृष्ण का माथा बार-बार चूम लिया। कृष्ण रो दिया। उसने देवकी के चरण छुए, फिर पिता वसुदेव के चरणों की धूलि सिर पर लगाई और आँखें बंद कर कहा, ''अंब! मुझे पहले गणाधिपति का अभिवादन करने दो...देखो प्रजा उत्कण्ठा से व्याकुल हो रही है...''

वसुदेव, देवकी, उग्रसेन और सहस्रों नर-नारी तब रोते हुए आनंद से विभोर होकर चिल्ला उठे...

जनार्दन कृष्ण की...जय।

'जय!...जय!...जय!

उस समय दिगंतों में एक यही जयनिनाद कोलाहल कर रहा था...

❑❑❑